陰鬱な美青年

ジュリアン・グラック

Un BEAU TÉNÉBREUX

小佐井伸二 訳

文遊社

ロジェ・ヴェーエに

人に害を与える力があっても害をなさない人たち
外観だけのことはなさない人たち
人を動かしても自分自身は石のように動かないで
冷やかで誘惑に勝てる人たち
そうした人たちは正に天の愛すべき美徳を受け継ぎ
自然の富を消耗しないようにそれを守る人たちだ
かれらこそ天賦の顔をもつ本当の領主で地主なのだ
そうでない人はそうした天賦の管理人にすぎない。

シェイクスピア『ソネ』

〔晩秋の、つるべ落しに日が暮れる今日このごろ、私は季節の移ろいとともに突然奇妙な沈黙にひたされたあの小さな海浜の並木道を思い起こすことをことのほか愛する。ふたたび訪れた無為のなかにあって、このホテルはほとんど生きているとはいえない。そこを彼岸波とともに突然上げ潮のように占領した明るい服の女たちや子供たちが姿を消すと、九月の暗礁さながら不意にあらわになるのは、これらの煉瓦とコンクリートとの洞窟、これらの人造の鍾乳石、これらの稚ないが魅力のある建物、やがて乾いたいそぎんちゃくさながら潮風に荒されるこれらの手入れをしすぎた花壇だ。あらわになって、すべてのものが、心を安らかにしてくれる浮薄な小間物を欠くために、海との空虚な差し向いにいきなりさらされ、どうしても白昼の幽霊といった夏よりも高い位をふたたび占めることになる。海に向って開いたガラス張りのテラスは死んだようにさびれ、その金具は癩病のような潮風に蝕ばまれて、掠奪にあった宝石商のように痛々しい。——化粧窓の上に閉ざされた鎧戸の褪せて汚れた青は、この衰頽の責を負うべき生命の引き潮をにわかには信じられないほどに時間のなかへ後退させる。けれども、十月の朝の酸味をおびた陽光の下で、物音が生まれ、沈黙から解き放たれる。さながら眠っている人のいかめしい仕草が夢から解き放たれるように。──木の囲いの白い柵がきしり、呼鈴が人気のない街路の端から端まで長く反響する。私は夢想する。誰がここでこのように勿体ぶって自分の来訪を告げているのか？　ここには誰もいない。もう誰もいないのだ。

今私は海岸の円形劇場の上に並んだ別荘のうしろに入る。木々の下に埋もれた並木道の、砂や松葉が足音を消すやわらかな褐色の土の上を歩きまわる。海岸の角を曲ると、曖昧な沈黙がたちこめる。並木道のこの緑の谷間の奥底には、海のざわめきがかすかにしかとどかない。それは郊外の眠った庭園の奥にとどく暴動のざわめきのようにひとの心を騒がせる。松や杉の暗い鉱物的な地の上に、突然樺やポプラが燃えて、さながら焼ける紙の上の火の無限軌道のようにその赤い炎を走らせては、金色の軽い煙となって消える。海の広大な灰色が全背景の基調となる日が近づいている。──微細な色素が斑点となってあちこちに広がる。──塩分が壁の塗料の色を薄め、鉄柵の軋るような錆の赤を鮮明にする。海の風がドアの隙間から砂を床の上にまく。──突然の常ならぬ海進が、塩と珊瑚のように固く灰色のこの小さな街に、冷えた火事のごとき、また乾いた津波のごとき、何かしら定かならぬ痕跡をしみこませる。

　絶望的なまでに動かない空の下の――冬の庭園の硝子の屋根の弱い魔法の下にあるような――暗く閉された灰色のとある午後などに、太陽によって与えられ、ともかくも生に番(つが)わせる、あの変化する表皮を剝ぎとられた午後などに、物たちには全能の貯蔵があるという意識が私のなかで恐怖にまでたかまることがある。同じように、私は想像することがあった、芝居がはねてから、真夜中の空っぽの劇場に忍びこみ、そして暗い客席から、はじめて芝居に手を貸すことを拒んでいる書割の不意をつくといったことを。夜の人気のない街路、ふたたび開かれる劇場、一時期のあいだ海に委ねられる砂浜、それらが五千年という時間やエジプトの秘密と同じように効果的な陰謀、沈黙と木と石との陰謀をはりめぐらして、あばかれた墓のまわりの呪いを解く。放心した手、鍵をもち、指環の扱いを心得た手、墓石を動かす術にたけた手が、指環の宝石をまわす。自分を目に見えなくする宝石を。――私はあの幻のミイラ盗人になる。そのとき、軽やかな微風が海から吹き寄せ、上げ潮の音が突然たかまって、太陽は遂に霧のなかに隠れた。あの一九……年十月八日の午後。」

ジェラールの日記

六月二十九日

今朝、ケランテックまで散歩に行った。小さな港の突堤のあたりはまったく人気がなく、左手にひろがる砂浜は、空っぽで、枯葦の生い茂った砂丘に縁どられている。沖は荒れていて、灰色の空が低く垂れこめ、鉛色の高波が砂浜に滝のように砕けていた。しかし突堤と突堤のあいだでは、石の壁にぶつかるこの高いうねりの沈黙が驚かした。押しこめられた、荒々しい、しかし敏捷な、落着きのない、大きな舌が、蟻喰いの舌さながらにいきなりはねあがると、無警告に突堤の上にまで達し、凍った火花となって宙に散る。わたしは人気のないレストランで食事をした。そのレストランは砂丘の中央にひとつぽつんとあって、杭の上の床がうつろな音をたてた。広い部屋は（土地の若者がそこで日曜日にダンスをするのだろう）、陰気な紙の旗を飾り、ニス塗りの縦材の板が張られていて、私に舞踏会よりは、船室か船員宿泊所を思い出させた。この地方ではよくあることだが、すべてのものが（納屋や街路に沿って並んでいる倉庫のような救命ボート小屋）陰気で、けちくさくて、ゆとりのない、あの欠乏の性格を帯びていて、それが実にしばしばブルターニュの風景を物悲しいものにする。

砂浜の道を通って帰って来ると、わたしは二人連れのケランテックの青年たちに出会った。連中は踊りに行くのだ。真面目な、ほとんどものものしい様子で——娘たちの髪が強風に舞っていた——男たちは手をポケットに突っこんでいた。事実、暑くはなかった。小道はそれでもものさびしかった。向うに、砂浜に突き出した砂丘が見えた。波が砕けるたびに、《漁夫の帰還》の屋根の低い線の上に、白い泡が飛んでいた。おかしな歓楽場だ。それから、波のにぶいとどろきのなか、束の間の太陽の光の下に、レコードの鼻声の歌が聞こえた——波の不規則なバスにのせて、雲と水との大きなサウンドボックスのなかに——卑俗さの跡をいささかもとどめずに。一方、少女がたったひとり砂浜のへりを人波の流れにさからって歩いていた。いかにも暇そうに、ゆっくりと、無頓着に——ときどき身をかがめては貝殻や漂流物を拾ったり——あるいはぼんやりと沖を眺めたりして。そんなときにいつもうつけたように手を腰におくのだった。——どんなひそかな考えがあの素朴な頭にあったのか？　ほんとうの風景においても、絵におけるとまったく同じように、これらの真昼の、あるいは黄昏（たそがれ）の散歩者はこうしてわたしの気をそそりつづける。彼らは隅に唾を吐き、小石を投げ、片足で跳び、つぐみの巣をぬすみ、そしてときどき風景の片隅をどうしても説明できない仕草で暗くするのだ。

ぶらぶら帰って来ると、ひとりで夕食をとった。——「ストレート」の仲間はみなすでにカジノへ出かけていた。

夕食後、砂浜を少し歩く。高貴で、憂欝で、誇りやかな海辺。海に面した窓という窓がさながら燈をつけた商船のように夕陽に燃えている。この誰もいない砂浜はまだ熱をもっていて、女身のように生あたたかく、思いのままに踏みにじり、交わり、汚したい、そんな気をおこさせる。けれども、空気は実に清らかで、冷たくて、澄んでいて、目に見えない驟雨にたえず洗われているかのようだ。砂の溝のなかに聞こえるやさしい水の音が（潮が引いているのだ）、この大洪水の風景を大地にすえつけようとしている。——開墾するきこりの斧の音のように、はやくもほとんど人間臭い掘割の水の音。わたしは息を吸った。ああ、実にうまい。砂は砂丘の上に軽やかに飛び、空気は、風の流れのなかに直立し、尾を長くはためかせたフランス国王旗のように、鳴っていた。水平線のほうはせわしくひしめく波、つねに立ち騒ぐ泡、騒擾をつくりだす工場、突風と太陽とが縞模様をつけた雲のとまどい、たけだけしく突走る大波、涸れることなく背景へ急ぐ海。

六月三十日

ホテル・デ・ヴァーグは夏を渡るために船のように艤装（ぎそう）している。今はたがいに肱がふれ合うほどたくさんの客がいる。そのために、夏の休暇のこの小さな世界に一種の不安定な気分が生れる。今朝ジャックが彼の取り巻きを連れて水浴に出かけるのが窓から見えた。わたしの頭の上の彼の部屋では毎朝起床のときに一騒ぎがある。船の船員食堂のように、みな遠慮なく入りこみ、大きな声で笑うのだ。同室の仲間同士のようなまったく飾らない親しさ。だが、この無遠慮さもクリステルの部屋の前では必ず止む。誰も思いきってそのドアをたたこうとはしないだろう、タオルの部屋着をきた若い王女が堂々と出て来て、合図を与えるまでは。このように、あらゆる小さな人間の集団には、あらゆる曖昧に出来上った細胞には、みながその意向をただす人間、合図を待って横目でその意見をうかがう人間がいるものだ。

　クリステルはこの小さな世界を支配している。目を官能的に閉ざす重たいまぶたによって――この正確な寸法にあった宝石箱のなかより完全な青春の泉を、安息の地を想像することができないまでに官能的に――、また完璧に描かれたあごによって（存在の過剰もしくは欠乏がよく表されるあのあごは、しばしばひどく下手に描かれることもあるのだが）、みごとに的確に描かれたあごによって。彼女がひとたび口を閉ざすと、もうひとこと聞くべきかどうか迷うことはむだである。節度と制御との異常な暗示。心を休めてくれる固有の静謐。

クリステルはわたしの興味をひく。彼女が演技しているから、興味をひくのだ。しかも演技しながらみずから楽しんでいる。――とはいえ、海岸をぶらついているさなかに、ときとしてわたしは彼女の目が慎しみに輝くのを不意に見ることがある。慎しみ、しゃれた言葉だ！　これはわたしにとって――彼女にとってでもあってほしいが――立派な教育のくつわを指すよりは、みごとに役を演じる自分自身を見るといういささか倒錯的なたのしみを示すのだ。この小劇場の広さでは、『ベアトリックス』のコンチの言葉、「彼らにとってわたしは神ではないか」が当てはまらないこともない。――その言葉のうちに、あの生れながらの俳優バルザックは間違いなく彼の自己満足をすっかり投げ入れたのだ。

彼女はわたしにとって神ではない――が、明日から、彼女に知的な話相手となる機会をわたしは与えるつもりだ。

七月一日

永いあいだ、このような待ち遠しさ、このような書きたい気持にかられて、この日記を開いたことはない。夜の風に窓を開く。――わたしは永いあいだ部屋のなかを歩きまわっていた。力強く、たくましく、湯あがりのように頭が冴え、敏捷に、そして明晰な考えでいっぱいになって。それらの飛ぶような考えはわたしの気に入っていた。わたしは今夜クリステルととくに奇抜な会話を交したのだ。

わたしはすでに感じている、いかに自分が不器用でその会話の色彩をうまく表現できないか――そう、わたしの思い出のなかで彼女が常にひたされているあの夜と月との雰囲気を。そのためにはポーを想起しなければならないだろう。誕生と回想とのあの雰囲気、まだ可逆の可能な星雲状態にある時間のあの雰囲気――不毛の時間のなかのひとつのオアシスを。

私の記憶にもない遠い年の
さびしい十月の夜だった……

……わたしはすぐに書くことができなかった。さらに永いあいだ部屋のなかを歩きまわった。窓から見える入江は光に照らされて明るい。この八キロ以上にわたる大きな円弧は、幼稚園の泉水のように小さく見える。砂浜はきらきら光り、水はインクのように黒い空洞のなかにある。――ときどき波が砕けて、黒い油を舌のようにすべらせる、きわめて静かに。アーク燈から炎のようにまっすぐな不動の歌が星々のほうへ立ち昇る。沖では燈台の信号がこのもやと水との広大なひろがりを鎮めている。夜は、朝よりも静かに、その星屑の軍団の下にまどろんでいる。

クリステルは王妃である。彼女の存在、彼女の物腰、彼女の言葉は一瞬ごとにうろんなものを掃いのける。彼女が動けばそのうしろに必ず引裾のまぼろしが従い、恭しいへつらいの跡ができる。真夜中、人気のない闇の奥に男と二人だけでいても、彼女は客間で二十人の人たちのまんなかにいる以上によく守られている。これをまずはじめに言っておこう、わたしの話から不愉快な曖昧さをとり除くために。

わたしはクリステルを散歩に連れ出したとき何か目的をもっていただろうか？　ただ、さまざまな予感や不安が隠れているあの心の片隅に、「面白いだろう」というひそかな感じを宿らせていたにすぎない。昼間は空気が重たくて暑すぎた。太陽にうちひしがれた海岸全体の死んだようなまどろみ――松林はさながら香料の檻か香水の瓶のようで、人を卒倒させるばかりだった――ちょうど、わたしがまだ若かったころ、六月の輝かしい午前に家を出ると、門に近い聖体祭の仮祭壇のあまりにも荘厳な香りが、秘法に通じる道さながら、秘儀に到る道さながらに、いきなりわたしを地に釘付けにしたように。あのころ、わたしは例のランボー研究に打ちこんでいて、『イリュミナシオン』の詩篇のなかのあるものが、暗く入り乱れるいかなる不穏なざわめきから、また手のほどこしようもない地上の香りの実に邪悪な共謀とのいかなる馴れ合いから生れたか、完全に識別できるように思っていた。今日の前兆にみちた昼間は、大きな沈黙と突然やっと埋められたぶっきらぼうな中断とを通して、晦渋に導かれたとしか思い出せないあの会話への、すでに夢見られた前奏であった。

わたしたちの散歩の目標は、砂丘の裏側にひろがるゴルフ場のはずだった。野獣の美しい毛皮のようにやさしく波打つその広いゴルフ場は海からはすっかり隠れていて、ただ、すぐ近くに、からっぽのなめらかな砂浜に波の砕ける大きな音が聞こえるほかは、ときとして、その鳴りひびくとどろきのさなか、あざみのあいだに、一瞬、しぶきの羽飾りが見えた。夜ともなれば、ほとんど人のいないがらんとした場所になる、その開けた自由な空間を月光を浴びながら歩くことを、わたしはつね日ごろから好んでいた。

クリステルは白い海浜着をきて、素足にサンダルをはいていた。わたしは彼女の首に、首飾りに吊された小さな金の十字架を、はじめて認めた。話をしながら、ときどき彼女はそれをもてあそぶ。そんな些細なことがわたしの心を打った。どういうわけか、散歩のあいだずっとそれが目について離れなかった——まるでわたしにはその深さがわからないある微妙な意味を付与されているかのように。

夕闇のたれこめるころわたしたちは出かけた。風は落ちて、空気は神々しいさわやかさに満ちていた。北のほうに向って行くと——その方角にわたしたちの散歩の目標はあった——すぐに家並が尽きて、田舎といってもいい地帯になる。——菜園のある低い家々、家禽飼養場、農器具。ときには昼日中に鶏鳴が聞かれる。それから、すぐに広々とした荒野に出る。荒涼とした風景はまるで舞台装置のようで、それまでよりもさらに殺風景だ。ただ電柱の並びが長い線をひとすじ刻んでいる。

会話はなかなかはじまらなかった。「ストレート」の仲間の面々がまずはじめに俎上にのぼった。クリステルのほうはまったく容赦なかった。彼女はジャックについて語った。

「もちろんここでは一番目立つ青年ですわ。けれどもまだ子供。彼といっしょにいると、学校のお友だちといっしょにいるように、わたくし、気が楽ですの。」

わたしはおだやかにジャックをからかった。ジャックはわれわれのホテルの詩人である。彼の部屋は秘教的な書物で詰っているように見える。——そして家の廊下という廊下はホット・ジャズのレコードのあいだで、はなはだしく現代ふうの調子を十二分にひびかせている。ところが、何度か話をしているうちに、わたしは彼がことさらそんなふうな態度をとっているのだとわかった。わかったように思った。要するに、彼は何も読んでいない青年なのだ。

「そんなことはたいしたことではありませんわ。ジャックは難解な詩にしか興味がないのです。そこに見失った自分をふたたび見出すなんてことは、たしかに、彼にとって問題ではありませんん。彼は、きわめて適切に、何かつきぬけるべき厚い壁のようなもの、厚い闇のようなものを求めているのだと思います。わたくしも同じようにそれ以外の何も求めてはいません……」

間。それから——「わたくしが愛するもの、それをなぜ愛するのかわたくしにはわかりません。いきなりそれがわたくしにさし出されるということ以外には。それはいつもとりあげるか、放っておくかしなければならない何かです。」

クリステルは会話をたやすく独白に変える。彼女が骰子をたやすくひとり占めにするその仕方にわたしは感嘆する。彼女は話を中断させることのできないあの種族に属する。そのうえに、彼女は、欲すれば、その話のなかに人をほんとうに誘いこむ。

わたしたちは砂丘を越えて行った。月光の下に大きな起伏をえがく丘は、戦闘のあった翌日の戦場のように、高貴で、感動的だった。林間の空地のはずれの木々の大きな塊のように、水平線のはずれには灰色の霧がただよっていた。

「このような晩に散歩するなんて、この土地で誰が思いつくでしょう？　有名な風景のなかで、何よりもわたくしが好きだったのは、いつも、見つけるのが往々にしてむずかしい片隅——何と言ったらいいか——そこからは眺めに背を向けるとでも言ったらいいのでしょうか、そんな一隅でした。ヴェニスでは、運河と奇妙に交り合うあの路地の迷路のなかで、ときとして私はすばらしい瞬間に出会いました。路地が通路になり、両開きのドアのあいだをぬけて、お湯の入った水差と屑入れとしかない三流のホテルのあの怪しげでいささかいかがわしい親しみのこもった廊下に入ると、突きあたりの、暗いアーチ形のドアの下、黒い水の小さな四角形のなかに、ヴェニス全体が傾いた日の光をあびてすさまじいほど輝いているのでした。倦むことを知らぬ水の音に伴われて。ここも、同じです。砂丘のうしろにどこまでも続くこの広い芝地ほどわたくしの好きなものはありません。ここからわたくしたちは海に背を向けます。——砂丘はいかにも荘厳で、凍ったように動きませんが海のあのとどろきはすぐ近く、背景は限りがありません。そして、あの小さな黒い水の運河には、音もなく潮が満ちて来るのです。」

「あなたはヴェニスに永くいたのですか?」

「ええ、ヴェニスはいわばわたくしの幼年時代です。秋にはほとんどいつもそこへ母といっしょにもどりました。父はといえば、昔へさかのぼれるだけさかのぼってみても、姿を隠す不思議な力をわたくしはいつも父に認めていました。会議だとか取締役会だとかに攻めたてられて——寝台車やホテルのかなりばかげた人生ですわ——またときには数日はやりの海岸へ行ったりして。」

「クリステル、あなたの子供のころの話を聞かせてほしいな。」(わたしは以下報告記事のように書くことにして、相手の話が返されるのに直接役立たないわたしの側の言葉を一切けずる。それが何になるというのか? 対話とは、要するにいつも——十中八九は——やっと導かれる独白のようなものではないか。——つねに二人のうちの一人が、デモンにとらえられ、お上品なサロンで言われるように、笏を握るのだ。)

「幼いころの思い出はほとんどありません。何よりも思い出すのは、陰気な大きい寄宿舎に入っていた十二歳の自分です。——きびしい光に照らされた長い廊下、菩提樹の影におおわれた涼しい中庭。ほんとうに暗い寄宿生活でした。友だちをつくることもできずに——一週間は、毎週毎週(わたくしがいい生徒だったことをお忘れなく)、日曜日の朝の面会時間を待つことで過ぎました。わたくしたちはミサのあと運動場で遊んでいるのでした。門衛がリストを手にして現れます。それは最初に呼ばれる生徒たちです。わたくしはといえば、めったに外出したことがありません。いつもふたしかでした。時は刻々過ぎてゆき、門衛が現れるのもだんだん稀になり、それとともに運動場は人が減り、死刑執行の光のなかで暗く陰ってきます。終りです。わたくしはあの雨の降りこめた運動場を、閉ざされ、魔法を解かれ、世界から断ち切られた運動場を今も思い出します。どんなに奥深く、どんなに空虚な森の奥でも、あの見捨てられた思いほど深くはありません、空虚ではありません。そんなとき、わたくしは雨のしずくが垂れる菩提樹の下を歩くのでした。今でもまだ思い出します、流れる雨水にきらきら光るあの敵意を含んだ黒い幹、地に落ちてぬれているあの樹皮のはがれた小枝、枝々からたえまなく滝のように落ちる雨滴。わたくしは孤独感とこみあげる涙とに酔っていました。雲が突風にとばされてゆくのを見ていました。ときどきひとしお激しい風が枝々をゆさぶると、大粒の雨滴が水溜りをはねかえしました。外には、人々で一杯の街路、魔法の国のそれのような街の迷路、喫茶店、劇場、群衆、人生が結ばれたり、もつれたり、他の人生に支えられたり、その衝撃や熱を受けたりする美しい場所——そのすべてがあって、しかもそのどこにもわたくしはいない。とはいえ、わたくしはよく知っていたのです、外出のたびに幻滅を味うことを。まるで街路に沿ってどこまでも悪い魔力、月並と無関心との隈(くま)がわたくしについてまわるかのように。けれども、それは、鎧戸のない残酷な窓がすべてのガラスを光らせているあの無慈悲な高い壁の向う側にある、千の可能性に、呪いによって禁じられた魅惑的で自由な人生に、わたくしが常に憑かれていたということにほかなりません。

それから学監がわたくしたちを自習室に連れもどすのでした。手足を切られた、寒がりの、小さな羊たちの群、ひとりぼっちの象徴のような、毛を切られた牝羊たちを。そして学監の声が遠くにまでとどく必要がなくなって（わたくしたちはそれほど少ししか残っていなかったのです）知らず知らずに低くなり、親しげになると、それはわたくしにとって情深い愛撫のようなものでした。『可哀そうな、可哀そうなクリステル！』とわたくしは自分自身につぶやきました。そんなとき、わたくしは自分がすっかり献身的で善良で従順になるのを感じるのでした――この子供の顔に投げつけられた恐ろしい不正はほんのひとときわたくしを修道女にしたのです。

十三歳のときはじめてわたくしは劇場に連れて行かれました。思いきって申しますと、わたくしの趣味は、弁護の余地のないオペラのなかでも、最悪のものに、妥協しないものに、わたくしを導きました、そう、本能的に、臆面もなく。『トスカ』が上演されていました（と言えば何かをお考えになるでしょうが、しかしお笑いになってはいけません）。ひとびとのあいだを席につきながら、わたくしは真の人生、わたくしが生きたいと願う唯一の人生のなかに難なく入って行ったのです。わたくしは劇場のすべてを愛します。強い香水の匂い、ビロードの赤い嵐、貝殻か蜜房の内部のような、壁で仕切られ、薄片で区切られた、艶やかな、真珠母色の、洞窟の薄暗がり。それに、劇場のなかはどこにいても、入り組んだ廊下や傾斜や階段がまるで地下道からそこへ忍び込んだような印象をわたくしにつねに与えて、それこそはわたくしが劇場で集めるまったき孤立感、安全感に欠くことのできないものなのです。あの教会のような舞台装置、劇場はすでに教会なのですから、それは俗なる旋律を一種の宗教的なひびきで後光のように飾っていて、そのためにわたくしの心のすべての琴線が同時にふるえるのでした。それはあるプリミティヴな絵におけるように（冗談を言っているとはお思いにならないで下さい）聖なる愛と俗なる愛でした――わたくしは泣き崩れられるものなら泣き崩れたかった。けれども、絶えまのない放電に全身を貫かれているかのように、わたくしは乾いた目を大きく開いたままからだをこわばらせていました。わたくしが思うに、ある音楽の一節があって（羞しいことにどこにあるのか知りませんが）、それはまばゆい美しい太陽の下のなんの下心もない村のお祭りのような何か無垢の気晴らしを伴っているにちがいないように思われるのです――同時に、わたくしは自分が深く沈んでいるのを感じました、熱と匂いと無慈悲で巨大な壁とのローマのなかに（わたくしは後日ピラネシーの建築やサンタンジェロ城を見ましたが、この日にもう見たようなものだったのです）、殺戮の嵐と豪奢な情熱の空の下のローマのなかに。――そのために、なぜか、その一節が、破局の頂で無意識に笑いながらゆれているその小島が、突然わたくしにはどんな悲劇的な楽節よりも不気味に思われたのでした、そう、慄然とするほどまでに不気味に最後の幕はわたくしの気を顚倒させました。それは死のまっただなかの生、墓の背後に立ち上った生であり、止めの一撃をさえ越えた愛の勝利の歌でした。恥もなく告白します、警官が女主人公の身を投げた深淵の上に芝居じみた大仰な仕草で脱帽したとき、その悪趣味の最たるものにわたくしの涙はあらがいがたく噴き出したのでした。わたくしは悲劇の中心にいました。人生のかなたに、まさしく移されていたのです、熱狂によって。それは冬のマチネの上演でした。外へ出ると、夜になっていました。頭ががんがん鳴って、わたくしは酔払いのように方角がわからなくなりばかみたいに壁にぶつかりました。街は明りをつけたまま黒い雪崩の下に顚覆しました、赤味がかった並木道の息もつけない穴のなかに、死の旗の勝ち誇るはためきの下に。」

わたしは少しクリステルをからかった。が、この情熱的でかついかにも尊大な告白に感動していた。きわめて緊密な、口に出して言う必要のない共犯に基づいた熱っぽくやさしいからかいがある。——それは余分な共感を蒸発させる必要からのみなされるのだ。

それからわたしたちはひととき砂丘のくぼみに坐っていた。砂はみごとな月光の下で驚くほど白く、すでに雪のように冷たかった。潮がひいていた。波の音はもうほとんど聞こえなかった。

一方は海の沖のほうに、他方は真珠のような霧に包まれた荒野の果てに消えている、この茫漠とした風景に比すべきものは何もない。クリステルは夢みるごとくであった——悲しい思いの糸にひかれて。長い間をおいて、ぽつりぽつりと語った。

「こんなことを自分に言うなんて、きっとわたくしが間違っているのでしょうが——自分の考えを言うことは誓いを立てることといつもほとんど同じですもの——わたくしは自分の人生を荒す定めになっている、そんなふうに思われるのです。わたくしは大事でないことを気にかけなさすぎます。まるで一種の狂気から虚無を虚無に投げ返すかのようなのです。『失われた時間はともかく失われてあるがいい。得にならなかったものはともかくどんな場合でも得になりえない、それでいい。』これがわたくし流の高貴さというものです。自分はどこか他のところにいることもできるのだという考えがわたくしたちの心を離れないあのあらゆる瞬間に、わたくしたちが生きるために通る倦怠の空間の上を眠りながらただよっていられるなら、わたくしは何でも捨てるでしょう。」

わたしはクリステルに注意した、この尊大な侮蔑は怠惰と勇気の欠如とでしかないのかもしれない、と。察するところ、彼女がしばらく前から考えつづけているあの例外的な瞬間、あの奇蹟の機会、あの《芝居の山場》にひとが報いとして到達しうるのは、生の緊張を高く保つという条件においてしかない。

「でも、そういった緊張がわたくしのなかでは低いと、どうしてお考えになりますの？」と彼女は答えながら、この会話にふさわしくない嘲笑を見せた。が、すぐにまた雲にかくれて、例の夜の声の調子をとりもどした。よくひびくあの変化のない低い声を、わたしのことばは写すことができない。

「わたくしはひとが自分の運に手を貸すことができるとはほとんど思いません。運はわたくしたちを実にみごとに越えています。この点でわたくしはカルヴァン主義ですの（彼女は、こう言いながら、奇妙な固い笑みを見せた）。もうひとつのお話をいたしましょう。これもまた寓話になるでしょうね。ことがらの価値は細部の絶対的な正確さから生れるのですが。わたくしはある晩アンジェからナントへ急行で帰って来ました。ほぼ半分の道程のところにわたくしの好きな風景があります。そこは、ロアール川が、お城をいただいて木々の茂った高い丘のあいだにせばまって、まことに王にふさわしい渓谷です。わたくしは雨が縞模様をつけた単調な夜と向い合って、通路にただひとり出ていました。わたくしは、よくするのですが、『自分自身の心に話していました。』わたくしはただひとりで生きているので、よくそんなふうに自分と対話を交すのです。わたくしは、後になって考えや言葉が浮んで来るものですから、そうしたときにもっともよく弁舌の効果を発揮いたします。ときにはからだが熱くなって、奇妙な興奮にとらえられることもあります。わたくしは話相手を想像しました。そしてその話相手に、わたくしがこれまでたびたび同じところに認めたロアール川の上のあの光のきらめきを見逃さないようにと言いました。『でも残念ですわ、真暗な夜でほんとうに残念ですわ。』すると、ちょうどそのとき、――二、三秒のあいだ、真昼のように明るくなったのです。黙示録的な光、マグネシウムの引き裂くような光が、ひとすじ地平の果まで走ったのです。わたくしはそこに彫像のように蒼白になって立ちつくしました。手も足も動かすことができずに、まるで最後の審判のラッパの音を聞くかのように蒼白になって。このお話のまことらしからぬところに、何かはげしく挑むようなものがありますので、わたくしの良心的な真面目さを信じていただけると思います。翌日、わたくしは、新聞で、隕石がひとつロアール川の上空を横切って、百キロほど離れた海へ沈んだことを知ったのです。わたくしはこの寓話的な『どうでもよいこと』を生涯忘れることができないでしょう。わたくしはその流星をわたくしの黄道十二宮のなかに入れました。」

　わたしたちは砂丘に沿って帰って来た。いかにも高貴で、いかにも尊大な、あの歩幅の広い軽快な歩き方が、わたしにとってはよろこびだった。ずいぶん遅かったにちがいないが、時間の観念がさっぱりなかったので、一瞬ごとに、わたしは朝が現れるのを見るように思った。クリステルはわたしが流星の魔法にかかったと言ってわたしをやさしくからかった。彼女のさわやかな笑声が闇のなかに高くひびいた。わたしたちは塩のように白い、砂丘の大きな割れ目のあいだの、丈高い草を踏んだ。ほんとうに、わたしは朝まで歩いていたかった。

七月三日

ホテル・デ・ヴァーグの食堂は一風変った部屋だ。板張り、装飾、船室のような窓、それと同時に、浅瀬に乗り上げた船さながら部屋の中央にそびえたばかげた大階段が与えているあのみやびやかさ。わたしは夏のあの雨の日々、磨ガラスを通って射してくる光の下のこの部屋をとくに愛する。そんなとき、冷たく倦んじた親密さ、田舎家での徹夜とか突風に襲われた山の避難小屋とかいった雰囲気が、海浜着の薄い覆いの下にしみとおってくる。ぞっとするような冷気のために長びいた食事の終りは、食卓で肱を突き合わすには都合が好い。

そのようにして、わたしはイレーヌとアンリ・モールヴェールの食卓で煙草をふかしていた。まだ若い夫婦だ。男のほうは、背が高く、なかなか瀟洒(しょうしゃ)だが、いささかリンパ性体質で、いささか曖昧模糊としたところがある。それに愛嬌がないわけではない。わたしは彼とランボーについてかなり長い会話を交した（この文人が――お望みならわたしはここでなぜランボーをあえて文人と言うか説明してもいいのだが――われわれの時代に合鍵の、つまり《探究者と穿鑿好きとの仲介者》の、役割をどんなに首尾よく演じえたか記すのはおもしろい。当人は自分がそんなふうに予言されるのを聞いたら大笑しただろうが）。おそらく、実に親切で感動的な過度の心づかいを示しながらも、この男はすでにイレーヌに少々倦きているのだろう。以下はとるにたらぬこと、しかしそのとるにたらぬことがすべてなのだ。すなわち、あまりにも待たされたコーヒーが差し向いの時間を危険なまでにひきのばすとき食卓の上を指でひそかにたたくとか――ときどき湾を横切って沖のほうへ投げられるこのあまりにも満足しきったまなざし――食卓の上に、鍵束が、紙が、レターペーパーが、書類が、新聞の切り抜きが、はじめて、しかしまたつつましやかに現れるとか、そういったなんでもないことから蜜月の夫婦はあの隠し立ての生活へと歩み出すのだ。そして、四十代ともなれば、ドアの隙間からのぞいて見ると、安楽なブルジョア家庭というやつは、食後どんなに内心をぶちまけて言い争っていても、多かれ少なかれ隠しごとに満ちている。だが、イレーヌは官能的で生き生きしている。肉食獣の優美さで彼女の人生の毎日を攻撃しているように見える。彼女は人生とのいかなるたぐいの葛藤も永久に知らないだろう。それは明白である。話題が何であろうとも、彼女とでは、アンリは、しばらくすると、きまって肩で突かれて片隅へ押しこめられた男の顔つきになる。わたしは人間と人間とのあいだのあの亀裂の線を、それが生じたばかりのときに、とらえたいと切に願う。なぜなら、そこに楔を打ちこみ、さらに致命的な大鎚を加えたいという願望よりあらがいがたいものがあろうか…… イレーヌ！ 強い女、さらに言えば、煽情的な女だ。

会話はすぐにクリステルの上をめぐりはじめた。おそらく、前夜のわたしたちの出会いのことで頭がまだ一杯だったので、わたしは話をそのほうへ向けるためにできるかぎり努めたのだろう。アンリは会話に興味をもっているようにはほとんど見えなかった。が、わたしたちがクリステルについて話しだすと、すぐに、わたしはイレーヌの目が光るのを見て驚いた。それから判断して、彼女はわたしたちの先夜の散歩を知っているのだ。――彼女はわたしがあの「若い婦人」に抱いている関心を遠まわしにからかった。彼女は寄宿生時代のクリステルをよく知っているようだった。今でもクリステルと「仲好し」ではあるが、十八年の歳月によって乾ききり、裏切られた、あの形だけの友情で結ばれているようにわたしには思える。そしてそんな友情こそは女による女へのもっともひどい裏切りの選りぬきの場なのだ。女たちにはよく見られることだが、おそらくゲームを複雑にしたいというあの趣味、目的もなく罠をかけたいというあの趣味から、またそうした策を弄することが好きだというただそれだけのことから、彼女はジャックに対してわたしをけしかけようとした。「クリステルは彼に大分思召しがありますわ。ご存知のとおり。泳いだり、テニスをしたり、いつもいっしょですわ。みんな、二人はすてきなカップルになるだろうと思っています。でも、わたくしはクリステルが男の方を幸福にできるとは思いませんわ。あのひとは気まぐれでしか生きられない女。文字通り、頭だけの女です。それほどはやく女をひからびさせるものはありませんわ。わたくしの考えですと。軽蔑よりはやく女をすりへらすものはありません。そう、クリステルは何でも軽蔑する女、遥かなお姫さま、スフィンクスです。でも、わたくし、あなたにあのひとを嫌いになってほしくはありませんわ、ジェラール。」

彼女の親切な気がかりはわたしを魅惑した。わたしは間違っていたのか？　この敵意のなかに、わたしは女同士の俗っぽい対立以外のものを見た。イレーヌ、この褐色の髪のすばらしい女を見れば、ただちに、女というもののあらゆる欲望、要求、偏見とともに、何よりもまず女とは何かを感じるのだ。かつて会った女のなかでもその性によってもっとも無惨に人格を解体された女を前にしては、どんな平凡なお世辞も、どんなすり切れたご追従も、おのずとは唇に花を咲かせない。わたしは不作法であろうとしたのではなかった——ただ、明らかに、その口、その尻、その乳房が、さしあたっては肉の興奮からあらぬことを口走りながら掌や唇で愛撫すること以外には何も思いつかせようとはしなかったのである。多くの女たちの虚栄心をくすぐるものを、イレーヌは屈辱と感じている。——彼女がクリステルを快く思わないのは、彼女がおのれの肉の牢獄に身じろぎもできずに閉じこめられているのに対して、クリステルのほうはまるで天使のように振舞えるからであり、感覚よりも直接的に想像力や夢想を働かせるからである。彼女があのように侮蔑的に吐き出したあの「スフィンクス」という言葉のなかに、わたしは、きわめてめずらしい嫉妬の、さまざまな偏見がそれを滑稽なものにしないという意味できわめてめずらしい嫉妬の、痕跡を見るように思った。

わたしは一度今日の趣味に合ったひとつの寓話を書いてみたい。すなわち『美女と野獣』。それは女同士の嫉妬の物語となるだろう。バッカントたちの時代のようにみごとな爪で引き裂かれて死ぬ女。そこには、魅惑に満ちたおのが牢獄と空しく戦う、天使のような魂の死の苦しみが見られるだろう。——そして魂は恥辱の発作におそわれる。なぜなら、魂は、間の抜けた貧相な衣をまとった自分の恋敵を、プラトン的イデーのいささかお粗末な護符を粉々に裂きながら、自分が徐々に見かけだけのものになってゆくのを感じるのだから。エピグラフは『ドラマチス・ペルソナエ』すなわち、劇の人物たち。笑うべし。しかしわたしはイレーヌに対して意地が悪い。彼女は甘美に匂やかである——が、わたしは彼女が強烈に匂うほうをとる。わたしはひとがあるがままの自分を受け入れ、自分の本性の定めに知性をもって仕えることを好む。それ以外に天稟(てんぴん)はない。

わたしたちが食卓を立とうとしたとき、グレゴリーが、哀願よりもっと悪い、あのいつわりの超然とした様子、あの焦点の定まらない目つきをして、わたしたちのところに来ると、アンリとわたしとにベビー・ゴルフの勝負を申込んだ。この聖書的予言者、この亡霊の親しき友が、あの沈黙の競技をどんなにお好きか、わたしは気づいていた。パイプを口にして、歓喜に酔いながら瞑想を凝らした彼——静かな、かつ目に見えるつつしみのかたまり——が、あのねむたい競技が中断はしないが区切りをつける単純な思考を無限にころがしてゆくのをわたしは想像する。彼は嚙むように考えねばならない。孤独。無器用。他の人間のよりもゆっくり打っていると思われる脈搏。しかし、反芻(はんすう)に熱中し、腰をじっくりと据え、うまそうにパイプを吸う、そのおかげで、彼はかなりの差をつけてわたしたちに勝つのだった。今にも歓喜に破裂しそうな赤味を帯びた得意顔で、彼はわたしたちに葉巻をさし出す。親しいグレゴリー!——わたしは彼をすばらしいと思う。

七月四日

太陽が湾の上にのぼるのを見るために、朝はやく起きた。このホテルの魅力はといえば、とくにわたしにとっては、単調な海のとどろきが耳について離れない海岸線に沿った並木道の裏手、美しい庭、菩提樹、杉、素朴な花壇である。あかつきの光に映えるばら色の屋根の一隅は木々の緑の茂みの上にあっていかにも鄙(ひな)びてほほえましく、思わず拍手を送りたいほどだった。朝はすべてが驟雨にぬれて光り——木々の輝きのあいだに延びる並木路のアスファルトは限りなくやさしいはがねの青を帯びていた。雄鶏たちが、朝の十時の束の間のやさしさに満ちたこの贅沢な海岸の並木道を我物顔に歩いていた。やがて、ここかしこに、犬に引かれたパン屋の小さな車や、給仕たちが口笛を吹きながら喫茶店のテラスにひろげる椅子や、別荘の柵に鳴りひびく鈴や、つまり、剽軽(ひょうきん)な村の朝と混ざり合った気のいいモンパルナスとでもいうようなものが、現れるとはどうしても思えない。

脱衣小屋の近くでジャックに会った。わたしたちは洗礼の水のような冷たい水をいっしょにかきまわした。声を立てて笑い、小犬のようにはねをあげて。お互いに背を強くたたきながら、ぐらぐらゆれる小屋のところへもどった。それから、砂まみれになって、朝の涼気のなかに並び、今日最初の煙草を真面目くさってふかした。まるで長いパイプをふかしながら和睦を議すインディアンたちのように。あの筋肉の惜しげのないごちゃまぜ、あの気を鎮めるなぐり合いのなかで、一日の最良の部分がすでに自分たちのうしろにあるという意識とたった今たたかったばかりの若い小姓たちのように、互いに相手のことに心を奪われて。

彼もわたしと同様にクリステルのことを話したがっているのを、そして多少とも自然な仕方で心にかかっているその話題に近づこうと不器用に手さぐりしているのを、わたしは感じた。しかし禁忌は、もちろん、何よりも強かった。何度か試みて失敗すると、彼は単刀直入に切りこんできた。

「クリステルをどう考えますか?」

無鉄砲な!

「だが、どう考えるにしろ、きみより適当な人間はここにはいないとぼくは思うが。」

「わかってます。ぼくの恋人でしょう? ここではみんながそう考えています。それがおかしいんだな。まるでクリステルがそういうたぐいの関係をもつことができるひとでもあるみたいなんだな。言ってみれば(彼は困惑して言葉を探した)、素手で熱い鉄を握ろうとするような……」

わたしはとびあがった。このような比喩、このような唐突で不器用な告白が透かして見せたとてつもないものから推測すると、ジャックは、彼自身の考えでは、みんながクリステルと彼とのあいだに想定しているあのやさしい友情から何とも遠いところにいるのだった。

「……クリステルは途方に暮れさせます。他にいい言葉が見つからないのですが、あのひとはとても若い。それでいて、自分に自信がある。あのひとの仕草、顔、声がそれに大いに関係がありますのぼくを抑えつけるあの奇妙な感じをどう言ったらいいか？　もちろん、中年の人間ならあいう感じを与えることはよくある。が、驚くのは、あんなに若いうちにあのようなひとを暗示にかける力、ひとを抑える力をもっているということなんです。そう思いませんか？」

「そう思うだけではなく、何と言ったらいいか、適切な言い方が思いつかないんだが。だが、きみがもしあのひとのなかに同時に他のものがあるらしいと思わなかったら、それほどまでは驚かないのではないかな。」

彼はまた煙草に火を点けた。

「少し歩きませんか？」

「いいな。」

「あなたも、クリステルに興味をおもちですね。いや、お隠しにならないで下さい、」と彼は滔滔とつづけて、「わかっています、ぼくは確信しています。嫉妬じゃありません。」

彼は微笑した。

「そんなことはあなたにもぼくにも似つかわしくない、と思っています。」

と、ここで、わたしの口から、何とも説明のつかない、びっくりするような言葉が出て、今となってもそれが自分のものとは思えないのだが――

「あのひとはきみにもぼくにもふさわしくない……」

わたしたちは足を止めた。ジャックは妙なふうにわたしを見た。にわかに雲が出て、風景は灰色に褪せた。人気のない海岸は急に冷え冷えとして暗くなった。ほんのわずかなあいだに、会話はまったく奇妙な成行きになっていた、明らかな理由もなく。わたしはよくあるあの夢への脱線という感じをはっきりともった。夢のなかで、歓迎する扉を無造作にくぐりぬける――と、いきなり、背後に、もの悲しい光を浴びて、凍りついた常ならぬ風景が、ペストと悪夢の野原が、見渡すかぎりひろがっている。

「なぜそんなことを言うのです?」

なぜか、わたしは本能的にクリステルとのあの夜の会話をジャックには隠しておこうと思った。「彼が知ってはならない。」わたしは自分が最初の秘密をまるで宝物のように何を措いてでも守りたいと思う少年にもどったように感じた。

「わからない。きみだって知らないわけじゃないだろうし、ぼくはあのひととほとんど付合いがないんだから。あれは自分を内に秘めて外に出さない娘のようにぼくには思える。なぜかわからないんだが、ぼくはこんなふうに考える。つまり、あのひとはひとつの道をたどって行く、その道がどこへ行き着くのかは誰にもわからないが、ただ、ぼくもきみもその道を断つことはできない、とね。きみもなんて言っては、いけなかったのかもしれない。いや、結局は、ぼくが間違っているのだろう。おそらくいろいろな人たちに偶然出会うということがきみにもあっただろう——その人たちはきみの望むとおり愛想がよく、にこやかで、社交的であるかもしれないが、しかし最初の一瞥で、最初のひとことで、きみは心のなかで言う、『こいつとおれとのあいだには何のつながりもできないだろうし、またその可能性もない。』ぼくたちはよく文学の話をした。きみはジュリエットとロメオとの出会いをおぼえている、と思うが——

誰だ、あの男の手に輝きを添えている娘は……

これは一目惚れの古典的な、例外的な例ではないか。しかし一目惚れは常にある。必ずしも悲劇的ではない筋立て、しばしば悲劇とはおよそ縁遠い筋立てにおいて、ふたりの人間が交わす最初の一瞥が、詩人の霊感と同じようにひそかに、また避けがたくふたりに課せられるある声の抑揚が、ふたりを永久に結びつける。その結びつきが最良のものとなるか、あるいは最悪のものとなるか──あるいはまた完全な無関心に終るとしても。スポーツ新聞はときどき《インディアンの目くばせ》と言う。つまり、ふたりの選手が最初に出会ったときからもう永久に彼らのあいだにひそかな等級が定められる。避けられない敗北に魅入られ、希望が突然失われる。『どうしようもない。』あらかじめ勝負はついているのだ──そういうふうになるだろう──いつもそういうふうに。この男はぼくが楽しむための玩具になる。──この男に対して、ぼくは王になる。ぼくはこの偶然の知人に、ちょうど執事がその主人にするように、ぼくの行為を弁明しなければならない。ぼくの行動のうちでもっとも自信のあるものでも、もしそれがその男の視線の印を受けいれなければ、空しいものに感じられるだろう。ただの一瞥でぼくの心は安らかになる。──その男は地上の強者だが、もし彼が知ったら彼の心を貫くだろう、そんな嘲弄の針のひと突きなしには、ぼくはもう決してその男については語らない。この専制君主は、ぼくの秘密の法典では、道化と記され、この下請人足が君主と記されている。その男は目に見えない──永久にぼくの視線はガラスのようにその男を通り抜けるだろう。──その男は話をするが、百里の向うにいる。

――近づいて来たら、ただ眉をしかめるだけで、ぼくの世界から消える。」

「で、その判決には控訴はないのですか?」

「決してない。誰もそんなことをしようとは思わない。どんな問いがその言葉に表現できないものを言い表せるだろう? そのうえ、そんなことをすれば、恥ずかしさのあまり死ぬことになる。辱かしめがそこまで降りることはないのだから。どんな人間でもこの虐殺の遊びを知っていて、それを尊重している。とくに注目すべきことには、それによって漠然と自分が高貴になったように感じている。どんな人間でも自分の道に屍骸と神々とをまき散らしているが、誰ひとりよみがえらない。いや、聖書さえ、天使長は変らぬ光の環をいただいてしか落ちることができないと言う。」

わたしはひどく熱していた。そのうえかなり愚かしく。――わたしは何で怒っていたのか? ジャックはわたしを好いていない。かなり冷たく別れて行った。不当な言葉なら、彼もわたしを許しただろう――が、いわれなく自分に同情されたのでは許しようがないではないか。「同じ穴のむじなである」ということは、誰も冷静にがまんできない。わたしは結構なばかにならねばならない。

七月五日

午前中をずっと昨日自分が予言したばかげた危惧を反芻して過した。あれからジャックはわたしを笑ったにちがいない。しかしその場では何も答えなかった。衝撃を受けたのだ。ひと泳ぎして、少々熱を入れてワン・セットすれば（ジャックは今グレゴリーと親しく勝ちを争っている）、おそらくあんな幻想は追いはらわれてしまうだろう。しかしながら？

あんな些細なことではすまないのではないか？　わたしは今日奇妙に気持が沈んでいる。誰ひとり知る人のいないこの街、なすべきこともなく、まったくの無為によって坐礁したこの小さな退屈な街で、たったひとりだ。例のランボー研究に打ちこんでみようかと思ったが、しかし文学はわたしをうんざりさせる。そうなのだ、ずっと大切なことがあるのだ。なぜならわたしは老いてゆく。生きるために過す時から、人生が流れるのを眺めて過す時へ、自分が知らず知らずに滑りこんでいるように思える。もちろん、たくさんのことどもがまだわたしの興味をひき、情熱をかきたてる。——それにもかかわらず、すでにひそかにわたしはひとり離れて、もうまったく競技場にはいないように思えるのだ。一日のうちに浪費され失われた時間を、まったくの損失として使い果たされた資本をかぞえて、わたしは驚く。さびしい思い、それを癒すすべはない。そう、わたしは知っている、「流星」は存在するのだ。が、ひとがあのように大胆に時間の価値を否定するのは、まだおのれを信じる必要のないときなのだ。

　このような気分が午後じゅうずっと続いた。夕方、わたしは松明燈台の向うへ散歩に出た。燈台を過ぎると、突然生あるすべてのものが絶えて、砂丘に縁どられた海岸線の大きな弧と完全に裸の風景とがひろがる。圧倒されるような空虚。風景は懶惰（らんだ）な砂の上をころがる波のとどろきに震えている。灰色の空の下、海の波と砂の波とのあいだに、海面と水平に堤防のようなものがあって、環礁の美しい環を描き、硫黄色の光の下に、一瞬、紅海の水路を早取りして見せる。重たい雲が飛ぶ空の下のこの孤立、この荘重の高みにあって、ひとが思い描くのはただ……そうだ、砂の襞のうしろに、シェリーの屍体を焼く煙、あるいは、高貴なゆったりとした仕草で裸馬に乗ったゴーギャンの人物たちのおごそかな縦列。海の兄弟であり、海のように白と灰色との斑で、かつ素気ない、あの馬たち、伝説の記憶にもない太古の破局に、海から出て来るあの大きな馬たち。

　わたしは砂の上に横たわって、波の単調な破局に揺さぶられるがままになった。それはわれわれをすっかり夢中にさせるに足る。すなわち、まず、崩れ落ちるものへの、水煙をあげる滝への、凝縮された期待（「きっと、次の波のほうが前の波よりもみごとだろう！」）。おどりあがるような、唐突な、狂ったような、歓喜、崩れ落ちるものすべてがひき起こす、心の底からの歓喜（戦争のあいだにわたしが感じた子供のよろこび——ただひとつの無邪気なよろこび——は橋が吹きとばされることだった）。次いで、波の塩からい舌が砂を荒々しく、仮借なく、むさぼるように吸いこむ。——すべて柔らかなものが、すべて清廉潔白な岩のまったき純粋以外のものが、平たくなるまで、この骸骨のような金色の堤防がひれ伏して横たわるまで、洗われ、削られ、清められた大地のひびき。かくも子供っぽい、同時にまた、かくも根元的な願望のすがた。すなわち、皮を剝いだ骨とか、盃のように洗い、磨き、それに酒を満たして飲む頭骨とかへの趣味。磨かれて古代の美しい錆が出た骸骨への趣味。ひとを欺く肉の背後を鎚がひびくまで掘りかえす趣味——凝灰岩に力一杯叩きつけられるつるはしのやさしい音。——わたしは、ほんの子供のころ、果物の芯を胸がむかつくまで嚙んだ。

そう……こういったすべて……美辞麗句を連ねることが何になるのか。わたしは退屈している。出発しよう。誰がここにわたしをひきとめることができる？　誰も……　それなら、そう、それなら、時を逸せず出発するほうがいい。わたしをとりまいているあらゆるものに事実月並でないものは何ひとつない。ただ、場所、この蒼ざめた海岸、この混沌たる荒野、葉のなかに埋もれた並木道の沈黙には、おそらく何か不吉なものがある。そのためだろう、ときとしてわたしは目醒めながら夢みているといった感じを抱く。

あさって、荷造りをしよう。

今夜は何と雲が地上に低く垂れこめていることか。さながら地面にゆるやかに降りて来た動かない蒸気の天蓋だ。そよとの風もない、夏の曇って涼しい日々——それはなぜか少年時代の日々を、ほとんど常に無為の日曜日の午後を思い出させる。すなわち——庭が、その暗い涼しさが、その微動だにせぬ緑が、わたしの目に見えるようだ。水平線のすぐ近く、雲の下にたなびくやさしい光、動かないロアール川の面にじっととどまっている光、六月のけば立った野原と木々。美しい庭の小径を晴着を着て歩きながら、わたしは晩禱の鐘の音を待っていた。——ロアール川のうねりのひとつの向う、地平線の上に、ごくかすかに、鐘楼がひとつ見えていた。北のほうに列車の音が聞こえた。それだけだ。心臓が今にも破れそうだ。私に何が起るのか？

七月六日

食堂から出ようとしたとき、グレゴリーが近寄って来て、

「このホテルをお出になるとか言うことですが。わたしどもにはそんなにはやくお発ちになるようにおっしゃっていなかったではありませんか？」

「ほんとうなのです。まだ日は決めていませんが。パリへ呼び帰されているので――こんなに急に休暇を切り上げるのは、そうなんです、ほんとうに残念なんですが。」

「まったく残念です。みんなお名残り惜しがるでしょうよ。若い女性……（グレゴリーは目配せして皮肉を示そうと努めたが、みごとに失敗してわたしを喜ばせた。）ゴルフ……だが、そういう事情なら、いつあなたのお部屋が空くのか教えていただきたい。こんな無作法を申し上げるのも、いろいろと訳がありまして――いや、そのもっともいい訳がここにあります。」

そう言うと、彼はこのような奇妙な手紙を差し出した。

「親しいグレゴリー
例によって無為にとっぷりつかっているきみを、この手紙は驚かすだろう。ぼくはそう思い、またそう希望する。無為に喝をくらわして、ぼくのために最後の尽力をたのむ。ぼくは海岸で数

週間を過さねばならないのだ。信じてくれ、ぼくは本来荘重に記されるべくできているように思えるひとつの言葉にさらにある勿体をつける。ひとりの女といっしょに。ぼくにはわかっている、この言葉がどんなに嘲弄的な微笑によって迎えられるか。ああ！　また、どんな嫌悪によって……　しかし、わかってくれ、グレゴリー、『ぼくについて最後の言葉はまだ口にされていない』のだ。そのことを、ここで、力をこめて、真面目に、くりかえしておく。いずれわかる。が、それで十分……　頭は冷静、脈は正常だ。ぼくは熱があるのだなどとまた言うなかれ。ぼくははじめ、ひらけていない海岸の一軒家を夢みていた。それがごく重要だったんだ、つまり、海とか、雲とか……　要するにそういったたぐいのものが。――しかしそれには気苦労のたねや物質的な拘束がいろいろとついてまわるだろう。ぼくはそいつを一切なしですますことに決めた。このことを心にとめておいてくれ。ぼくのために、そのホテル・デ・ヴァーグに一部屋とってほしい（つまり、波浪ホテルというその名がぼくの気に入ったのだよ）。そこは気持がいいだろうと思う。――言うのもおかしいが、ともかく、きみがぼくらに一切邪魔が入らぬように手筈をととのえてくれたまえ。それはぼくに我慢できないだろうからね。ぼくらはそこで殻のなかの蛎（かき）のように暮したいということだ。さもなくば、無。墓の静かさ。それがなければ、ぼくは家具をいくつか壊すだろう。そして……　いや、いずれわかる。心に他の気がかりもある。いずれにしろ、きみにすべて話すだろう。が……落着くこと。まだ時間があるのだ。さあ、失せろ、その余は沈黙(覚えておくこと)。じゃあ。

アラン」

「いや、まったく、」とわたしはグレゴリーに手紙を返しながら驚きを口に出さないわけにはいかなかった。「いささか激しい方ですね、あなたのお友だちは。」

「あなたはあの男をご存知ないのですよ。まったく、あの男ときたら……失礼しました、どうしてもあの男に部屋を見つけてやらなければならないので。わたしはあの男をよく知っています、見つけてやらなければ、あの男は一生わたしを許してくれないでしょう。(グレゴリーは冗談を言っているふうはまったくなかった。)あの男はわたしたちの友情を問題にするでしょう。」

「悪魔に憑かれているのですか、喧嘩を売るのが好きなんですか。この狂乱はいったい何ですか?」

「アランはそういう男なんです。狂乱とおっしゃったとき、どんなによく言い当てておいでかご自分でご存知ないのです。でも……ある意味では、あの男ほど平衡のとれた人間はいないのです。だが、男らしい男なのですな……許して下さい(グレゴリーは、わたしがかつて見たことのない好ましい微笑を見せた、うっとりとして、しかも恥ずかしげな、魅惑的な微笑を)、あの男の気持にさからうことなど、わたしには考えることもできないのです。あれがどんな人間かいずれわかりますよ。」

「そう、いずれわかるでしょうな、グレゴリー、残念なことに、わたしはあさってまでここにいるのだから。だから、部屋は当てにしないで下さい。」

またしてもわたしの邪悪な守り神の横槍だ。ともかくわたしは発つことに決めていたのだった。ところが、突然、このいまいましい微笑を、この天使にほほえみかけるような顔を罰したいという鋭い欲求のようなものがわいたのだ。その結果がこれだ。

何というおかしな微笑だ! おそらくこれもまた。唐突な、説明できない好奇心が起った。

七月七日

急に賭事がしたくなって、午後カジノへ行った。わたしはあの真新しい、白い、要するに出しゃばったところのない建物が好きだ。まわりを鳥のいない松の森に囲まれて、あたりがひっそりと静かなところが好きだ。――いささかものさびしい背景のなかに、遊び場から離れて、ひとつぽつねんと建っているのも、嫌いではない。荒涼とした珊瑚色の海岸、暗い森の孤独、――針葉樹林帯のなかを走る鉄道のただひとつの駅の、心を裂くような孤立、これが、わたしのいつも思い描く映像である。ここのジャズ――Gカジノの誇り――が惜し気なく聞かせる、サキソフォンのあるいは音を消したトランペットのあのソロの危険な力に身を委ねるとすぐに。

いとも簡単にひとの気を遠くさせるこの金管楽器の豊富な音楽に乗って、幾組もの男女が旋回しているあいだ、あの松の木々の上に目をさまよわせるのがわたしは好きだ。まなざしは木々の広い間隙を通り抜けて、この小さな街、この歓楽の薄っぺらな境をぎっしりと囲んでいる茶褐色の荒野まで延びる。わたしは松の木のうちにいつも悲劇的な木を見てきた。枝の固く激しいねじれ、固い皮、シナの版画に驚くほどみごとに描かれているあの葉の代りの細い剣の冠毛。植物の柔らかさに譲歩するものは何ひとつなく、しかも、乾いた石だらけの土地を、火打ち石を、燃える生を好む。焼けて灰となった何か。恋愛の野生の観念を具現したような何か。すなわち、潤いがなく、安らぎがなく、ただ疲れさせる。

しかし愛はわたしにとってただ針のしとね。

五時ごろ潮が満ちて浜が活気づく前の人気のないテラスにわたしはほとんどひとりでいた。オーケストラが『ストーミー・ウェザー』を演奏していた。突然、わたしは心が信じられぬほど波立つのを感じた。東洋の街へのあこがれか。浮標や流木が乳脂のように浮いている港の、夕陽のなかで潮のさわぐドッグのように、水の上をジャンクの雑踏するなかへ降りてゆく街、その屋根屋根やマストや揺れるヴェランダの迷路、生きんとする努力が空しくなるその強烈な匂い――暗い匂い。匂い、それはわたしにとって人生を豊かにする稀なもののひとつである。われわれの文明の匂いに対する信じられぬほどの臆病さ。立派な裁縫師の香水、ただそれだけで現代の感覚の貧しさを量（はか）ることができる。香の香りと同じように豊かで、確固たる存在感のある香りをスキャンダルなしにふたたび強いるにはカトリックの伝統の全厚みを必要とする。

バカラをしていると、驚いたことにジャックに出会った。間違いなく、かなりの大金を賭けているのに、無造作なふうを装っていた。結局のところ、この青年は何なのか？　クリステルの（感じやすい）恋人役か、現代詩の愛好家か、Ｇでのテニス最優秀選手か、あるいは優雅な迷える若者か？　それとも、むしろ確かな規則に従って故意に複雑になっている例の青春という奴でしかないのか？

ホテル・デ・ヴァーグの中庭で、帰り、玄関前に止まっていた漆塗りの銀色のすばらしい車に見とれる。そうだ、グレゴリーの客だ。野蛮人。せいぜい、趣味のいい野蛮人。

今夜洗練された衣裳を楽しんだ。ホテル・デ・ヴァーグは英国式に夕食のとき正装する勿体振った家である。が、また、それはきわめて結構な地下の酒倉とか、庭園の灌木の配置における田舎ふうな何ともいえぬ愚直さとか、廊下に風情を添えている骨董品とかによって古きフランスである。わたしに当てられたのは低地ブルターニュふうのこころよい部屋で、折りたたみ式寝台の羽目板、アルコーヴ、高いつづれ織の壁掛、天蓋のついた寝台があった（それは、わたしも認めるが、ほとんど信じられないことであって、グレゴリーがこの部屋を空けてほしがったのもわかるというものだ）。部屋に入ってゆくと、ほとんど常に、サーヴィスは行き届いていたから、田舎の夏の薄暗がり。閉ざされたその鎧戸の向う側に、藤やら野ぶどうで赤く染った物置小屋の屋根やらツルゲーネフの小説の菩提樹やらを思い描く——それから鎧戸を開けると、海岸のめくるめくような光、塩と縞の布とのサハラ砂漠、砂煙をあげて吹く風の鋭い叫びのなかに、隊商の出発のざわめき。わたしはこの部屋が好きだ。

少し念入りに身づくろいすることほど上機嫌を誘い出すものは何もない。わたしはものすごい食欲で夕食をとりはじめた。わたしの新作をいささか向う見ずにとりあげている雑誌に読みふけりながら。不意に、食堂の奇妙な沈黙をぼんやりと意識した。このような沈黙の波は、もちろん、めずらしくはない、たとえば女が、とくに新しい服を見せびらかしながら入って来るようなときの常客のあいだでは。しかし、会話のなかのエアポケットと、劇的な恐慌の前の恐ろしい凪（なぎ）とを分ける、あの言いようのない微妙な差違が、長びく沈黙のなかを突然横切った。あるいはまたそれは心臓病患者にとっての、十分の一秒余計につづく心臓の停止。そのあいだ患者は血の気を失って壁にへばりつき、血走った目に「あれがまた起こるのか?」という不安をありありと浮かべている。わたしはそれほど誇張しているわけではない。わたしは息苦しくなって、顔を起こした。ふたりの新客が、グレゴリーに導かれて、入って来た。男は力のと同時に優雅の絵姿だ。最初にわたしが思ったのは、精霊とともに歩いているということだった。すなわち、このような旋律によって地面が嘉（よみ）せられるのを見たのは、ただコロンブにおける優勝盃争奪の決勝戦でスラヴ人の選手が競技場に入って来たときだけだ（競技場全体が息を止めて、固唾をのんだ）。女は――言うまでもなく――非常に美しい――夢のなかに見るように美しい。次いで、わたしが狼狽しつつ考えたのは、星々の音楽よりも複雑でどぎもをぬくものをまのあたりにしているということだった。すなわち、一組の男女、実に王と女王のような一組の男女。さらにそれから考えたのは……いや、それは考えではなかった。沸騰、動脈の躍動、偉大な悲劇女優やオリンピックの選手がそれぞれにふさわしい輝かしい装いで登場してくるとき突然われわれを襲う、あのめくるめき、あの手から力が抜け、喉がからからになる状態。そんなとき全群衆がただ、「あれが、彼女だ、あれが彼だ」というひとつの考えに促されて、腰を浮かせる。

七月十五日

今朝はやくわたしは気づいてみると料理場のあるところをうろついているのだった。わたしはあの場所が好きだ。心をひかれる。おそらく、子供のころのほとんど結晶したある思い出に呼びもどされるのだろう。たとえば、親しいお客たちが帰ったあとのさびしい無為のさなか、熱くものうい午後のうつろのなかにゆっくりとしまわれるひびき高い銀器の思い出。ロビーのほうへ引き返して来たとき、出て行くグレゴリーとアランとすれ違った。あのしなやかで大股の足どり、よそよそしく近寄りがたい足どりは、その後ろに何かしら航跡のようなものを残して、それを横切ることは穏当を欠くように思われた。ふたりはまったく無言だった。海岸のほうへ出て行った。なぜわたしは彼を認めたとき顔が少し蒼ざめるように感じたのか？　午前中ほとんど、わたしは部屋にこもって、窓に肱をついていた。目の下には砂浜がその弧をすべて見せていて、砂浜の端にいたるまで、幾千のひとびとの、その一歩といえども、皺のないこの背景の布の上で、私の目を遁れることはできなかった。こんなふうに昔、あの木のない島、ウッサンで、ホテルからわたしはずっと遠く、島のもうひとつの端のあたりに、突然見たのだった、黒い帽子の女がひとり家から出て、静かに扉を閉めるのを。空に向き合ってかくもはっきりと、かくも静かに、描かれた数本の小径が織りなしている静脈の網の上に、刻一刻、黒い小さな人影が忍耐強く歩いて行くのが見えた。まるで自分たちの坑道を行く蟻たちのように。まるで、毎日毎日海図の上にピンでとめる、航路の船の進行を示すあの小さな旗のように。わたしはこの無名の群衆のなかにアランを探している自分に気づいた。いや！　彼がこの群衆のなかの黒い点のひとつになることはできない。たとえただ一瞬この混雑におとなしく従ったとしてもだ。彼がこの蟻塚のすさまじい渦巻から突然立ち現れるにちがいないとわたしは思った。たとえば、大きな肉食魚が沖に出るとき、潟の水面すれすれのところで小さな波頭が狂ったように踊るあのサラバンド。

　数日来、わたしは人生が湿気を吸って溶解するという思いから遁れることができない。それはおそらく、地面とうまく繋っていないこの海岸、人間が住んでいるこの定かならぬ縁飾りのせいだ。暑気が立ち返るや、つまり、七月、駅のポスターに、人間の大きさに縮小されたフランスの海岸に沿って、大陸に背を向け、片足を水のなかにおき、沖に花のようにかかった霧に心を奪われたのか、愚かな目をした水着姿の男女が見られるとき（題して「フランスの海岸」）、大きなからだの血を皮膚にまで吸いあげるあの苦い波の吸盤のせいだ。星々のどんな新しい結合に応えるのか、あの大陸の奇妙な潮――それから曇った美しい日々のあの綿にくるまったような雰囲気――クリステルとのあの月夜の会話のせいだ。そうだ、しかし一週間このかた、そういったすべてがいつになくある調子をとっている。

安心するがいい、グレゴリー、わたしは今はもう発つつもりはない。アランとわたしとは互いに話し合うことがあるのだ。雲の上を歩くようにしてやって来た男――他のところにいないというすべての苦痛、すべての不安をひとときのあいだわたしからとり去った男――ここですべてがそのまわりに組立てなおされるであろう男を見抜くために、わたしには、三日とかからなかった。ただその顔を見ただけで、わたしは彼が人生について暴力的な観念を荷っていることがわかった。今、わたしは彼に何を期待しないでいられよう、彼は語ることなく説き伏せ、姿を見せることなくわたしの心を占めている。わたしは人間をその行為によって判断するひとたちには属さない。わたしに必要なのは、より多いとより少いとだ。すなわち、その下で星がゆらめくまなざしであるか、海をしずめる手であるか、どんな地下の洞窟をめざめさせる声であるか？　どんな秘密が、きみがここに伴って来た女にきみを結びつけているのか、静かな颶風のまっただなか、海の面に幽霊のように立ったどんな秘密が、女を魅惑するどんな秘密が？　いかなる岸を離れて、きみはこの岸に来たのか？　この岸が存在するということは私にとって奇蹟のようになりつつある。そして、おまえ、日の光よりも美しく、断崖の頂でいつまでも揺れつづけるかのような、そんな償いえない美しさをもった女よ、――いかなる光をあの男はおまえのなかにともしたのか、おまえがあの巨大な影を投げるようにと、おまえが現れたり隠れたりするのに従って昼と夜とを分かつようにと、そして、以後、わたしの人生を、森の広大な空間を抜けてただひとり旅する人間さながら、光と影との、頬をかすめる風と湿った闇との、つぎはぎ細工にするようにと？

いや、わたしはもうここ以外のどこにも行きたいとは思わない。驟雨のあとの夕辺の森のなかのようなこの空気以外の空気を吸いたいとは思わない。この心をたかぶらせる氷のように冷たい空気を、数日来、私は浴みから出て息をつくように飲んでいる。

クリステルもわたしのようにあの不思議な男女の魅力を、少くともアランの魅力を感じているのがよくわかる。たとえば、昨夜、カジノからの帰途、話がふたりの上に及んだとき、彼女ひとり沈黙していたのは意味深い。短い、ほとんどきびしい数語が、彼女が先夜の告白を悔んでいることを、わたしに教えた。——しかも、その後悔は、とくに、もうひとりの人間に与えるものがそのために少くなったということであると、わたしは理解した。彼女はあの男を愛するだろうか？　いや、ただこう言おう、彼女はあの男を愛しているのだろうか、すでに、すべてを集め、すべてを抱えて、愛する者の足許に身を投げ出す、あの与えたいというあらがいがたい欲望、かつて与えたものを突然惜しみはじめるあの欲望をもって？

数日のうちに、アランは「ストレート」の仲間の神となった。ホテル・デ・ヴァーグでは、スポーツ青年や、ダンス、水泳、テニスの妙手の一団をこう呼んで、その頭にこれまでジャックを戴いてきた。注目すべきは、どこか違っていること、ひとを集めている領域とはまったく無縁な領域に通じていること、そのあいだを容易にとび越えられること、そういったことが、あらゆる種類の閉されたグループ、徒党の首領となるための資格であるということだ。こうして、秘教的な詩に対するある種の好みが、ごく自然にジャックを一派の長たらしめ、彼のジャズレコードの選択やネクタイの趣味のよさについての考えをあれこれ言うことを禁じたのだった。しかし、どうしてアランに勝てよう？　彼はカジノや浜に現れるや、たちまち、嘘のような無言と同じく嘘のような優雅さとによって支配した。ひとびとは毎日彼が姿を見せてくださるのを待ち望んでいる。彼は一種の陶酔と熱中とをもって賭け、泳ぎ、踊るが、しかし常に自分自身のうちにこもり、閉ざされた渦巻の中心にひとりいる。わたしは今朝飛込台のところにいる彼を見ていた。わたしは人間が海に身をさらすこの瞬間が好きだ。まっすぐに立ち、からだの側面図を描き、昂然としたきびしさを突然見せ、宇宙を前にして自分の全力、自分の全人間的感情を集中し、それから跳躍のために筋肉の緊張をゆるめる前に、さながら板がゆれるようにからだをまっすぐに傾ける。そう、わたしはこの瞬間のアランをとくと眺めた。その目は官能的な夢の上に半ば開き、その顔はひそかな陶酔を浮かべ——わたしは水が彼を呼んでいるのを感じた——そして、あの落下、あの垂直の溶解がきわめて強烈な官能のよろこびを彼のうちにしみとおらせたので、われにもなく両の目は純粋に動物的で、しかも優美さに満ちた動きのうちにすっかり閉ざされた。このように感動的、直接的な仕方で自分の欲望を表現する力はごくわずかな人間にしか与えられていない。わたしの考えでは、偉大にして稀有なる特権のごときものだ。そしてそれは、動物の跳躍とか、枝の揺れ動きとか、小石の面を走る水のとかげのような動きとかに奇妙なふうに他の人間よりよく一致するある種の人間が、もっぱら女性の上にとは言わないが、それでもとくに女性の上に及ぼすあの魅惑において、ほとんどすべてをなしている。——そのような類の人間のからだはひとを不安にさせるほど柔軟であって、枝との最初の絡み合いからまだよく解けていない蔓のようなものだ。

七月十六日

今朝はやく泳いでいるジャックに出会った。浜はまだ人気がなく、わたしたちだけだった。クリステルに関してのわたしたちの奇妙な議論を思い出さないわけにはいかず――今、その避けがたい記憶が、わたしたちのどちらもそれにふれないことに心を決めていたが、わたしたちをすっかり困惑させた。わたしたちの勢力は以来まったく衰えてしまい――そしてわたしたちふたりの失寵の接触から、オーストラリアの叢林を色あせさせるほどの棘の束が陰険に花咲いた。わたしたちは水に飛び込むことによってこの困惑から遁れた。わたしたちの不愉快な気分は激しい競争のうちに霧散した。わたしはジャックに一艇身勝った、必死の思いで。

肩のこころよい疲れ、水の網によってもまれ、こすられた筋肉のけだるく深い疲れ。眠ること、沈むこと。戦争のとき、そのすべてが板と無理な角度と振動との拷問となるあのおぞましい軍用列車のなかで、こんなふうに、牧場のような水のなかに、海底の牧場のなかに横たわりたいという切ない夢にとり憑かれた。「海のなかに眠ること、」エリュアールが言うように。「死のなかに眠ること?」戦争のとき、その区別が越えがたいものには思われない瞬間があった。
眠ること。わたしの捕虜になった最初の夜——わたしがただひとつおぼえているのは海のように深い眠りだ。湿った牧場だった、広大な草の海、六月の豊かな夜の下のしゃぐまゆりの牧場だった。わたしたちは平和な家畜のように輪になって寝ていた。頭は神のようにからっぽで、大地と次の至と季節とを思うだけだった。神のような無心。明日は日が昇るだろう。——今は眠ること！　夜の大きな平和のなかに番兵の鋭い剣が突っ立った人間たちの小さな島よ、おまえの平和な村の中心では大地が遊び興じていた。——が、そこから昇ってくるのは、それでもやはり、農事詩の歌だった。そして目路のかぎりの草のしとねにころがり、埋もれ、抱かれて、と、突然、嵐を告げる鳩の鳴くようなやさしい音、砲声。

…………

今日の午後、窓辺に肱をついていたとき、わたしはこの海岸の背景のなかにある異様に芝居がかったものにはじめて気づいた。陸地に背を向けて家々を縁どるあのわずかな木々、大きな波のまわりを固めているあの完璧な弧、そこでは海が必ずやもっと鳴りひびくと思わざるをえない弧

——浜をあるときはひとで一杯にし、あるときは空っぽにする潮のあの揺れ動くようなざわめき。それからまた、あの独特な視角。すなわち、劇場のように、すべてのものがどこからでもひとしく見えるようになっている。たとえば模擬海戦場の周囲にしつらえられた、コロセウムのような階段座席。そんな月並な着目に、わたしは何か常ならぬ、そして心を昂ぶらせるものを見る。わたしはこの完璧な曲線に幾何学的な中心を探し求める。この半円形の観覧席の光が集中する燃える轂（こしき）を。それから何を？　祭式司宰者の神聖な仕草を。単に牡牛の屠殺者でしかない男が円形競技場でわれにもあらず突然引き受ける司祭職を。そのとき男が犠牲を捧げる者のゆっくりとした足どりでやって来て、この巨大なレンズの焦点に火をつけると、そこで生が最高の緊張のうちに分解するただひとつの炎が一万の心臓を一挙に浄化し、解放するのだ。

身を乗り出すと、ちょうどわたしのいる窓の上にクリステルが見えた。彼女もまた露台に肱をついて、海岸を眺めていた。たしかに、彼女が目で探しているのは彼だった。——常にあのたくさんの黒い点のなかのひとつの点である彼、この乾き切った砂のたらいの上で——それはあの自動車競技場の無慈悲な断崖に沿って目がくらむまですべってゆくのだが——おのれの本質的な問題にすべてのものが立ち返らせるまなざしにとっては誘惑であり絶えざる責苦である彼、——燃える塩と日光とを両手一杯に投げつけるあのサハラ砂漠の偉大な牧神。

夜の数時間をアンリ・モールヴェールと文学について論じながら過した。「われわれの奇妙なお客たち」への、半ばふざけた、半ばまじめな、つまりはかなりこみいったいくつかの当てこすりのあとで、彼は女たちについてひどい悪口を言いはじめた。もちろん、きわめて漠然と、また誠意をもって。わたしは彼になげやりなところ、優柔不断なところがあるのに気づいてはいたが、それがこのところとくに目立った。彼が話のなかで長い沈黙をさらに引き延ばしたり、まるで最後の煙を自信なしに吸いこもうとしている葉巻のように、唇の先だけで話をまたつづけたりする仕方は、こちらの話す気を挫き、かなり不愉快だった。ごくお上品なうわべの下の、月のように無定見な、移り気な、気落ちした何かが、とくに今夜わたしを驚かせた。わたしはこれまで彼を退屈した男と考えていたのだが、それがまったく奇妙に、かつ正確に、水を離れた魚のような人間という考えに変った。ひとりの横柄な女のあとをついて回るようにできている彼は、新しい天体の引力圏の境界で、逡巡(しゅんじゅん)しているようにわたしには見える。――そう、その衛星のような性質にとって理解できる深淵の唯一のかたちである例のどちらでもないのひとつの端で。

七月十八日

この数日来のグレゴリーとの話のなかで、わたしはアランに対する過度の関心を示したにちがいない。ドロレスという語を口にしないために非常な努力を払っていただけに（それでもやはり、グレゴリーよ、彼女の名を最初に言ってくれたことを感謝する）、わたしはアランに関しては言葉をひかえられなかったのだと思う。毎日のようにわたしはグレゴリーを追い回した。アランに対する彼の子供のころからの友情、それはまたわたしをあの一組の男女に結びつけ、そしてわたしが砂漠のまんなかに迷い込むのをひき止める糸であった。――わたしたちふたりが話をしているかぎりは、わたしは自分をそれほどつまらない人間には感じなかった。もし今アランが、ドロレスがわたしたちに出会ったら、と心のなかでつぶやかずにはいられなかった、ふたりはわたしたちのところに来て、わたしたちに挨拶をする以外にないだろうから、そうしたら例のちっぽけな虚栄心に巧妙に欺かれ、拍車をかけられ、軽くわたしの上体を起こすこと。これが、「前途有望な若い大学教師」のなれの果てだ。ひとりの偉そうな野郎だけでことは足りた、いや、おそらく、ふたりの豪勢なホテル暮しの山師だけで（数日来わたしは苦い気持になっている。ドロレスは昨日行ってしまった。——数日のあいだ、いや、たぶん数週間、とグレゴリーはわたしに言った。ああ、願わくば……）。

わたしはグレゴリーを質問攻めにしすぎたのだ。今朝、わたし宛てのかなり部厚い手紙を見つけた。あのすばらしい青年は数日間留守にしなければならないことを詫びてから、彼の友人に対してわたしが抱いている関心を知っているので、「失礼をかえりみずに」数枚の書いたものをわたしに委ねることにした。彼は昨夜「いくつかの思い出といくつかの考えと、そしてもしこの言葉があまりにも野心的でないとするなら、いくつかの予言と」をわたしのために記してみたいという気紛れをおこした。書いたものを手にして、わたしは一瞬ひとりで赤面した。まるで偽善の現行犯でつかまった子供のように——まさしく手は財布に入っている。わたしはグレゴリーをこれほど深く見抜くことができたか？　だが、次の瞬間この拾いものに対する好奇心が一切を覆い隠した。

わたしはこの感動的な宿帳をほとんどそのまま写す。というのは、あらかじめよく考えたわけでもないだろうのに、まさしくこの形式の下に、グレゴリーの友人についての思い出がおのずからよく整理されているように思えるからだ。いかなる訴訟で証言するためか——いかなるむずかしい調査に協力するためか？　この容疑者の突然のしかも不本意ないかがわしい解明、それがわたしに与えるいささか不吉な感じから遁れることができなかった。まさしく禍は内より起るのだ。

「アラン・パトリック・ミュルシソンはイギリス人の、しかしほどなく帰化した父親と、フランス人の母親とのあいだに、一九××年パリに生れた。彼の父親は芝居の演出を仕事としていたはずで、しかも莫大な財産を譲渡されていたらしい。アランの青春はたしかに贅沢三昧のなかにあった。たえざる移転に、旅の、ホテルの、湯治場の生活は、役者や作家や音楽家と輝かしいと同時に変りやすい係わりをもつ生活に満足しなければならない、あのさわやかで、気まぐれで、いささか非現実的な贅沢——ロマンティックな若い王子の宮廷の雰囲気。それが現実の土台を欠いていることをアランははじめは知るよしもなかった。彼ははじめからきわめて美しい子供だった。ひとびとは彼をちやほやし、可愛がった。——彼は実にみごとに人生に順応する。——彼はすべてを許させるあの陽気な動物性、あの放たれた若い獣の優美さをもっていて、今日でもなお、それを、欲するときには、取り戻す。そんなとき、彼はある種の自発性（とはいえ、それはいかに心を配られたものであるか）に立ち返って、それが彼を女に対して抵抗しがたくするのだ。

しかし私は念のために私が彼について知っていること、私自身の目で見たことだけに話を限りたい。彼について実に多くの伝説が広まっている。

私がアランを知ったのは高等中学校のときだった。彼が私たちのところへやって来た日のことを、まるで昨日のことのように私はおぼえている。私たちは彼の優雅さ、彼の洒脱さに度胆をぬかれた。人生へ、あらゆるかたちの快楽へ、激しく、荒々しく押しやる彼の並はずれた力に。私たちが、あのいかめしい牢獄の高い壁のうしろで（そこから逃げ出すことは、たとえ数時間にしろ、容易なことではなかった）、いわば澱んだ沼のなかに沈んでいることに甘んじ、数年のあいだそこに葬られたままとどまらねばならなかったのに――彼にとっては、その牢獄が開かれた場所でしかなく、不思議なことに彼の望みのままにその扉をこじ開けることができた。彼に対しては、いろいろな規則のなかのもっとも神聖にして侵すべからざる禁止事項さえ取り消された。彼は好きなときに外出した。――おそらく彼の父親が修道院長にあるひそかな力をもっていたのだろう――いや、むしろ、彼が全能の規律の番人たちを魔法にかけるすべを知っていたのではないかと私は思う。彼にあって、人生はあの修道院の壁をとおしてしみとおり、流れこむことを決して止めなかった。私たちが聖書のなかでその物語を読んだあの奇蹟の訪れという恩寵（おんちょう）を受けた若い予言者たちのように。週日でさえ（そのことが、きちんとした学校の寄宿生にとっていかに途方もないことであるかわかっていただきたい）、門は彼のために特別な恩恵によって開いていた——芝居とか、音楽会とか、彼が行かずにすませることのできなかった社交界の集りとかのために。驚くべきことに——おき去りにされた私たちの誰ひとり、そのために彼を恨むようなことはなかった。反対に、彼は私たちの檻の格子の抜穴であり、私たちの空の晴れ間であり——彼に従って、あの祝福された未知の街を通って行くのだった。その街には私たちには想像できない光が射し、禁じられたさまざまな宝がかくされていて、そのおとぎの王国は私たちにとって月に一度の外出の幻滅の時間の外にあるほんとうの都会であった。——そう、思うに、私たちは、恩寵に満ちたこの自由、私たちを鎖でつないだこの自由を前にして、私たちがついた溜息より多くの夢を夢み、多くのすばらしい冒険を生きたのだった。彼は私たちが夢をみ、希望をはぐくみ、計画をいだくことを可能にしてくれたのであって、言うならば、私たちの外気に開かれた肺であり、私たちの不思議の国の駐在大使だったのだ。

アランは頭のきれる生徒だったが、しかし彼がクラスで占める席次、賞、褒美は不思議に彼に対して冷淡だった。彼は特殊な教養を身につけていた。——まだ年のいかぬころに、現代文学のなかでももっとも難解な、もっとも大胆な作品にかぶれることからはじめて。あなたがあれほど夢中になっている例のランボーは、私が彼を知ったころにはもう彼の目に隠された秘密はほとんどなかった。彼の子供らしい昂奮はこうしてはじめから奇妙に明晰な何かによって特徴づけられていた。おそらく彼はほんとうの眠りのあの暗さ、子供らしいあの確信、インクのしみのついた私たちのテーブルの上に降りてくるあの神秘をもって夢みたことがなかったのだろう。後になって、彼は私が次のように理解するのを許した——それが明かされて、わけのわからぬ特別に苦しい反響が私のうちに起こったのだが——すなわち、彼に遡れるかぎり遠い昔から、すでに彼はそんな自分の夢を利用していた、と。逆に、学生の栄光であり責苦であった古典作家に、彼はまったく無関心だった——おそらく全然読んでいなかったのではないか。彼は恍惚として、我を忘れて、本を読んでいた——私は今でも思い出す、あの大きく開かれた目、あの机の上のめくるめく本の渦巻、あの無差別な乱読、あのすべてに堪能しようと常にかまえている読書欲。そして外に出て来ると、彼は私たちといっしょに校庭を大股に歩くのだった、くすぶりつづける重たい酔いのようなもの、暗い光の射す霧のようなもののうちに沈んで。

ある仕方で——私は自分の義務につながれ、本能的に節度につながれた敬虔で物静かな子供だったが——ひとつの考えが私のうちにごくはやく生れた。私たちのまんなかで彼がそんなふうに動き、生きているのを感じるあの昂奮した不安から、生れたらしいのだが。——すなわち、アランは『彼の人生を両端から焼いている』という考えだった。彼との会話のなかで——中学校の校庭で肩を組んで交される、あの、実に友情のこもった、実にまじめくさった会話、その思い出は大人の人生を突然ひきつらせて、いとわしい浮薄さの渋面をつくらせるものだが——しばしば彼のうちに、ひとは人生を汲み尽くすという、彼の年齢にまったくふさわしからぬ実に奇妙な考えが固定観念のように立ち返ってくるのだった。この少年期の悲劇のなかで、最後の破局がただ人生、日常の、幻滅の人生でしかない悲劇のなかで、彼はすでに最後の幕をはっきりと見抜いていた。——後に成年に達したとき、彼があらかじめ一切を越えて彼の最後の結末、死をふたたび感知しなければならなかったように。（ここで、私はこのような誇張を詫びなければならないと思う。が、しかしアランは、あなたもすでに理解したように、普通の人間ではない。すなわち、彼は、そのどんなに些細な思い出を、どんなに疑わしい足跡をひとがたどっても、必ずや不意に暗い出口にぶつかる、そういった類の人間なのだ。——さながら伝説の森がどんなに細い小径をもその影でもって荘厳に見せ、木々に覆われた道のはずれで日の光を虹の光彩のうちにしか、遠い沖の何やら異常な霧のうちにしかもう迎え入れないように。）

そこから、おそらく、人生があれほど多くのものを与えようとしていたこの若者のうちに、不思議な慎しみが生れたのだ。ここに、私の心を強く打った逸話の思い出をおこう。アランの美しさは彼にとって中学校のあの喧嘩腰の生徒たちのなかではどんな強みにもならなかった——あるいは、たぶん、子供の、同性の子供に対する、あのひそかな、純潔な崇拝を彼にもたらすことしかしなかったにちがいない。そんな崇拝はある種の法外な肉体的特権から生れるものであり、私には今でも恋愛より不可解かつ野蛮なまでに不当なものに思われるのだが。――ところで、すでに言ったように、彼はたびたび外出したが、おそらく、例のごとく禁を犯して脱け出した街頭でのことだったにちがいない、彼がほとんど子供のような、ひとりの少女に出会ったのは。ふたりが互いに言葉を交したとさえぼくには考えられないのだが、しかし彼女は彼が寄宿生であることを知って、毎日、学校の庭園の木々がその影を落しているあの閑静な路地を、高い陰気な塀に沿って、通るのだった。少女はかなり貧しかったが、顔は悲しげで、清純だった。そんな彼女を、私はときどき塀を飾っている鉄格子のあいだから認めた。彼は張り出した菩提樹のとある枝から、その上にまるで若いジャガーのようにうずくまって、彼女をうかがっていた。彼女が顔を起こし、ふたりの目が会った。――しかしアランの目のなかにはきわめてやさしいと同時にきわめて残酷な、まったく怪しいまでに曖昧な光があったので、哀れな少女はあえて立ち止まろうとはせずに、真赤になりながら歩きつづけた。こんな野蛮な悩殺の場面がくりかえされた。たぶん、数週間。――それから、遊びは、それが遊びだったとして、終った。ある出来事のために――子供にとってはとくに驚くことではないあの早変りの場面のひとつだ――おそらく、彼女が病気になったか、あるいはアランの心が突然他のものに占められたか、だ。この挿話のなかで私にとって注目すべきことは、私だけがこの秘密を知っていたということであり——それでも偶然が何かそれに関係していたのだ——そしてアランがそれから虚栄心のよろこびをひき出そうとは決して考えなかったことである。そんな虚栄心のよろこびはあの特別に敏感な年齢のものでありえたかもしれないのに。このことは、私の言うことを信じていただけると思うが、このアヴァンチュールにけりをつけるために、彼に決断力が欠けていたということではない。

アランの性格がいかにひとを惹きつけるものであったにしろ——彼は私心のない熱烈な友情を得て、しかもそれが生涯変らないだろう——ときとして彼のうちにも陰気でひとになじまぬ気分、いわば喪の気分があらわれて、それを彼はひとを不安にさせるほど完全なものに仕上げることに成功した。次の逸話は、それがどういうことか、あなたに教えるだろう。慣例として、私たちの学校でも、ほとんどすべての学校と同様に、上級生が新入生をいじめた——たいていは、他愛なく。というのも、ほとんど注意されないことだが、子供たちには節度への性向が自然に備わっているからだ。ただその性向をあとで人生が手を尽して歪めるのである。——創意とか想像とか、またよりしばしば性格の深い特色とかはその新入生いじめにおける真の創造、つまり忘恩の年齢が産むことのできるおそらく唯一の傑作のなかにあらわれるものだ。私たちの寝室は天井までやっと半分ほどの高さの木の仕切り壁によって小さな個室に分けられて――鉄の棒に吊された布のカーテンがこのいたって簡単な寝室と中央の通路とを仕切っていた。夜は、監督者がいなかった――睡眠に関しては自発的な規律に委ねられていたのだ。その年の新入生のなかに、きわめて内気な、きわめて不器用な、おとなしい少年がいた。病身、神経質、少女のように華奢な顔立、母親の庇護がなくなると同時に盲人同然となる例の少年たちのひとりである。彼は校庭に出たときから、行くところあのむき出しの空間、運動場のあのサハラ砂漠のような固い層皮、あのひとの坐っていないテーブルが並んでいる大教室、あのインクのうっとおしい匂い、自分の木靴が気味悪くひびくあの廻廊の鋪床に出会ってすっかり方角を失い、さながら窓ガラスにぶつかる蜂のように四方の壁に突き当っていたが、そんな彼をアランが気がかりな目つきで見つめているのを、私は認めた。夜になると、数人の友だちに手伝わせて、アランはまる一月分の学校の油を貯えてあったにちがいない大きな細口のびんを料理場の裏庭へ取りに行き、そしてその空のびんを非常に用心して新入りに当てられた寝室に運び入れた。びんは乱れた寝台のまんまんなかに堂々とおかれ、それから水が口のところまで慎重に注がれた。一杯になると、びんは実に六十キログラムの重さだった。夜の闇がすでに高いいびきに満ちた寝室に落ちると、私たちは心臓をどきどきいわせながら隣りの個室に閉じこもった。犠牲者の寝台に目を投げることができるように仕切り壁にしがみついて。私たちは考えた、彼ははじめて迎える夜——この恐ろしい夜——床につくのを、ちょうど円形競技場の中央でキリスト教徒の処女が裸にされたときのように真赤になりながら服を脱ぐのを、真暗になるまで待つつもりなのだろう、と。暗闇に包まれて、びんはいよいよ大きく、黒く、幽霊のように見えた——白いシーツの上で見るまに大きくなってゆくどぎもを抜く毒きのこ、しかもみずからをまったく疑わず、確固としてゆるぎなく、みずからに徹して動ぜず、破廉恥なまでに存在している。——少年時代を一度でも知ったひとならば、私たちがこの私たち自身の手になるものを前にして、期待と、胸をときめかせるいわれのない喜びと、そして恐怖とを同時に感じながらおののいていたということを理解してくれるだろう。とうとう寝室のドアが、力のない手で押されて、静かに、ごく静かに開き、それからためらいがちな歩みがつまずきつまずき、無限にゆっくりと個室のほうへ進んできた。私たちは私たちの犠牲者が少しずつおずおずと鉄の棒から吊れたカーテンを引く音を聞いた。それから、ふりかえると——彼は見たのだ。思うに、彼はその場に二分以上釘づけになっていたにちがいない。両腕をたらし、恐怖のために彫像のように身じろぎもせず、狂った心臓の鼓動に聞き入って。私たちの息は私たちの唇の縁に凍りついた。虎狩りにでも、この電気椅子の緊張、この剣さながら鞘を払われた目の緊張はないだろう。世界の終りのような期待のうちに、さらに一瞬が過ぎて、私たちは見た、涙が彼の頬を伝わって流れるのを。涙は、暗闇のなかで、泉のように、ひっそりと、とめどもなく、流れた。それから、ふたたび沈黙。不動。遂に、幽霊が歩くように、一歩踏み出すと、彼はさながら淵に身を投げるひとのように目を閉じて触った。私たちは聞いた、爪が仕切り壁にふれて、ちょうど熱のために歯がコップに当るような音を立てるのを——それから電気の衝撃を受けたように退いて、彼がとうとう恐怖の奥底に触ったのを私たちは知った。ふたたび長い間があって、そのあいだに彼は自分の肉体が衰弱し、分解するのを感じたにちがいない。それから、古代の神話のなかでのように、また、おそらく、オデッセウスのように、ヒポリュトスのように、わが親しき心に話しかけてから、怪物に向って行った。七頭蛇の頭を断ち切ろうとするように、滑稽な、小さな腕で、彼は怪物をゆさぶった。びんはそのまるい底部の上で無頓着にゆれ、そして、無遠慮に、冷たい水をシーツの上に少しずつ吐き出した。彼を鼾で攻囲している野蛮人どもを起こすことなぞ論外だった。突然、そのとき、夜の闇から現れた恐ろしい幽霊たちにむかし慄然としたときよりも、はるかに、今、大人のあらわになった邪悪さに、彼の子供の心は傷つけられ、破られ、えぐられて——絶望の極みを映しとったあわれな仕草で、言葉もなく彼は小さな腕を組んだ。と、アランの野生的な笑声が梢の上の雄鶏の歌声のように落ちるのを私たちは聞いたのだった。

しかし、おそらく、彼はすぐに知らされたにちがいない、彼がもっているこの力、彼に代って観念や事物をやすやすと最悪の状態に到らしめる力、つまり人生を狂わせるこの力に。――彼の性質のこの危険な傾向、その前で彼がほとんど途方に暮れているのをときとして私は見たが、それに対する反動からである、彼がある奇妙なイギリス心酔を私たちのあいだで馴化したのは。――そのイギリス心酔は、彼が非常に誇りにしていた彼の祖先がイギリス出であるということから正当なものと認められ、同時に、優雅の王子という彼の決定的な立場を私たちのあいだで最後に固めたのだった。彼は、物に動じないものを、学校の風習に合った奇妙なてらいを、片眼鏡の使い方を、イートンのネクタイとイギリス風に裁断された三つ揃いの背広を、彼が自分の常ならぬ品位を他の何にもまして高めるにちがいないとたぶん本能的に知っていた一種の冷たく固い優雅さを、きわめはじめた。ハイカラな迷える若者たちの幕僚に囲まれた彼が、久しくすっかり彼の自治領であったものを俗なるイギリス領インドに変えることに決めるとき、私たちのクラスのなかに奇妙な恐怖の組織ができあがった。最下層民の全カーストが一挙に彼の視線によって消し去られ、日の光の外に追いやられ、終りのない隔離期間のうちで呻吟しはじめる――そして、何人かの『土人』が下役人にめずらしく親切に取扱われるという恩恵に浴している一方、部屋の奥にかたまった『白人』の小軍団は、彼らの権力を表わす鞭を手にして、必要とあれば何喰わぬ顔で足に一撃を加えては、異教徒の治安を保つことに従事していた。ときどきアランはこの東ローマ帝国もどきの場景に、退屈した大天使のような半ば閉された目を、向けるのだった。それから、この恐るべき独裁政治を課すことに成功すると、彼は自分の地位を廃した。

彼の在学期間の終りのころ、彼が友だちとのほんのわずかな接触にさえ嫌悪の渋面を見せるほど、いよいよひとを避け、ひとを容れず、内にこもるのを、私は知った。彼は誰にも自分の考えを明かさず、常に冷やかな目で一切の重大な話題を遠ざけた。しかし、私はおぼえている、死の観念が、いやそれ以上に死を普通取巻く喪の華やかさが、不思議な魅力で彼の心をとりこにしていたらしいのを。たまたま、ひとりの生徒が体操の時間に運悪くぶらんこから落ち、頭蓋骨折で数時間後に死んだ。家族はすぐ来るわけにはいかなかった。そこで、最初の夜は私たちが順番に死んだ友だちのそばでお通夜をすることに決まった。アランはむろん最初にお通夜をした。――ところが、彼は誰かを起こすことを思いつかずに朝を迎えた。目を死者の顔に釘づけにし、鼻を花環から上ってくるあの強烈な匂いでふくらませ、何か混乱した恍惚状態に陥って。彼はきびしく叱責された――が、取るに足らぬ弁解に終始した。素直な真実が含まれていたために、もっとも説得力があったのは、たぶん、『時間を忘れた』という弁解だったろう。けれども、私にはわかったし、今もわかっている、このように彼が子供らしく、倦むことなく、一晩中虚無と対決したことは、その対決から彼が蒼ざめて、変って、日の光のほうへ出て来たのを私たちは見たわけだが、それは彼の生涯において画期的な事件となったにちがいないのだ。ずっと後になって、彼は私にこの『忘れられぬ時間』について語ったが、曙光が屍体のおかれた部屋に射しこんできたとき、花と花環との深い渦巻の中心で硬直していた顔が、『まるで時間の順序が逆になったかのように』、『よみがえる』のを見たと言った。しかし、これによって彼が何を言おうとしたかは、このように強烈な印象から彼がどんな結論を導き出したかは、誰にも知ることはできないだろう。

私たちが校門のところで別れた日以後の彼の生活については私は知らない——いや、知りたくない。彼は外交官生活に入り、久しく、かつめざましく、羨まれる位置を保った。ところが、すでに久しく、女たちは彼の名に不道徳という評判を結びつけていた。しかもその評判たるや、実に無茶苦茶、露骨なまでにけしからぬものなので、私はここでは彼のひととなりの粗描が私の目の前で仕上り、完了したと思われる生涯のあの時期だけを尊重することのほうをとる。あの驚くべき、またいまわしいさまざまな噂のなかに存在するように思われる真実——それを私は知ることができないし、またとくに知りたいとも思わない。こう考えるだけで私には十分だ。つまり、私があなたのために思い出そうと試みてきたあの若さによる極端への脱線、おそらくそれ以外の面では、おそらくそれ以上に重大で、それ以上に心をそそる面では、アランはほとんど一度も邪まになりえなかった、と。そして、そんな脱線と脱線とのあいだで、彼は揺れているように思われた。彼の攻撃に最初に屈服する方面へ常に全力を集中しようとしながらも、同時にまた限りなく自分を抑え、自分を控え、考えに考えて。そう、彼はかつて私が出会った人間のなかでもっとも終始予測できぬ人間、もっとももどうにでもなる人間のひとりだった。

私の記憶をどこまで遡っても、アランは定められた（どんな目的に、どんな仕事に？）人間であるという印象から私は遁れることができない。そう、彼は、もっとも冷静な心にさえ、予言への、霊媒へのわけのわからぬ欲求を吹きこむべく作られた人間なのだ――これらの言葉がそのことのみじめな証拠であるようにあなたには思われるだろう。人生が彼の心につけた襞はおそらく他の人間のそれではない。たとえば一枚の紙を二つに折れば、一本の直線ができる。が、さらに紙を折りつづけてゆけば、直線は最後にあらゆる方向に蜘蛛の巣を描き、すべての光がひとつの同じ中心から出ている星を描く。私はその中心の点を明確にしたいという希望は失ったが、しかし常に信じつづけてきたのだ、アランはいかにたけだけしく人生にかかわり合っていようとも、神のようにあまねく在ることができる、何ものにもとらわれずゆたかに在ることができる、と。そして、そのために、彼の道は一瞬ごとに私の道を断ち切る恐れがあったし――また彼はここまで私を追って来ることができたのだ。

比喩が次々に浮かんでくるので、またこんな比喩に助けを貸りよう。私たちが修辞学級に入った、ある日、たまたま、先生が『神曲』のダンテの地獄と後にロマン主義者たちが、とくにユゴーがそれについて抱きえた観念とのあいだの、彼がおそらく悦に入って考えていた、比較にかなり永いあいだ手間どった。本質的な違いは彼には次の点にあるように思われた。すなわち、ダンテが彼の地獄圏を、『悪魔大王が六つの目から涙を流している』最後の竪坑へ、ちょうど蟻地獄のように、螺旋をたえずせばめながら降りてゆくと想像したのに対して――ユゴーは、奇抜にもこのイメージを転倒して、螺旋をたえずひろげながら底のほうへ掘り下げて行き、最後に、想像をマエストロームの渦のなかに、眩暈のなかに、暗黒のうちへの定かならぬ巨大な溶解のなかに、とき放った、と。彼がこの具体的な細部を指摘したその執拗さを思うと、かなり奇妙なことだが、彼はそこに現代的精神の試金石を見ることができたのだろう。ところで、この暗喩があなたにはいかに不器用に、いかに意外に、いかに季節はずれに見えようとも、アランの人生は、つまり、常にかくも嫉み深く守られた彼の思想について私が見抜きえたことは、そしてまた、その人間についてはもう永いあいだある仕草、ある面くらわせる態度といった漠然とした手掛りしか私は与えられていない、そういったひとりの人間の人生のうちに我にもなく私が探しているその生涯を貫いてあるものは、常に私の意志とはかかわりなく、きまって、私の想像力をこの螺旋のなかに向わせるのだ、彼を追って。

ここで、私は想像力の横溢をとどめたい。おそらくあなたは私が想像力をあふれさせすぎると思ったことだろう。私にはあなたにひとつの告白をすることが残っている。私はただ数日間ここを留守にするのではない。昨日はあなたにそう言ったけれども。よく考えてみると、私はもう帰って来ないだろうと思う。私がアランとの再会に期待していたよろこびをあなたはご存知だ。しかし、すでに彼の心を奪っている、が、私にはそのきわめて重大な性質が見抜くことのできない、ある事件、ある決心の縁にあって、彼がかくも変り、かくも異様になり、かくも昂奮しているのを知ったから（すでに彼の手紙が私に警告していたことだが）――私は一時的に私たちの道が別れることのほうを好む。私が出発したあとで何が起るのか私は知らない。雷雨のとき沖の嵐に追われて、海岸を襲う鳥のような、あのいわれのない突然の来訪に、私はよいことは何も予測できない。常に揺れ動く生活のさなかに突然訪れたあの休止――人生にただ盲滅法に爪をたてたらいいということがよくわかっていたときに、彼は人生をつかんでいた手をいきなりゆるめ、放したのだ――、それから、私が彼と交すことのできた会話のなかで彼が示したあの夢うつつのような無関心、白昼にあの夢遊病者のような様子――最後にあの類稀な、並はずれた美しさをもった女がいる。彼はあの女のことは私に何も言おうとはしなかった。このすべては幻想であって、おそらくびくびくしている私は滑稽なのだろう。しかし、私は、告白するが、怖いから発つのだ。そこで、私は私を義としてくれることを考えた。つまりこのような告白をあなたにすることによって（あなたが懐疑的で、冷静で、心の均衡がよく保たれているのを私は知っている）、最後の悪魔祓いをしてみようと考えたのだ。かくも魅力的な、かくも移り気な、かつまたたぶん隠れた危険にかくもさらされているあの男の保護をある仕方であなたに託そうと考えたのだ。」

つまりわたしは魂を託されたというわけか！　わたしはこの手紙を何度も注意深く読み返したが、この不吉な結論を裏づけるに足るものを見出すことはできなかった。だが、この調子、この確信は？　グレゴリーはわたしにすべてを言わなかったのか？　一見かくも支離滅裂なこの覚書が、グレゴリーがいくつかの理由から明さなかったある強迫観念のまわりに、整理されてくるような、そんな気がする。そう思って読むと、奇妙なことに、わたしには、偏執的なまでに細心な画家が鏡を前にして自画像を描いてから、根気よくその輪郭を消し去ったとでもいうように思われてくるのだ。すなわち、背景にはもう残像しか残っていない。ただ影がひとつ、訳もなく集った騒がしい物たちのまんなかに、そこにあるすべてのものがその影の存在をあばいているものの、目には見えずに、とはいえ楽に、動いているといった印象である。

七月十九日

昨日、遂に、アランと知り合いになることができた。

午後はずっと霧がかかって、寒かった。ひとり、喫煙室のテーブルに坐って、チェスの問題を解くことに専念しようと努めたが、熱が入らなかった。——インディアンの問題に三手で詰め、と仮定して、特別に厄介なホルツハウゼン。手がかりはたえず見失われて、わたしはチェスの問題を解こうとする人間だけが知っているあのごく特殊な苛立たしさのとりこになっていた。つまりある種の自尊心がわたしをして解決不可能の問題であると誓わせようとしていたのだ。

アランがわたしの背後から音もなく入って来た——わたしは彼が坐って雑誌をめくるのをぼんやり見たように思う——それからいきなり彼がわたしの肩越しに身をかがめるのを見た。彼はわたしの数字のなぐり書きを異様に鋭い目つきで盗み見た。ことは彼の関心をひいた。明らかに。

「お力添えしてもよろしいでしょうか?」

「もちろんですとも。」

彼はたしかに第一級の実力の持主だ。すぐに、危険な目を発見した。からくりは本質的で、決定的な明白さのうちに明らかになった。まずひとを眩惑し、それからそんな発見の革命が何たるかを何よりもよく明かすように思われる、あの明白さのうちに。わたしは彼に勝負を申しこんだ。彼は閉鎖的な勝負事に対する偏愛をもって、シチリア女を、西インド女をみごとに動かす。基盤の上に眠っているあの目と目とのひそかな関係、駒のひとつひとつのなかに眠っているあの潜在的な爆発力を感じるすべての勝負師のように。そしてそういった直感がモーフィとかルービンシュタインのようなチェス盤の幾何学者よりも、アレクヒン、ブライヤ、ボトウィニックといった苦業僧のゲームをはるかにまさったものにするのだ。おそらくまた、彼はあの劇的ならざる初手を選ぶことによって、勝負の終りを遅らせようとしたのだろう、おおいに礼儀を尽して。けれどもわたしはすぐに負けた。

わたしたちは飲み物を注文し、そして話した。わたしは、強い相手に対しては必ずするように、彼の手のうちを彼に明させようと試みた。それに対して彼はきわめて正しく答えた。ゲームについてのもっとも意味深い格言は、名人がした勝負についての熟考、天才の帰納的な整理を言葉におきかえたものでしかないが、結局はある問題にとってその鍵が何であるかということ以外のことではありえない、と。たとえば、ニエムゾヴィッチの言葉、おそらくかつて述べられたなかでもっとも意味深く、もっとも普遍的な――たぶんチェス以外のあらゆることにも当てはまる――言葉、すなわち、「弱い点を補強するな――常に強い点を補強せよ。」

「ということは、つまり、この完全に独立したゲーム、この奇異でさえある任意の規則によって保護されているゲームと、日常的経験とが相通じるところがあって、そこにあなたは注目していらっしゃるということですか?」

「ある種の類似はあると思います。この世界を、ちょうど解読できないあの正方形のチェス盤のように感じることがないでしょうか。そこでは秘密のメカニズムが外見の下に埋まり、分解している――が、あの中心が見つかると、駒の力が、目の読みが逆転する。そう、万華鏡をまわすように。すべてが一変するには、あの何も示していない目の上に駒をおくだけでいい。ある角度から見れば、そこには完全に魔術的な作用がある。そのように閉された世界を非常な努力で作りあげて、ただそこにおのれの効力を魔法の杖の一振りで表わそうとのみする、そういった精神の手続きは、そのうえ、きわめて啓示的な何かです。問題なのは、外見が混乱した宙ぶらりんの世界ですが、そばから見ると、その世界はそこに隠されている啓示によってのみ存在し、支えられているのです。」

「よくわかります。でも、あなたは、難解なもの、精緻なもの、隠れたものへの好みでしかありえないものに非常に誇張した意味を与えているのではありませんか？ 一本の木の枝のなかに、ひとつの岩の割れ目のなかに、ひとつのシルエットが隠されていて、それを見つけ出そうとする、例の、子供たちの判じ物をご存知でしょうな。そこに、あなたが狙っているらしい五芒星のごときものが認められるというのは言いすぎですよ。」

「事実は、まったく違った何かを問題にしているのです。例の判じ物はそれに先立って存在する図柄の外にあくまでとどまっています。逆に、また明らかに、その図柄は、贋物からのように、自分の実体とは係わりのない異物からのように、それから自分を解き放とうとし、それから自分を隔離し、それを放逐するのです。ぼくの心にあるのは――ただチェスの難問だけが問題なのではありません――それは、完璧な、目に見えない作品に、金の鍵を、その上に指をおくだけで突然すべてが変る金の鍵を探し出したいというあの止むに止まれぬ欲求なのです。すべての芸術作品のなかに、たとえば一冊の書物のなかに、そのような鍵があるということを、ぼくは永いあいだ疑いませんでした。傑作というものが――何よりもまず――釣合によって、あるいはむしろ奇妙な不釣合によって認められるという事実、その釣合もしくは不釣合が、ぼくの考えでは、外的な技術には、つまり骨組の概略には絶対に還元できないという事実、それには多くを考える材料があります。ぼくは好きな本の頁をくりながら、作者がぼくの肩越しに身をかがめて、まるで子供のころの遊びのように、あるきびしい目くばせを送っては、ぼくに『燃えろ』とか、あるいは遠ざかれとか指示するように感じることがよくあります。ぼくは確信します、もし、常にぼくから遁れるにもかかわらず、さながら野原の広大なひろがりの上を舞う鳶(とび)の描くようなある壮大な同心の軌道を文体の横糸をとおしてぼくに示しているあの句を、いや、おそらくあの中心の、焦点の語を、そのほんとうの光の下に見ることができたら——そのときこそぼくはその隠された秘密がぼくの心を揺さぶるあの本の頁が変り、そして啓示への帰ることのない旅がはじまるのを感じるだろう、と。おそらく、新たな磁化は、その絶対的な偶然性からいかなる仕方によってもぼくたちが遁れられない一連の偶然によって本のページの上に雨のように落ちたこれらの活字のあやふやな星座をひっくりかえすことでしょう——おそらく、作品の完成は、ポーの『楕円形の肖像』におけるように、あるいは人間の死をもたらすかもしれません。書かれた言葉のすでにきわめて危険な明暗をとおして詩人を知らずに導いてゆくあの透かしになったテクスト、あの磁化された目に見えないテクストが、いかなる魔力を包蔵しているか、誰にわかりましょう。すべての作品はいったん書いた字を消してその上にまた字を記した羊皮紙なのです——だから、作品が成功している場合は、消されたテクストは常に魔法のテクストです。

ぼくは今次のような事実にあなたの注意をひきたい。おそらくぼくたちが遡りうるかぎり昔から、夢を解く鍵を信じることなしには夢は存在しなかったという事実です。人間同士のさまざまな衝突は、その鍵が何に役立つことができるかを知りかけたときをまってはじまったのです。夢はまたあの本質的な特異性をもっています――その特異性に、意味深いという形容詞をつけないわけにはいかないのですが――そうなのです、精神に傷をつけ、警告するあの思いがけない角をもっています。この鍵が結局は愛とか金銭とかあるいは旅行とかいった平凡な地上の楽園の扉をしか開かなかったにちがいないのは、なぜかというとおそらく、ただ、本の普通の読者の場合のように、明らかにより高い次元においてしかその真の意味をもちえないものを、この地上の世界に適した処方のようにあしらうからなのです。

たくさんのひとたちが（ここでアランの声はさらに中性に、さらに無色になった――それに、しばらく前から、わたしには彼が真面目なのかふざけているのか見分けられなくなっていた――が、わたしは彼の言うことに奇妙な魅力を感じた。苦い皮肉をもってより正確に言えば、わたしは彼が垂直に沈むのを感じる溺死者のようにこれらの幻影にしがみつこうとしていると思ったのだ）、気狂いではないたくさんのひとたちが、この世界はひとつの夢であると言いきることができると信じています、あるいは、同じことですが、この世界は夢をみているのだ、と。そうなのです、もう永いあいだある考えがぼくの心のなかに浮かんでいます。つまり、そこからは一切が見られる一点がこの世界にある、この世界の急所をおさえるある種の梃（てこ）がある、という考えです。人生のさまざまな接合点とか、惑星の神経中枢とかを探すこと、いわば地球に鍼（はり）を施すことを考えてみてもいいのではないか。時代全体がそのようなことを考えていたときがありました――ぼくが無上のよろこびをもって生きているのを感じるのは、たぶんそのような時代だけでしょう。地球はかつて神秘を保っていました。が、その神秘は、ちょうど女を犯すように、隠喩的な仕方とはまったく別の仕方で犯すことができたのです。地上の楽園はあった。が、夢想の柔かな布に裁たれていたのではなく、また腹の足しにならぬ象徴だったのではなく――反対に、ほんものの樹木の緑の葉、ほんものの水のさわやかなよろこびがあり、そして処女なる世界の言うに言われぬ起伏には腋の下のくぼみも、股のつけねの彎曲も宿っている楽園だったのです。世界の神秘は世界のうちに隠れていました。が、象徴的にではなく、ほとんど女のうちなる性器のように隠れていたのです。そして、イアソーンとかヴァスコとかコロンブスとかいった偉大な探険家たちの口には出さなかった目的は、欲望の官能的正確さによって導かれてゆく恋する男と同様に、おそらく、地球という惑星をただひとりわれを忘れて所有することでしかなかったのです。

ぼくにとって神話は意味がありません。ぼくにはわかったためしがないのです、どうしてひとがあのような信じられない欺瞞で精神を養うことができるのか——どうして、隠れているものを明かにしたいというあのひとを責めさいなむ欲求が、少し見ることで、少し触れることで満足させられるのか。ひとは伝説の英雄が生きていた場所に飽きることがありません。トマスはイエスの傷に触れました。キリスト教は、言うも愚かなことですが、この地球上でかたちをなさなかったでしょう、もしキリストが降臨しなかったら。キリスト教が存在するためには、キリストが存在しなければならなかった、この村に、この日に生れ、神を信じない人間に釘付けにされたこの手を見せ、そして隠喩的な仕方とはまったく別の仕方で墓から消え去らねばならなかったのです。このような真似のできぬ現存なくしてどうして彼がひとびとを説得できたでしょう? 聖杯探索は地上の冒険でした。あの杯は存在したのです。あの血は流れたのです。その血のために、騎士たちは飢え、かつ渇いたのです。そのすべてを見ることができました。この肉眼以外のどんな目でぼくは驚異をとらえることができるでしょう? 驚異は、大きな驚異は、ぼくにとって、ひとがわけのわからぬいかがわしい象徴を、精神がたわむれるぞっとするほど色褪せた幽霊どもをおのれの糧としていることです——精神がたわむれる、そうなのです、神に似せておのれの精神のかたちを作った時代という、まったくかつてなかったほど賤しい現代の、あきらめの精神が。ぼくは、ぼくのあの両半分がひとつにならなければ、そうなのです——あなたはランボーを愛していらっしゃるのだから申しますが——魂のなかに、そして肉体のなかに真実を所有しなければ、満足できない人間なのです。」

聞く者をただ茫然とさせるほど一息に喋り終ったその磊落にしてかつ冷静な調子は、わたしをすっかり途方にくれさせた。この上なく巧まずに紙巻煙草に火を点けると、アランはほとんどもの憂げに駒を盤の上に並べかえはじめた。

「すべてこのようなことは結論を必要とするのではないかとあなたはお思いになったでしょうね。もちろん、それは行為の結末と異るかたちをとることはありえないでしょう。いずれ、おわかりになります、」と言って、彼は立ち上がりながら、きわめて異常な調子でつけ加えた。「今日の午後は、海が実に美しい。」そして、彼は窓ガラスに額を押し当てて、夢みるような沈黙のうちに沈んだ。彼にとってわたしが存在することを突然止めていたのは明らかだった。

七月二十日

不機嫌な起床。目を半ば開くと、夏の雨の朝のあの灰色の光。休暇のあの無為の朝は、きまって不眠を長びかせるように思われる。わたしはアランの夢を見ていたように思う。この一週間わたしの心をすっかり奪っているあの男はわたしの眠りをまで犯そうとしているのか?

　昨日の彼の態度は好きではなかった。が、まったく嫌いだったわけではない。あの実に屈託のない打明け話には何かひとを傷つけるようなもの、ひとを愚弄するようなものがあった。明らかに、彼はわたしを前にして独語していたのだ。これっぽっちも、気兼ねしていなかった。

　とはいえ、彼がその重さを量(はか)ってみなかった言葉の、慎重に吟味してみなかった言葉のひとつとして彼の口から洩れていないことも確かである。彼は効果を求めていたのだ――つまり、風変りなところを見せびらかして、何か得をしたいというわけか。彼は好奇心を刺戟しようとして、曖昧な言葉を、彼がここにいることの謎を、もてあそぶ。

　奇妙な思い出がよみがえる。聖職についたある友人の思い出だ。その決意を固めた日、彼はわたしを散歩に連れ出すと、パリの街を永いあいだひっぱりまわした。わたしたちは現代絵画について話していた。ふだんは口数の少い彼が、そのときは止めどもなく話しつづけた、力をこめ、雄弁に。――力をこめ、雄弁になればなるほど、ますます、彼が考えをいろいろと捏造しているのをわたしは感じるのだった。本能的にアリバイをでっちあげる犯罪者のように、彼は彼の逆上を大急ぎで言い換えていたのだが、その逆上そのもの、その興奮そのものが、彼をあばくのだった。

彼はあのように自分にはすべてが許されているとどうして思いこむことができるのか？

彼がクリステルに話をしたということは今やほとんど確かだ。久しい前からわたしは彼女といっしょにケランテックへ遠出する計画を立てていた。わたしたちは小さな港を訪れてから、砂丘のまんなかに好奇心をそそるかのごとくひとつぽつねんと建っているあの《漁夫の帰還》で食事をするはずだった。ところが、クリステルはずっとわたしを避けていた、例の一団を避けているように。彼女はいつも午後じゅう部屋に閉じこもっていた。すっかり遠くなり、近寄れなくなった。——まったく手のとどかないところに引離されてしまった。今朝、遂に彼女は決心した。彼女が突然話をしたい気持になったのがわたしにはわかった——そしてわたしのほうはドロレスから、このいやされぬ不安から心を紛らせる必要があった。ドロレスはどうなったのか？　わたしはドロレスについてひとりの女に話す必要があった。ほんとうに彼女は来たのだという——彼女の突然の蒸発は鏡のむなしいたわむれとか幽霊の気まぐれとかとはまったく別のことだというあのうれしい保証を、もうひとりの女に確かめてもらい、くりかえしてもらう必要があったのだ。

わたしたちは砂丘の頂を通って行った。曇った、眠ったような、生暖かな午前だった。海は霧峰の下できらきら光っていた。港が現れた——石灰を塗った、白い質素な家々が、一本の樹木も、ひとつの茂みもない、みごとに裸の荒野の上に、偶然にまかせて雑然と不調法にばらまかれている——ただやさしくたなびく霧をまとっているだけの港。日曜日の朝だった——ずっと道に沿ってブルターニュの船員たちがキャフェのかげで球ころがしをしていた、この陰気な祭日に熱心に、黙々と。空色と、鮭肉色との服を着た小さな一団が、突堤のそばで、することもなく、ポケットに手を突っこんで、沖のほうを眺めていた。わたしは考えた、社会の慣例が休日に彼らを陸地にひきとめなかったら、彼らはよろこんで船に乗りこみ、沖に向って岸を離れ、からっぽのやさしい海の上で、彼らの毎日の仕草をとりもどすことだろう——味気ないよろこびしかないこのすさんだ陸の上では、彼らはいたって不器用で、自分自身をもてあましているのだった。しかしブルターニュの日曜日は海に乗り出す日に当てられてはいない。街角は木靴の単調な音をひびかせていた——そこで、わたしたちは地獄に落ちたふたつの魂ほどには異郷にあるように感じなかった。

この物悲しい港町ほどうらぶれたものはない。木靴の鳴りひびく固い石、ときどき扉が半開きになっている白い低い家。その扉の隙間から、ふたつのみじめな部屋を仕切っている樅材の壁が見える。それから街並は急速に不毛の荒野のなかに消えてゆく。荒野ではなおしばらく細い漁網が風に揺れている。また、微風にサラバンドを踊る洗濯物の乾いた音が聞こえる。ここはまったく陸地の前哨だ。革が黴、布が黴るこの湿った空気の下で、サハラ砂漠の防舎が徒然に気の抜けたあくびをする。

わたしたちはほとんど言葉を交さなかった。こまかな雨が落ちはじめた。霧の下に消えたわたしたちのたどってゆく小径は禍のようにさえ見えた。

《漁夫の帰還》はからっぽだった。ニスを塗った樅材の壁で仕切られたその広い部屋に誰もいない。広い湾に、見えるのはただ鉛のような灰色の海と、そして草の短く刈られた海岸のあの薄い緑。まさしく、ただ、骸骨、骨、四大、完全な剝奪——雲のたえざる流れと、震えている丈の短い草と「常に変化する」海との他に何もない。わたしはクリステルに『サラムボー』のなかの、フローベールの美しい言葉を思い出させた。「ケルト人は小島の多い入江の奥の、相変らず雨もよいの空の下にたつ、三層の自然石をなつかしんだ。」

その広い、からっぽの、よくこだまする、眠っているような部屋に、わたしたちは気おくれして、本能的に隅にひっこんだが、そこでもあらゆる声が反響しすぎるように思われた。たえず隠れる太陽のぼんやりした光が射しているあの低い大きな雲、眠気をもよおすほどたるんだこの給仕、漂流しているという、異郷にあるという、季節にはずれているという、雨の下で突然おこる、この胸をえぐるような思い……　ほんとうにわたしたちはそこに坐礁したのだった。歌や笑いや思い出話などから会衆のなかに生れたなごやかな楽しい雰囲気がこわれたときの、そうして夕方郷愁に心を閉ざされてレストランのさびしい食卓に遁れたときの、結婚式の客のように。ここでひとは人生に背を向ける。ここでひとは自分が徐々にこの綿のような霧のなかに、このたえまなく降る、執拗でこまかな雨のなかに溶けてゆくのを感じる。

わたしたちはここへ何をしにやって来たのか？　今日は話すことが何もないような気がした――それぞれこの綿をつめたような茫漠とした空や海を自分ひとりのための閉された部屋として、おのれの思いにふけっている。激しい突風が悲しげな声をあげて窓をゆさぶっていた。午後は空色のまま、老いることもなく、あくびをし、伸びをしていた。強風に吹かれるポプラの葉の音に似せて、大波の砕けては寄せる豪奢な音が聞こえていた。

わたしたちは旅行について話した。クリステルは彼女が見たいと思う風景や街のことをわたしに語った。――コンスタンチノープル、その都市に対して、彼女は出かける前にもう真の情熱を感じている。私の目の前で、彼女は少しずつ予定を立て、計画をねり、次の休暇を当てているその旅行にすでに出発した。そうなのだ、彼女の心が話していたのだ。わたしは突然自分が辛辣になるのを感じた。

「失礼。アラン・ミュルシソンはコンスタンチノープルに派遣されていたことがなかったかしら？」

彼女は赤くなった。が、それを隠そうとはしなかった。突然苛立ち、燃え上った。――それから悲壮な勇気をもって立ち向ってきた。目に涙をにじませて。

「ありましたわ。あの方はほんとに変った方ではありません？」

「ほんとに変っている。」

それ以上話を進めるのは酷いとわたしは判断した。

七月二十二日

やさしい手の――無邪気な女衒（ぜげん）のやさしい手の――イレーヌ、あのことをごく自然なことのように思いついたのはきみだったのにちがいない。それはすることができるのだから、そう、しなければならない。ヴァルキリーの火の輪を前にして、要はただ服の裾をまくってすばやく跳ぶことだとごく素直に考えるような女なのだ、きみは。そう、まったくだ、常に跳ぶことはできる。

わたしはひと泳ぎしたあと、一冊の小説を手にして、からだを焼くために、砂浜に寝そべっていた。そのとき、イレーヌがわたしのほうへやって来るのが見えた。明らかに、すっかり興奮している。唇が笑みをこらえているためにふくれている。

「起きなさい、あなたって仕様のない怠け者ですのね。わたくしたち、ロスカエルのお城へ行くのですよ。」

「いったい、何をしに?」

「ピクニックですわ。アンリがいっしょに来ます。ジャックとクリステルと、それからミュルシソンさんをお連れしますの。」

「何ですって、あなたは彼をご存知なのですか?」

「ええ、すてきな方ですわ、ご存知のように。ホテルでは、あのようにはにかみ屋で、ひとを避けていらっしゃる。だから、カジノでお近づきいただきましたの、昨晩。あの方、すっかりアンリの気に入って、アンリがわたくしの思いつきにとびついたのです。月の光を浴びたロスカエルの廃墟を、ご想像になれて? それに今夜はきっと満月ですわ。さあ、まいりましょう、無精な方。」

イレーヌはすでに小説をとりあげていて、たわむれに日傘を槍のように使ってわたしを突いた。わたしは従った。いささか驚きながら。この集り、このまったく思いがけない結びつき、それをわたしは想像だにしなかったのだ。

夕方の五時に、わたしたちはホテルの庭に集合した。イレーヌは、すっかり自分自身に満足して、紹介を終えた。アランは優雅だった、よそよそしかった——遠くにいた。クリステルは少し蒼い顔をして、食糧や外套をまとめ終ったところだった。強い風が海から吹いて来て、庭の唐松や大きな樅の木の高い枝をさわがせていた。みなそれぞれ、いささかぎごちない忙しさのなかで、あまりにも新しく、いかがわしい誠意に応え合おうと神経質に努めていた。この即席のグループを前にして、賽は投げられた、彼らは選ばれた、という気が突然した——この実にばかげた選択が、ひそかに、わたしたちを係わり合わせたのだ。わたしは朝新聞を開くと目にとびこんでくる例の写真のひとつを今のあたりにしているように思った。たとえば、十分後に事故のために墜死するであろう大臣が飛行機に乗りこんでいるところとか、やがてメージュ山中で雪崩の下深く埋まることになる登山隊の出発とかの写真である。

わたしは頭がおかしくなっている。おそらく、あの迷信家のスコットランド人グレゴリーのヴィールスをもらったのだ。

わたしはジャックといっしょにアランの車に乗った。なぜかあの短いドライヴが長い、非常に長い旅行のように思い出される。アランは正確に、無愛想に運転した。まったく堂に入った運転。彼の横顔は専念と緊張とを示していた。彼のうちにはある種の厳かさがあった。わたしは彼の正確な手が速度をゆるやかさの鋳型に溶かしこむのを、皮の腕環をつけた手首が光る文字板の上を静かにすべるのを、見つめていた。と、突然、戦いを交える瞬間の戦闘機の操縦士のかたわらにいるという思いにとり憑かれた。いや、彼が眉ひとつ動かすとも思われない——彼のそばにいるわたしが、怖れることはないだろう。たえず稲妻光の早取写真にとられているように見える、仮面のような、インド人のような、非現実的な、この平然たる顔。彼こそはまさしく人間どもを狩るあの偉大な種属——何であれ、いつであれ、対等の立場にあって、睨み倒すことのできる人間、君主、王だ。

いや、結局、グレゴリーはそれほどばかげてはいないのだ。

無関心に——つまり、同じように——命を奪い、また救う人間、たとえばメスの上にかがんだ外科医とか固い胸を突き刺す兵士とかの、眉ひとつ動かさぬ顔、ひとを狼狽させる、天使のような無感動。それはみな同じものだ。神のごとき泰然自若。たとえこのまったく無頓着なまでに熟練した同じ手がわたしをあのプラタナスに向けて投げ出すという気紛れをおこしたとしても、その最後の瞬間にさえ彼の目はわたしにそのことを何も告げないだろう。

ケランテックを過ぎるとすぐに、道路は大きく曲りくねりながら、鏡のような海面の上へのぼりはじめる。洞窟によって浸食されたこの海岸のたくましい骨格が姿を見せる。同時に、ハンモックのように岬の鼻から鼻へふんわりと張り渡された砂浜が。また、透きとおった海底に粘りついたようにほとんど動かない波の白い襞や花づなが。紗のようなもやが軽く淡くかかって、あたりの空気を和らげた。——それから、最初の斜面に黄色のはりえにしだが見えたかと思うと、いきなり、葉の茂った森に入った。森はさびれていて、雨滴の下で地面が躍った。相変らず、強い風が木々の梢を荘重にたたき、海に近い秘密の森は音楽の風の指揮で海に声を合わせていた。夕闇が落ちはじめた。わたしはこうして木々の葉の低い円天井の上を疾走するのがうれしかった。木々の葉からは雨滴が落ち、道路わきのやわらかな砂は光の星を散りばめていた。すべてが今宝石の光のなかにある。——帰ることのない旅という思いをはっきりと浮き立たせるこの疾走。森のなかを横切るたびに、わたしは伝説の国へ近づいているとしか思えない。森から出ると、目に映るものすべてが洗い清められているような、別のものになっているような気がいつもするのだ。ひらけた野が、枝々の薄暗がりの背後から射してくる微光のなかで、森に入る前よりもやさしく、やわらかく輝いているような、そんな気が。

突然、森が終って、荒野に出た。荒野は霧のかかった丘の無限のほうへ、見渡すかぎりひろがっている。きらきら光る斜面のある、まるで黄色い広大な芝生のような、この裸の土地のひとつの襞に、湖が見えて、それは、星のすでに輝きはじめたこのたそがれどき、風を避けて、完璧なまでに澄んでいた。さながら、葉とか枝とかいった、動くもの、落着かぬものすべてからひき離されて、恒星のようにひっそりとして静かな、不思議な王国の岸にいきなり立たされたような思いだった。それはまさしく一個の水盤だった。目はおのずと斜面のゆるやかな傾きを何ものにも遮ぎられずにその水の下までおりてゆく――その荘重な坂はあちこちで小石の小さな壁が交叉している。ただひとつ、湖の岸に、高い岩山があって、逆立ちした木々の黒い影を、よく手入れされた馬の毛並みさながらに光っている美しい水面の中央に投げかけていた。岬の先端、この死んだ湖のくぼみにと同時に、物悲しい空のはずれに、わたしたちは突然ロスカエルの城館の高い城壁を認めた。

風景はまったく驚くべき、まったく不思議な美しさを示していたので、私たちは暗黙の一致から二台の車を湖岸に止め、そして永いあいだ、言葉もなく、その景色に見とれていた。その廃墟につづくけわしい坂道はいたるところ、緑の不動の梢から異様な鐘楼や尖塔を逆立てた厚い黒い森に覆われているように見えた。――そして、暗い水の上に屹立したあの岩の歯の高みから、また、その壁面の裂け目に夕焼けの血を流しこんでいるあの船首のような岬の高みから、城館は、湖から立ち昇って水平にたなびく青味がかったもやによって地面から切り離されたまま、時間を超えて舞い上り、あの高所のひとつになっていた。もうひとつの世界の光に照らされて、日没に一番星とともに雲の上に浮かび上る、あの得も言われぬばら色の幽霊峰のひとつに。

わたしたちは岸の急斜面の下に車を止めると、歩いて登りはじめた。白ずくめの、軽やかなクリステルは、アランの腕をとって、わたしたちの少し先を行った。例の巨大な木の幹がすでに投げかけている闇のなかで、わたしたちはしばしばふたりの姿を見失った。そして、散光の割れ目にふたりの姿がふたたび現れるとき、そしてアランがその先端のたえず木々の上に浮かび上るいくつかの陰鬱な塔のひとつの細部のほうへ手を上げるとき、私たちの眼前に即興的にくりひろげられるのは奇妙なロマン派の版画だった。たとえばギュスターヴ・ドレ描くところの、まるで魔法の山と同じように目をくらませ、同じように到達できないある城に向って行く夢遊病者さながら、どこへ行くのか、月の光を浴びながら歩いているあの悩ましげな恋人たち。

それはきわめて古い廃墟で、草や樹木が完全に侵害していた。ほとんど熱帯性のように繁茂したその植物は、ブルターニュではもっとも狭まった峡谷に集中している。大きな外套のようにひろがったきづた。城壁のなかにいきなり、井戸のように、また井戸と同じほどの大きさで、落ちこんだ中庭は、枝々の明けることのない夜に閉ざされ——柏や大きなプラタナスによって文字通り蓋をされている。ときどき、むき出しの、怪しげな城壁の一部が木々の茂みの上にめくるめくように屹立した。

　食事が終るころ、夜の闇が落ちた。あちこちに煙草の火の赤い点の動くのが見えた。夜気はさわやかで快かった。ひとたび顔が見えなくなると、声はまったく狂いがなく、ごまかしがない、真に本来の調子をとった。すでにもう不安にさせるこの闇のなかで、無邪気に厚かましいイレーヌは声の調子を下げていた。明らかにアランは彼女の好奇心をそそっていたのだ！　彼女はたくみに彼からいろいろな情報を引き出そうと努め、彼の過去についてさまざまなことを確かめようと努めた。——が、アランは彼女にまさる無礼さでその攻撃をかわしていた。無愛想なところがクリステルの声にはっきりと出ていた——この調査は、彼女がひとりだったらおそらく心を躍らせてそれに没頭したであろうが、このように無邪気に、このように不謹慎に皆の前でなされては、もう彼女が係わり合うわけにはいかなかったのであろう。同様に、彼女は、アランとジャックとのあいだの、ふたりの会話が突然明らかにした、あけっぴろげな、ほとんど心からの親しさ、ぞんざいな友情にも、心を傷つけられたように、見えた。が、それはふたりのスポーツの習慣からごく容易に説明がつく。明らかに、ジャックにとっては、星空の下、古い城館の露台で、このように閑談しているということにとくに異常なものは何もなかった。彼にはある種の繊細な触角が欠けている。だから、たとえ彼がこれまでに幻想を抱くことがあったとしても、この古い城館のくぼみに醸し出されたきわめて稀にしてかつより微妙な雰囲気のなかでは、たちまち、翼を失って、地に落ちるのだ。そしてまた、すぐに気づいたが、アンリは自分の声の調子と妻のそれとを明白に対照させるどんな機会も逃さなかった。自分たちふたりの基本的な違いをきわだたせようと、アランとクリステルとを他の筋書のなかで会わせようと努めていた――イレーヌがそのために気色ばむまでに。夜の波が、とぎすまされた好奇心が、そして数日来のあの緊張が見えない電気を帯びさせているこの小グループのなかで、微妙な極性が強まり、誘引が明確になる、きわどく、思いがけなく、唐突に。――人間のこの曖昧なもつれが解ける、電気分解したように。そして、にこやかに交される会話のおよそ取るに足らぬ言葉の下に、魔法の鏡はいきなりわたしに映して見せることができたろう、村の正直者に仮装したジャックを、髪をふり乱し、怒りと失笑をかった俗物根性とで真赤になったイレーヌが予期せぬみなの結託に出会って、自家撞着し、まごつき、混乱するさまを、アンリとクリステルとアランとが夕闇のうしろにもっていたにちがいない裁判官の無表情な顔を。――その薄明のうしろには運命の女神たちパルカの動いているのがぼんやりと感じられた。

あの晩のあとのことは、もう断片的にしか、それもぼんやりとしか思い出せない。ある仕草、ある言葉がいつまでもわたしの記憶にとどまっている。あの夜歩きには、つまるところ、ありふれたことのほかに何があったというのか？　だが、それをたどりなおそうとしてわたしが見出す思い出は、子供たちの心を魅惑するさまざまなもので飾られている。それに、あの夜は実に美しかった、すさまじかった。天体と同じように閉されて、同じようにひそかに音楽を奏でた、数組の男女が、『ファウスト』の庭園の場面を連想させる古い城壁のまわりをまわっている。アランは、輝く尾を曳いた彗星のように、その息もつかせぬ運行によって、より遅い星々を次々に追い抜いて行く。上澄が流し去られて――夜の静寂のなかでひとりひとりが自分の平常の呼吸を、おだやかな息をとりもどす。

わたしはアランとクリステルとがもっとも高い城壁に沿ってゆっくりと歩いていたのを思い出す。月光が、夜高い場所に見出される木々のあの天上的な面に、さながら美しい星の下で眠っているひとのようなあの恍惚として動かない面に、彫深い影を穿っていた。夜の闇のなかで湖がひとの意表をつくように光っている。まるで氷の下に捕えられている蒼白い朝のように。――暗い夜でさえ、静かな水のかぎりないひろがりがとどめている輝き――安らかな夜のなかにいきなり開けた空地だ。

アランは彼の心を打った夜の風景について話す。――たとえば、インド旅行の途次、木々の下に埋もれた谷底から月光の下に突然見えたアジア的な山頂――ただその頂点だけが暗い夜の闇から出ている蒼白な、至高の、巨大な三角形――うしろへふり向いてこの恐るべき標高をただ確かめようとするだけで、たちまち顔が蒼ざめるのを感じるのだった。「このようなものが地上から出ているはずはないという確信、逆に、夜のおかげでそこにおかれたのだという――つまり、天上からそこに降りて来たのだという確信にふととらえられました。それほどこの地球とあの世界の終りのしるしとのあいだには、深い断絶があったのです。ジュール・ヴェルヌのなかに、地球に近づきすぎた月が、通りがかりに山頂をひとつ地球にひっかけてゆくという話がありましたね。それです。」

彼はたわむれに城壁の最先端によじ登ると、そこからその絶壁の端まで、まるで妖精か何かのように、めまいを侮って、わたしたちについて来た。今はよろこんでわたしたちと話をしていた、快活に、機敏に。彼が冒している危険を前にしたわたしたちの苛立ちと困惑とを楽しんでいるのだった。わたしたちはあえて彼に降りて来るようにとはたのまなかった。というのも、奔放な、野生的な、気紛れな彼に、突然あるがままの彼を感じたからだ。アランは彼の神々のとりことなり、彼を保護する禁忌を身につけている。彼の鋭い目はクリステルを、わたしを凝視した――まさしくグレゴリーが語った枝の上の動かないジャガーだ。明らかに、この男はひとつの挑発であり、ひとを魅惑する。だが、クリステルはこの耐えがたい挑戦に抵抗しなかった。——城壁の上に跳び乗った。すると、彼は彼女の後に従った、従順に、保護するように、いささか皮肉に。——やがて、遂に魔法から解き放たれた彼は、わたしがふたりにそのような残酷な遊びを止めるようにたのむことを許した。

「クリステル、きみは夜が好き?」

「ええ、好き。ときには部屋のなかで休んでいられないほどに。昨晩、わたくしは星のない真暗な夜空の下で、湾に満ちてくる海のあの厳かで大きな潮の音を聞いていました。まるで海が闇を溶かすように——海が満ちてきて、わたくしの部屋をとり囲むように思われました。わたくしは露台に肱をついていましたが、まるで難破船の船橋に立っているようでした。怖いみたいだった。それからわたくしは不思議な夢のなかに沈みました。その晩の印象とそっくりの夢でした。わたくしはたけり狂う波によってその半分ほどの高さまで侵された劇場の前桟敷にいるのでした。桟敷席は水びたしになっていて、まるで小舟のなかのように水がぴしゃぴしゃいっています。洞窟にえぐられた海岸に見られるのと同じあの思いがけない水のたわむれです。水にぬれてからだは凍るようでしたが、わたくしは泡立つ波を迎えに走る子供たちと同じよろこびを感じていました。——わたくしは赤い手摺の端にひとり肱をついて、舞台の奥から寄せてくる波を異常な期待のうちに見まもりながら、恍惚としていました。遂に、ひとつの波がかたち作られ、盛りあがり、舞台脇のほうへ上ってゆきました。壮麗な水の山。その前で、劇場内はすっかり水を吸いとられて空っぽになりました。吸いあげられた水の歯擦音をたてるうちに、平土間やオーケストラ席の床に固く繋がれた椅子が現れ出るのでした。波がふくれあがるにつれて、劇場もだんだん大きくなり、雲のなかに上ってゆくのでした。沈没してゆく場内の舷側に船長のようにひとり立ったわたくしの前に、銀色の泡立ちを刻んだ垂直の、なめらかな、黒い壁がなおひとときのあいだ宙にかかっていました。わたくしの恐怖は狂おしいばかりの歓喜のうちに、際限のない希望のうちに、溶けるように消えました。その波がひしひしと心に迫るような重さでもってすでにわたくしの肩をたわめながら近づいて来るにつれて、安心感が、わたくしに与えられていた無限の安全感が、波をひたし、波を溶かしました。そうなのです、波が不思議に透明になるように思われたのです――波のうしろ、水の中心に、星が光っていました、約束の地を前にしたエジプトの砂漠の上に光っているように平和に、おだやかに。わたくしが呑み込まれた瞬間に、柔かな羽さながら気を失って永久にさらわれた瞬間に、わたくしにはわかったのです、この波は夜と同じものだ、と。

けれども、わたくしは夜を愛します。とくに、夏の夕暮大きな街の上に夜の闇が落ちてくるのを見るのが好きです。どうしたというのでしょう、突然、キャンエのテラスは人影がなくなって。とくに黄色い霧の無限に遠くまでたちこめた大通りがわたくしを惹きつけます。霧のなかで、電車が、ちょうど沖のほうから近づいて来る船のように、動くとも見えず大きくなってゆきます。まるで戦線から帰って来たとでもいうように満艦飾をほどこされ、枝々と花々とに飾られ、異国の森の不思議な香りを放ちながら。この物みな不確かな夕暮のために、この眩暈のために、このまどろみのために、この軌道の曲り角でのチェロを掻き鳴らすような耳を裂く音のために、よくわたくしは、木々が街の郊外を侵して、街を出口のない森で囲んでいるように思ったものです。そのころわたくしは夕暮に、街の脅かされた中心にまで進められた前衛部隊とも言うべき（なぜなら街はいつの日にか樹木によって征服されるでしょうから）、木々の葉に覆われた並木道のなかに埋まるのが好きでした。電車の通過は急速に稀になってゆき、最後にすっかりなくなって——ひとびとは茫然自失した街路、大きなあくびをした街路に沿って歩いて行きます。ときに汽車の駅の周辺では——夜は石炭の山から大急ぎで出て来ます。それから木々は個々の住宅の隙のある石塀の上に静かに自由に枝を延ばしています。もう、郊外なのです。——生垣があります。流れの横切っている牧草地があります。ここではもうどこへ行くのか知ることは問題ではありません。親しい夜が急速におりてくる家を出ると、外はまだ少し明るく、いつ夜になるのか正確に知ることはできません。

　多くのひとびとが夜についてもちうる経験は信じられないくらい貧しいものです。それにまた、ひとびとはおそらく非常な不信の念から、この夜という予期せぬ助言者の忠告を受け容れることをのっけから断念しているので、おそらく死後の墓のなかをあらかじめ彼らに見せてくれることになるものを、家具つきの寝室、花で飾られた寝室、エジプトの地下墳墓さながらに数々の雛形で一杯の寝室でしか、迎えようとしないのです。屋外で眠れば、朝自分が消えていることを、たぶん恐れているのでしょう――というのも、ひとびとが家に閉じこもるのは、ありふれた強盗が怖いからではない、とわたくしは考えるからですが。わたくしには、たとえば教会とか、公園とか、夜がとくに純潔なまま落ちるように思われる場所で眠るのをことのほか好んだ一時期がありました。」

　わたしたちは湖の上にちょうど見晴し台のように突き出した城館の一角にたどりついた。密生した植物が羽毛で覆われたような城壁に襲いかかり、それを攻囲して、そこは秘密の隠れ家となっていた。そして月光に照らされた一本のくるみの木が、そこに、入り組んだまだらの影を墨のように黒々と投げかけていた。その上に、文字通り光のなかに沐みしている、絹のようにやわらかく光ったひとつの塔が、月夜の冷たい輝きのなかに屹立していた。さわやかな風が湖から吹いて来た。どこか遠くの村の鐘の音が十一時を告げていた。子供たちの作文のさまざまな暗喩をひとまとめにして呼び寄せながら。そのときアランが微笑して言った。

「思うに、ぼくがそのような教会に対する夜の情熱にとらえられたのは、学生のころでした。教会のなかに自分を閉じこめることほど容易なことはありません――とくに、田舎の教会では、ひとに疑われることはない。今日では、ワイルドが言ったように、もう聖器が盗まれたりはしません。言うまでもなく、そういった気まぐれには（それは、ほんとうのことを言えば、気まぐれ以上のものだったのですが）瀆聖（とくせい）の、ましてや神秘的昂揚のどんな後味も入りこんではいなかったのです。――ただ、この教会が夜になると他の何ものよりも啓示的であるにちがいない、そんなふうにぼくにはいつも思われたのです。」

ここで、わたしの心に電撃的に、だが曖昧に――ちょうど、探偵の頭のなかで、その正確な符合をどうしても見出せない二通りの手掛りがつきあわされるように――グレゴリーの手紙の言葉が浮んで――わたしは耳をそばだてた。

「長い間、扉がぼくの背後で閉じられるとき、そして焼絵硝子の窓を通して日の光の脂のような斑点を落している本堂のなかにひとりとどまり、格間から、まだはっきりと鳥たちの歌声を聞き、木々の枝の動きを見ているとき、ぼくはこのような幽閉のものの憂さに、不安にとらえられ、明るい光の下で野原を駆けめぐりたいという気違いじみた気持に突然かられるのでした。しかし、やがて、夕暮が近づくとともに、聖なるものへの畏怖が帰って来ます。そこでこそ、つまり、磨硝子のような焼絵硝子の窓の背後の、墓のなかのように陰気に反響するあの建物のなかでこそ、そしてまた、たとえば、ろうそく、冷たい舗石、半影のなかの百合の常ならぬ甘美な香りといった、教会のなかできわめて直接的に魂に訴えかけてくる匂いのなかでこそ、聞くべきだったのです、昼間の物音が徐々に死に絶えてゆくのを、そして教会内に満ちた沈黙が深まって、まさに波に先立った谷から生れる波のようにかたちをなすのを。ほんとうに、あの鳥の最後の歌声といったら！　雄々しい間をおいて、いつまでも聞こえる、あのなかなか死に絶えようとしない最後の音——ぼくはその郷愁を呼びさますような、限りなく遠い、無益な声の躍動が静まってゆくのを聞いていました——その甘美な歌声は実にみごとに失われてはまたかき集められるのでした。それから木々の葉をおごそかに吹き鳴らす、小さな死のような最後の風、まさしく一日の最後の息——そして遂に沈黙。ひとが寝床を整えるように、夜の通過に備えたこの建物のなかで、目に見えない整理が行われていました。——ときどきぼくは聖なるもののまわりで少しあくびをしているようなこの沈黙のなれなれしさにばつの悪い思いをしました。まるでひとりの女が彼女の死んだ子のお通夜をしているのを、こちらの姿は見られずに、見ているかのような。そう、お通夜だというのに、彼女は歩いたり、咳をしたり、ものを食べたりまでしているのです。こうして沈黙が定着しました。ただ椅子のきしる音と、いよいよ耳について離れないろうそくの溶ける音と。——窓が暗くなるにつれて落ちたこの沈黙、夕暮に小さなやさしい音とともにはじまったこの沈黙は、今や奇妙な広がりをもっていました。こうして夜が大きな黒いかたまりとなって定着するや、突然すべてのものが様相を変えました。ろうそく！　半影のなかに見失われた祭壇の前の、また、閃光信号の緑色の光によって映し出されたまぼろしの茂みのうしろにあるかのように、より強烈な光の反射によってときどき照らし出される彫像の前の、ろうそくを重たげにのせたこの神秘の燭台——その最先端がかくも透明な炎のこの波打つ甘美な死、暗黒のなかにめぐるめくように沈んでゆくこの螺旋の刻み——それをぼくは何時間も貪るように見つめていました。女の腹のように非常な熱を秘めている中心が黒い炎、投槍の刃、白楊の葉、涸れることのないかすかな光——それは無限に深い暗黒の井戸からまっすぐによって来ると思われるほど眠ったように動きません——さながら神秘の水に映った炎の、震える、柔かな影のようでした。何かがぼくを魅惑していたのです。ぼくのなかの何かが、蛾のように、この光でみずからを焼きに来たのです。それはスープやベッドについて語る田舎の夜の火ではなく、むしろ、渦巻を魔法にかけ、致命的なわざわいを祓う、水に映った鬼火でした。このようにわれを忘れて火を凝視するうちに

（インドの瑜伽行者はそんなふうにするとか）、ぼくは事実その炎になって、炎の光がぼくの心臓をその糧としているのを感じました。ああ、炎がぼくを分解し、溶解し、そして空気のように軽く、舗石のように冷たく、撒き散らしてくれたら、この暗黒の高い円天井の下に浮いている冷えとした空間のなか、永遠の安息のうちに。奇妙な言葉が心に浮かんで、ぼくはそれがある魔力を秘めてでもいるかのように飽きることなくくりかえしました。すなわち、ぼくらを夜に還すことのできるのはただ炎だけだ、と。ああ、夜の闇がこのろうそくの光で掘られ、より深く、濃くなるがいい——ああ、昼がもう帰って来なければいい。数時間が数分のように過ぎて行きました。それから、実にはやく、夜明けが来たと思うと、突然、黒い円天井が青味がかった灰色のつぎはぎだらけになりました。闇のようにくすんで、同じ布から裁たれたようなつぎはぎ。そんなふうにして、ふたたび朝になりました。」

ここで、木の葉のかさこそというかすかな音に、ふりかえると、いつのまにかイレーヌがわたしたちのあいだにいた。彼女の足音は聞かなかった。おそらく数分前からアランの話に聞き入っていたのだろう。わたしたち三人を結びつけていた、そしていきなりどんな話でもできるといった、あの子供らしい共犯関係が突然こわれようとしていた。イレーヌの声の調子を間違えるはずはなかった。

「とてもおもしろいお話ですわね、まるで小説みたい。でも、あなたはその教会のなかで何を探していらしたのかおっしゃらなかったわ。」

「ご質問がいささかぶしつけではないでしょうか?」

「夜のなかにどんなかくれがを求めていらっしゃるの? わたくしはつい、あなたが真面目にお話しになっていると思いこむところでしたわ。あなたは徹夜がそんなに怖い? 実生活が? でも、あなたは実生活を快適に過すことをご存知だとか。」

彼女の声のなかに敵意があらわになった。

「生活を有益に過すことはできたと思います——そのことを悔いてはいません。が、だからといって、その逆のことに興味をもってはいけないということにはならない、と思うのですが。」

「あなたがそんなことをおっしゃるなんて、びっくりしますわ。死は考えるに値するようなことかしら? 死はあなたと係わりなしに訪れますわ。何という子供っぽくて下劣な考えでしょう、まったく無益な。」

「たしかにそうです。けれども、ひとつの異議申し立てが可能であることを、あなたはご存知ないようだ(アランは、その声の抑揚によって、ignorer ご存知ないを英語の ignore 知らぬふりをするにかけていた)。すなわち、死は故意の行為となりうるということです。この視点に立てば、パースペクティヴは一変します。」

「ほんとうのところ、何をおっしゃりたいのです?」

「自分を殺すこともまた可能だということをです。ひとたび死をひとつの行為として、ひとつの征服として考えることが許された以上、ひとたびひとがその権利が自分にあると感じた以上、他のすべての場合にはまぬがれられないある種の廉恥心を拒否することができます。としたら、何を悩むのです?」

「では、あなたは『人生とけりをつける』おつもりなの?」

イレーヌの茶化すような調子にもかかわらず、話の雲行きはきわめてけわしく、またあやしくなっていて、わたしは居心地が実に悪かった。黙って一点を見つめているクリステルの顔が突然蒼白になったようにわたしには見えた(黒い木の枝のあいだにかかった月の銀色の光が反射したのか?)。アランは、ポーカーをしているひとが何かわからないカードを掌にのせてその重さを量っているのにも似て、ものうげに、奇妙な微笑を浮かべていた。

「いずれにしろ、奥さん、ぼくはそれをご立派な方々にお知らせするほど不謹慎にはなれないでしょう。」

夜は涼しくなっていた。わたしたちは丈高い木々の下をまたおりて行った。わたしの腕の下で、クリステルの腕が震えているのをわたしは感じた。寒いためか、気が立っているためか？親しげな大きな声が、クラクションの音にときどき断ち切られながら、丘の下のほうで、わたしたちを呼んでいた。アンリとジャックが、ヘッド・ライトの灯のそばで、待っていた、からだを暖めるために拍子をとって腕をたたきながら。

七月二十九日

今朝、起きがけに、突然、わたしは夏のまっただなかに秋が奇蹟のように存在しているのを感じた。ちょうど果実の芯(しん)にそれを腐らせる虫の喰った痕があるように。つまり、すばらしい薄日が射す、おだやかな、まだあたたかな昼間（しかし何か少しやつれた、少しよそよそしいもの、たとえば衰弱しはじめた美しい顔のあのかすみのなかにあるような輪郭の華奢なくずれ）、さわやかな、規則的な、衛生的な一陣の風が立って——不意に明るく、液状に、そう、飲めるもののように、吸いこめるもののように、感じられる空間——立った風は、肺のくぼみに宿る、純粋に空間的なあの感覚、あらゆる感覚のなかでもっともひとを陶酔させ、もっとも充実しているあの感覚のひとつをもたらしたのだ。そこでは、美は純粋な呼気となって、古代の勝利の女神のように、肺のある種の超自然的な膨張に釣合わせられる。あまりにもノスタルジックな、あまりにもやさしい空のほうへたえず仰向けに向けられた顔を、夜から夜へかけ渡された釣床のように、静かに揺る、波のおだやかな長い昼間——環礁の棕櫚のように運び去られた昼、底にさわやかさを秘めた大地の大きな満潮のうちにすっかり溶け、すっかり去勢された昼——予感の、羽ばたきの、神秘な別離の、やさしくまた神のごとき軽やかさの、昼、遂には麻痺し、魔法にかけられ、茫漠として限りない狂気の微笑をたたえながら、この安楽の痛みのうちに死を願う、輝かしい瞬間。ああ、海のほかに何もなく、砂のほかに何もない。——真昼のこの神のごとき透明さ、この無限の放物線、他所への思いを鋭くかきたてるこの光輝く甘美なもや——そしてこの人里離れた海岸の上に輝く太陽の死すべき美への犠牲のように、詩人の予感のように、楽園のごときこの懶(らん)惰(だ)のさなかにすでに冬の霧の漠然とした通告、海草のあいだからたちのぼるかすかな煙。

けれども、わたしはこの心を引き裂く美しさにひたりきることができない。わたしはわたし自身との仲がしっくりしていない——完全に仲たがいしているのだ。昨日も、午後の暑いさかりに、わたしは休息の場所を見つけることができずに、ホテルの廊下を不安にさいなまれながらうろついていた。先夜のドライヴは、わたしの記憶に甘美な、夢のような、詩的でさえある印象をとどめている。みごとに調和したあの二つの声が闇のなかで代る代る話すのをわたしは聞いていた――子供のころの夢の雰囲気、固苦しさはいささかもなく、それがわたしには実にたのしかった。けれども、ひとつの謎が今わたしを苛立たせるのだ――解く鍵をわたしがもたないひとつの謎が。何かがここで企まれている。この数日の、一見まったく取るに足らぬ、こういったすべての挿話――わたしがこのノートブックに書きとめた挿話――のなかでわたしをこのように悩ませているものを、わたしがいかに明らかにしようと試みていることか。たしかに、仕草とか、話とかにおいて、すべてが見透せて、ただもっともらしく見える。冷静なひとの目に少しでも奇妙に見えるようなものは何もない。――ところが、そこに混ざり合っているすべてのひとびとの反応は、わたし自身のそれをも含めて（わたしがひとよりよく誰を判断できるというのか？）、一瞬ごとに、それらの取るに足らぬ仕草、取るに足らぬ言葉を至極当然のこととなしえたでもあろうものを無限に越えてしまうように思われるのだ。あたかも、未知のモチーフが、ひとつのメロディの糸の下を流れるオーケストラのなかに埋もれた主題と同様に、メロディをときとしてひきたたせ、突然豊かにし、荘重にし、それにふくらみを、ひびきを、奥行を与えるように――そのモチーフは、声の止むときに楽節を、手の落ちるときに仕草を、長びかせ、それらの月並みな挿入楽章をはるかにより力強い声域のなかに移調する。このようなモチーフが、もしあるとするなら、それの秘密を握っているのは、アランだ。

ロスカエルで、イレーヌと彼とが敵として別れたことはたしかだ。ふたりは異なる人種の人間として衝突した。敵意はそのままではすむまい。

……………………………………………………

この海岸で何と突然わたしのまわりのすべてが色褪せたことか！　あの夏の休暇の無邪気なよろこび、あの牧場に放たれた馬の鼻あらし、それを今味わう気にはならない。グレゴリーの手紙はわたしにひどいいたずらをした。ドロレスが発ったあと、わたしはまさに、よみがえらせるにはたぶん全力を傾けなければならなかった例の亡霊どもから自由になろうとしていた。ところが、今、グレゴリーがわたしにある種の重要性を与えた――つまりわたしにある使命を託したのだ。ある事件に、誰かを、ただそこにおいて演じる役割の決定的な重要性を納得させるだけで、どこまで巻きこむことができるか、そんなことを考えるのは法外なことだ。それがどんなにひとを尻込みさせ、どんなに算盤に合わない事件であっても。利害はたぶん人間の心を動かすだけの力をもっていない――が、人間の常に目覚めている劇的本能、それに訴えるのはほとんどいつも訴えがいのある手段だ。おそらく、人間はいつか舞台の上で見得を切ることをいつも漠然と夢みている。昼食のあいだときとしてわたしは馬鹿のようにアランを見つめ、そしてグレゴリーの手紙をポケットの奥に探る――すると、尾行中の詐欺師を捕えた探偵のごとき下等だが、猛烈な快感をおぼえるのだ。わたしはこれまで疑いもなくうつつをぬかしていた――が、今は、観察し、窺い、事件を待っている、いや、驚くべし、ほとんど願っている。事件の結果については知らない。

ここでわたしひとりがそうだと誰に言える？　うつつをぬかしはじめた人間がどこへ行くか誰に言える？　悲劇の発生について、ニーチェのそれとはまったく異る論文がもう一度書かれていい。どんな悲劇をとってみても、それが「情念」に基いていかにみごとに構成された堅固な悲劇であろうと、はばかることなく断言できることは、その悲劇の結構のなかに、ひとりの登場人物の理屈に合わぬ衝動的行為があるということだ。突風のように唐突で乱暴なその場のはずみ、それの根本的な動機は、秤におのれの重みを投げ出したいという、おのれの劇的能力を、どんなに高くつこうと、ただちに使い果したいという、突然の欲求、あらがいがたい衝動以外にない。そう、持ち金を全部賭けたいという衝動のほかに得心できる理由はないのだ。わたしはよく劇場でこの観点から悲劇を考えたことだった。つまり、一種の聖なる精神錯乱、伝染性の入神状態、ひとりのひとからもうひとりのひとへと広がってゆく聖ヨハネの火。「さあ、見に行こう。わたしも、わたしも……」走者というものは、他の走者がすべてトラックに出てすでに闘志に燃えていなければ、トラックの土を踏むことができない、それに似ている。

だが、流儀がある、すなわち、舞台に立つ、その流儀が。特別な生得権がアランのごとき人間には王の役をふり当てる。彼は王侯である、人生の君主である。わたし自身は、せいぜいのところ、打明け話の聞き役といったところのような気がする。なぜ、わたしは、舞台前面に進み出る機会が訪れるたびに、きまって、このように尻込みしてしまうのか？　他者の背後に隠れたいという欲求、誰かの足跡をたどりたいという欲求——それから遁れることができたためしがない。おそらく、そうすることで、より遠く、より深くものを見ることができる——少くとも、できると自分では考えている。が、それは、たぶん、間違いだ。たぶん、わたし自身の失権に対する毒にも薬にもならぬ、まったく無邪気な反応でしかない。代償作用にひとつのからくりがあって、それはすべての凡庸な人間をしてこう考えさせる——たぶんより無関心であることによって、自分はよりいっそう理解がゆきとどき、よりいっそう勝負を自分のものにできる、と。下僕という奴は、職業上の決定権がほんのわずか失われても、自分には主人に意見をする権限があると感じるものだ。小役人という奴は、大臣のたてた計画のあらさがしに半日を費すものだ。

そこにはおそらく唯一の許されざる罪がある。すなわち、怠惰によって損われ、蝕まれた人生における、臆病、打算的な小心だ。自分の前に差し出されるさまざまな可能性を日々細心に消してゆく。そして、最後に、ふやけた懐疑主義に裏打ちされた、この窒息。「知らずにひとを不快にさせる怖れから、わたしは故意にひとを不快にさせることを急いだ」（モーリアック）からはじまって、さらに、「知らずに失敗する怖れから、わたしは故意に失敗することを急いだ」とつづき、ある日こう終る、すなわち、「知らずに死ぬ怖れから、わたしは故意に死ぬことを急いだ」（すぐれて喜劇的な文句だ）。傲慢と卑怯とのかかる結合ほど、人生を枯渇させるものはたぶんない（「それはろくなことにはなるまい」）。

アンリとわたしはこの数日非常に接近した。わたしは彼から打明け話めいたものをいろいろと手に入れた。わたしがはじめに推測したことは当っていた。つまり、イレーヌとのあの微妙な不和。明らかに、彼はイレーヌを見放している。——が、彼女には活力が、精力があって、そのおかげで、外見が救われ、リンパ性体質の女の顔にすでに表われている亀裂がごく後になってからしかひとの目には映らない。彼女は、大様な性質で、逆にダンスとかスポーツとか社交とかに熱中していた。血筋のいい馬のように。そう、駿馬にあっては、負傷がはじめものすごいギャロップとなって表われるものだ。彼女は堂々と頭を起こして立ち向う——ジャック、優柔不断で、ひとに左右されやすいこの青年は、どうやらこの活力の唐突な発動にまったく無関心ではいられないらしい。ふたりは、浜で、テニス・コートで、五時から七時までのカジノで、ふだんよりもややたびたび出会っているようだ。わたしにはそう思われる。またロスカエルの夜の漠とした記憶が働いているのだろうか？　ふたりはあのとき障壁の同じ側にいた。

昨夜カジノでふたりが踊るのをわたしは見ていた。天井から紡錘状に射してくる水族館のなかのような美しい電光。それが大きな花冠をもった一種の放射状の熱帯性下草のなかでサキソフォンのボードレール的音とともに砕けていた（そう、まさしくボードレール的だ、なぜ、ボードレール的でいけない——「トランペットの音はかくも甘美に」）。劇場の明るい光のうちにひそんでいる半影のあるものが歓楽場に忍びこむ。俗悪な美しさにさえ一瞬光暈を、強勢を、深さを添えるあの狡猾な光線とともに。彼らはふたりとも美しかった。みごとに呼吸を合わせて踊っていた。——どんなわだかまりもない、とひとは思ったにちがいない。が、わたしは感じていた（ふたりはわたしに気がついていた）、この誇らしげな競技のなかに、この儀式めいた孔雀舞のなかに、彼らが、かくも尊大に、かくもおのれを閉ざして、旋回しつつ、ある種の復讐を、漠然とではあるが、探しているのを。漠然としたわだかまりを、屈辱を踏みつけているのを。ときどきわたしは想像した、こっそりと（だが、照明のこの油断のならぬ輝きのなかではそれは誇ってもいいことだ）彼らがわたしの目のなかに賞讃を、讃意を探している、と。その讃意は——まことに子供っぽいが——彼らを免除してくれるはずであり、より正確には（わたしはイレーヌのことを考えているのだが）、彼らの復讐をしてくれるはずであった。

ベビー・ゴルフに目がなかったグレゴリーの出発以来、アンリとわたしは本式のゴルフにもどった。わたしたちは一コース回ってから一日をはじめるのを好む、夜の眠りからまだ覚めやらぬ海を見下すあの静かな朝に。わたしは昨日一コース回ってクラブ・ハウスにもどって来たときアンリに言った、海水の洗う牧場のたくましい芝草を指しながら、それはわたしにロスカエルを囲んでいる丘の実に驚くべき鹿毛色の芝生を思い出させる、と。アンリの顔に、注意のかすかな波が突然かたちづくられるのをわたしは認めた。さながらごく軽い球が、一粒の砂が鼻のつけ根に当ったかのように。

「あの晩は実におかしな晩だった、と思わないか、アンリ?」

「うん、少し気違いじみていたな。いかにもイレーヌらしい、ああした調子はずれの集りを思いつくというのは——支離滅裂な。」

声には少し不機嫌なところがあったが、言葉が、まったく意識せずに、適切であることにわたしは驚いた。そのように感じたのはわたしだけではなかった。言うことを一般論の範囲にとどめるほうが慎重であるように思われた。

「きみがそんな言葉を使うのを聞くと実に奇妙だ。自分が口にする言葉の重さを量る人間にとって、必要なときにはきみもぼくもそうすることができるわけだが、言葉はまっすぐにぼくらを選択親和力の問題に導くということをきみは知っているかい?」

アンリは鋭い一瞥をわたしに投げた。わたしたちが「燃え」はじめたのを、ふたりとも感じた。

「もちろん。としたら、イレーヌは大胆な実験家というわけだ。爆発の危険さえものともしない。そのようにして、いろいろな発見がなされるということを、きみも認めるね。」

彼の声のなかの何かが、この最後の語句をとくに彼自身に言っていると思わせた。

「ねえ、アンリ、あるひとたちが実験の無邪気な趣味と呼ぶものを、他のひとたちはときとして『悪魔をそそのかす』と呼ぶんだよ。教会は錬金術師に対してとくに好意的ではなかった。けれども彼らは元素間の感応を調べることのほかに何をしたか？　実に心をそそり、魅惑することではないか、水と火とを、塩と硫黄とを結合させるとは。だからひとはレトルトを陽気に爆発させる。けれども、連中を導いたのは、ぼくは確信しているが、宇宙の感応へのとてつもない趣味以外の何ものでもないよ。」

「そのように化学の話におきかえて、お上品に、きみはイレーヌを女衒に仕立てているんだ、きびしすぎるよ、ジェラール。」

「誰でも触媒になってみたいという気は多少とももっていると思わないかい？　一個の物体を、二人の人間を並べて、それが爆発するか、結合するか、見る。それはごく自然なことだよ。」

「たぶん、邪(よこし)まなことだよ。」

「自然は邪まだよ！　人間は邪まだよ！　幸いなことにね。そうして、あらゆるものが作られ、そうしてあらゆる出会いが作られ、すべての偶然、すべての新しいものがそこから生れる。いかにして物を、人間を交配させるか、受胎させるか、物を、人間を邪まにすることなく、本道からそらせることなく、罠にかけたり、新手を使ったりすることなく。それこそが悪魔の仕事だというなら、他のことはゆずる。悪魔という奴は常に遠回りをするんだ。」

　アンリは寸時思いにふけっていた。

「そうかもしれない。だが、選択親和力にもどって言えば、ぼくはやはり、」（彼の声はきわめて真剣で、表面のふざけた抗弁とは食い違っていた――そう、わずかに不安さえ感じられた）「きみがそんな古風な駄洒落を真面目に考えているとは思わないね。ゲーテはそれで遊んでいたのさ、十八世紀の閨房の炉や蒸溜器の奥に忘れ去られていたのを寄せ集めてきてね。それに、彼はそれから退屈きわまりない小説をひとつこねあげた。」

「ねえ、アンリ、ぼくは論争をするつもりはないよ。でもね、結局、心理学は霊魂の世界へ色目を使うのを遠い昔に止められるほど自分自身に自信がないのではないか。」（わたしはできうるかぎり皮肉に言った）「化学は錬金術にとって代った。それは解決した問題だ。よろしい。だが、心理学に関するかぎり、ぼくは小説の心理学を言っているんだが、最後にその理論の是非を決めるのは、実際的な成功ではなく（どうしてそれがはっきりわかるだろう?）、ぼくの考えでは、社会の束縛なのだ。そのゲーテの観念がどんな価値をもっているのか、ぼくは全然知らない――おそらく他の観念と同様に――が、ぼくにとって大切なのは、ゲーテの観念が開花する機会にめぐまれなかったのは、社会の人間が一連の破局を仕組むことなしにはその機会をゲーテの観念に与えることができなかったからだ、という点なんだ。想像してみたまえ、稲妻を刻みつけたあの嵐の荒れ狂う世界を、鴨のように移動するあの親しい魂たちを、結びついてはまた離れてゆくあの番たちを。磁石の前のあの鋼鉄の鑢屑の舞を。それはまさに受け容れられないものだ。それはたえざる不安の世界だ。かえって、例の有名な結晶作用の理論が結婚という社会的偽善を援けたことを認めるべきだ。あるいは、お望みなら、結婚という立派な男女関係と言ってもいい。だから、何という成功！　結局、スタンダールが、あの贋のアナーキストが、ことが終ってからナポレオン法典によって結婚に神話的根拠を与えたのだ。彼はそのことでナポレオン法典に多くを負っている、教科書に書いてあるように彼の文体をそれに借りたあとでね。」

わたしはこう一気にまくしたてて、すっかり満足した。が、アンリのほうは、はじめおもしろがっていたのに、今は物思いにふけるふうであった。

「たぶんきみの言うことは正しいのだろう。殺されなければならない死者たちがいる。ナポレオン法典のなかにさえ、よく考えてみれば、ゲーテのための復讐がある。」

「何をほんとうは言いたいのかね？」

「『性格の不一致』と呼ばれる、離婚のためのあのすばらしい理由さ。こいつはきみの錬金術師たちを大いに喜ばせたことだろうよ。」

わたしは張りつめすぎた会話を冗談によって逸らす必要があるのを感じた。一見まったく観念的な話題であったが、いささか苦しいふざけ方は無邪気なものではなかった。

わたしたちは断崖に沿って黙って歩きつづけた。陸のほうにひろがるものさびしい平坦な野原に惹きつけられて。陸地はここでは他のところよりもより端正に海につづく。樹木がない。肥沃な野原のいささか気違いじみたあの装飾がない。――愛し合うときが近づいて、その厳粛な祭典のために、裸になったふたつの美しいからだのようだ。アンリはわたしにこの飾りけのなさがどんなに彼の心を惹くかと言った。この節度をわきまえた男、いや、むしろ臆病な男のうちに、無限の地平線への趣味があるとは、思ってもみなかった。このものうげな眠った午前の空洞のなかにはわたしたちの他に誰もいなかった。展望台をふらつくひとの目には、小さなふたつの点、毛布の上を這っている二匹の昆虫。

「きみは気がついたことがないかい」とアンリがいきなりわたしにきいた。「ぼくらの人生のある時期に、いくつかの夢が――ほとんど変形されずに――すべての意味のある細部によって結びつけられて――家族の肖像が似ているように――帰ってくるということに?」

「ぼくはほとんど夢を見ないんだ。だから、そのようなつながりを観察できる機会がめったにない。が、そうしたことはほとんどすべてのひとに起こることだと思うよ。若いころは、ぼくにも起った。」

「たぶん、ぼくは若返ったんだ。二週間以来、同じ夢を、ほんとうに同じ夢を、くりかえし見るんだ。基調音のまわりに整えられたかのように構成されたあの珍らしい夢のひとつ、執拗で、その印象は目覚めたあとずっとほとんど一日じゅう消えない。何かを予告するかのようだ――何かを意味しているとは言わないが――まったく不可解にぼくに関係している何かを。きみはドストイエフスキーの『永遠の夫』の冒頭を憶えているだろう、主人公のフェルトチャニノフが数日つづけて幾度となく人ごみのなかでひとりの男に出会う。それはごく平凡な男にすぎないのだが、その顔が主人公に何かを漠然と思い出させる。それだけだ。が、少しずつ、主人公の人生が変化し、健康が悪化する。彼はすっかり兇暴になり、自分でもどうしていいのかわからない。みてくれてもいいが、ぼくの脈搏は完全に正常だ。――が、くりかえしみるぼくの夢には何かそういったものがある。」

「おもしろいな。」

「その夢のなかにそのようにくりかえし執拗に現れるのは、ある風景だ。ぼくは高原にいる。見渡すかぎり、海のように波打つ、緑の、濃い緑の、丈高い草。その単調な波はかぎりなくひろがって、地平線のほうへ消えてゆく。頭上には、真青な空。白い天馬のような、装いをこらした高い積雲。空は草の波とともに無限の彼方へ消えてゆく。雲の流れは空に大きな稜を描き、その稜の一点が頂だ。そして、水の鏡の完全な反映に操られてのように、波形模様を描きながら逃げてゆく草の波も、大きな稜に従って同じ神秘な一点に合流するだろう。白昼に（太陽は目をあけていられないほど燦然と輝いているのに）、素朴な画家たちにおけるように夕陽の印象だ。彼らの絵にあっては、空と海とにまたがる赤い光線の扇が（目に映るもののなかに扇を連想させるものは何ひとつないのだが）、物質と化した遠近法への異様な執念を表わしている。その吸引力が突然竜巻の中心のそれ、大渦巻の漏斗（ろうと）のそれとなる磁場のような、触手をもった消点のほうへ風景の中身を吸いとり、空にする、吸血鬼の、幽霊の状態にたかめられた遠近法。頬を過ぎる風は、刺すようで、処女のように、めくるめくようにさわやかで、ぶどう酒のような酔いを誘い、どこか、アンデス山脈の頂のような、パミール高原の最高地点のような、無限の標高を示している。そして、このひろがりをひた走りたいという、草のこの波の上を、天の藻のこの絨毯（じゅうたん）の上を、氷河のこの藻海の上を、風とともに地平線のほうへ駆けだしたいという、気違いじみた気持にかりたてる。

ぼくのすぐそば、消点とは反対の左手のほうで、高原はいきなり終る、恐るべき断崖に断ち切られて。惑星のきびしさをもった、この広大な、なめらかな、裸の台地のかたわらに掘られ、うがたれ、えぐられた深い淵は、宝石の採石場のひっくりかえされた底に、白蟻の巣のなかの鋸による切断面に、似ている。より正確には、自然科学の陳列室のあの関節をもった張子の像が思い出される。その皮膚をかたどったなめらかな板をあちらこちらはずすと、突然血管や神経や内臓の多色の迷宮が現れて、鋪石の下の赤蟻の錯綜したうごめきのように見る人に不安を与え、吐気を催させる。距たりの不思議が夕暮の近づくにしたがって遠い渓谷の青味がかった光を深い淵の底に与える。その奥底には、望遠鏡で見たようにはっきりと、人間的な親しい風景がひろがっている。樹木や移り気な小道や、小さな庭のある家々が点在し、大都市に近い郊外のやさしい煙が立っている。

驚くべき鮮明さ、鋭さをもってぼくのまなざしは町の神秘な街路に落ちる。夕方の六時ごろの雰囲気だ。降ったばかりの驟雨にやわらかく湿った鋪石の上に金色の日の光、ぬれた石の輝き、店という店の出口の陽気なにぎわい。そんな眺めの取るに足らぬ細部に目がとまるたびに、ぼくはある不可解な感動にとらえられる。歩道の縁、人気のない眠ったような路地――そうして上から見下すと、蟻のようにひとのうごめく大通りからたった二歩のところに延びている、入り組んだ路地――、宏壮な邸宅の車寄せの前を往き来するひとびと、辻公園の静かな木々――そして、なぜかわからないが、あまねくゆきわたっている愛。ひとり、滑翔する鷲のように、神のように、山嶺にまで悪鬼に誘い出された者のように、この目に見えぬ頂からこの町を――嘘のような静けさのうちにしずまった町、温室のなかに保たれているかのように、かくも無力な、かくも脆い町をうかがっていると感じることは、あるうちひしぐような興奮を伴う。ここには、そよとの風ももうなく――そのうえ、かすかな霧がたちこめている――一瞬また、遠くのものが、木々の濃くなった影のなかで、まるで川の流れに浮いているかのように、かぎりなく軽く、はかなく現れる。こころを遠方へ誘うように。一瞬ののちに、それは幻影のように消える。高原は、深い淵から上ってくる霧によってふたたび閉ざされる。この断層の口に引き戸が引かれるように。そして、草の曠野がふたたび地平線の四方へひろがるのだ。」

七月三十日

アンリの夢が伝染したのか、わたしは今朝耳もとに旅立ちのざわめきを聞いて目覚めた。遠くから、少年時代の遠くから、さまざまな思い出が陶酔を伴ってよみがえってくる。出発の思い出――わたしにとって、それはほとんど常にここのような海岸への出発の思い出だ。その思い出には駅と太陽との匂いが必ず結びついているが。高いガラス張りの屋根をのせた薄暗い空洞が見える。穹窿（きゅうりゅう）の下で突然ひびきはじめる、機関車の熱狂的なすさまじい音が聞こえる。洞窟のなかの、竜の洞穴のなかの、獣たちのあえぎだ。ずっと向うの、出口を半ば閉ざしたガラスの屋根の三角形の下、家々の高い壁の谷間の、輝かしい太陽の燃えている間隙に、わたしはふたたび見る、溶けて流れ出したようなレールを。それは孤独なわたしにとっては無限を表わすイメージだ。石炭の黒い匂いが、その熱を、湯気を立てているブリオッシュのそれに、プラットフォームに落ちている日の光のそれに、結びつける。わたしはまた考える、機関室を、高炉を、動力ハンマーを、火の神秘にささげられたすべてのものを。蜂の巣のように石の壁に仕切られた待合室はすぐそばにあって洞窟のように涼しい。——天井からさがったダイヤモンドの釣燭台のように空中に垂れた、あの不思議なポスターの、まさしくそれ自身によって培われた、申し分のない文句が、わたしの心によみがえってくる。「ポール＝ヴァンドル、もっともはやく、もっとも安全な横断。」——「ベーナックの城と村」、あるいは、細い松の木を鶏冠のようにおいた濃い緑の岬から、石油のように青い海中へとびこむ、ファントマの贅沢な航海、すべての注釈が前もって無用となるかのような、この唯一の神秘的な名まえ——「フォルマントール」。そう、あの駅の出口、雷の跡と硫黄の匂いとをとどめたあの黒い煙、それは、わたしのさまざまな欲望の渦巻に対して、今わたしの眼前にくりひろげられているこのとりとめのない追想に対して、ちょうど平野を行く川の怠惰な流れに対する水圧管のごときものであった。
今にして思えば、それこそはアランがわたしに対して、わたしたちに対してなったものではないか？

八月三日

今や季節はたけなわである。新顔がホテルに現れた。しかし彼らはわたしにとって何者でもないだろう、わかっている。この夏の休暇のわたしの世界は偶然のこの小さなグループに限られるだろう。彼らは、何が起ろうと、わたしの記憶のなかで常にもっとも奇妙な入会許可に結びつけられているだろう。この選択において偶然がどんな役割を果たしたのか——どんな滑稽な役割を——誰にもわかるまい。偶然は神だ——どんな神よりも複雑で、気むずかしくて、隠微な。わたしはアンリと、イレーヌと、ジャックと、グレゴリーとさえ（もし彼が帰って来たら）、同じ絆で結ばれているのを感じる。まるで彼らがわたしと同じときに火の洗礼を受けたかのように。この言葉は無茶だ、わかっている、この覚書は誰にもわからない——が、この言葉は、この覚書はわたしのためだけに書かれているのだ。「おれは眩暈を定着した。」

ジャックに言ったように、自分の同類の自分に対するひそかな、直接的な力を認めることほどひとのいやがることは他にない。それほどよくあることは、それほど日常茶飯のことは、おそらく他にあるまい。雷のように兇暴で、小癪な力、それを前にしては知性も才能も美も言葉もまったく無力で、ただ動物的な電気だけが、ただ突然生じる極性だけが無力ではない。魅力のとりことなること。しかもひきかえすことはできない。それが口に出されることは決してない。すなわち、それはタブーなのだ。が、声のわずかな抑揚によって、いきなりそらされる目によって——何年かののちに、話の機微に通じたひとたちが突然認めるだろう。天使の通過を、不意のそして共通の啓示を、心の打撃を。すなわち、「神は天使をその声の抑揚によって、またその不思議な悲しみによってそれと認めるであろう。」ひとびとが自分自身の経験によってもっともよく近づけるようにわたしには思われるキリスト教の玄義は、聖母訪問のそれである。偶然の訪問者のうちに神を見出すことをあのように歓迎し、またそれにあのようにはやかった古代人は、奇蹟の健康な衛生学によって——そうだ、たぶん——誤解のなかで最悪のものを避けることができた。

八月四日

いや、グレゴリーは間違わなかった。わたしの予感はわたしを欺かなかった。わたしは今アランの一件書類にひとつの事実を、不幸にしてあまりにも確実な事実をつけ加えねばならない。

クリステルが昨夜ことさらに執拗にわたしをカジノへ誘ったので、最後にわたしは折れた。そのうえ、彼女がアランの目にあまりにも無力な自分をさらさないための礼儀にかなった隠家をしかわたしのうちに求めていないということがわかったので。それは最近このあたりで撮られたわたしの知らない映画の初日だった。すべて大きく開かれたテラスから浜が見下される広間の奥に、スクリーンが、すでに星々と燈台の灯とを散りばめた水平線に向って、張られていた。沖から断続的に吹きつける風にそれがときどき揺れるのにともなって、映像も踊るのだった。夜はまことに明るく、輝かしく、海と分かちがたくどこまでもつづいていて、そのために上映時間の遅れを甘受しなければならなかった。幽霊船の黒い帆さながら、スクリーンは、いつまでも光の死に絶えようとしない燐光を発する乳白色の海をなお久しく風を切って進んだ、光を背にして。わたしたちはアイスクリームを黙って食べていた。涼しい夜の屈託のない風から身を守るように外套を膝の上にかけて。まるで大西洋横断船の上甲板にいるかのように。ケランテックで感じたと同じばつの悪さがもどってきて、わたしたちのあいだをうろついていた。越えがたいあの同じ壁。封印された運命。おそらく、もう久しくわたしたちはおたがいのために何もできなくなっているのだ。盲目的な共感におそわれて、また、この壮麗な静かな夜にはわたしの仕草も誤ってとられるはずはないと信じて、わたしはクリステルの手をとると、しばらくのあいだ握っていた。ちょうど、病人の熱っぽい手を発作のあいだ、ただ「わたしはここにいますよ」と言うためにのみ、取っているように。彼女は別に驚きもせずわたしを見た。ほんとうに遠く、暗いまなざし。「そんなことしたってどうなるの?」と彼女がつぶやくのをわたしは聞いたように思った。そのときわたしは、彼女が首のまわりに色の褪せた奇妙なスカーフを巻いているのに気づいた。まるでごく古い旗の絹を裁ったかのように、重たくて、高貴で、豪奢な布だ。そのようにわたしのすぐそば、薄明りのなかに、頭をまっすぐに起こして坐った彼女は、にわかに夢の不可解な切迫をかたどっていた。われわれのかたわらに突然上陸するあの彫像のひとつ、ひとが自分の上に執拗なまなざしの重さを感じるときのようにふと斜めうしろに投げられるある種のまなざしから生れたあの彫像のひとつ、われわれの肩越しに、夢見るように地平線の一点をじっとみつめているあの彫像のひとつだ。

幕間にしばらくクリステルから離れた。わたしは賭博室を通った――いつものようにこの簡素な儀式に魅せられて。そう、あまりにも強い感動のたえざる波が部屋のまわりに配した欠くことのできぬものの他に余分な装飾が何ひとつないのがいいのだ。たとえば、手術室、円形競技場、闘技場。わたしの前に、いきなりアランを認めた。同時に、賭けている連中の仕草から、ある熱っぽい注意から、幕間の数分間をそこへ出て来たひとびとの不意にこわばったある顔から、何か異常なことが起っているらしいということにわたしは気づいた。

まどろんでいるような、放心の様子、どんよりとした目――わたしにはすでに親しい表情だ――緑色のテーブルの縁を指で軽くたたきながら、アランは一勝負ごとに彼の前、左、右、どこにでも、装われたものではない無関心さで、釜にシャベルで石炭を入れる火夫の機械的な規則正しさで、見たところ法外な額と思われる莫大な数取り札を出していた。七、八、それから十、二。不可解な変化。まるで、打った手の結果によりはむしろ、軸と数字とのある種の交錯に、ある代数の難解な問題の解決に心を奪われてでもいるかのようだ（わたしはチェスのナイトの問題を考えた、すなわち、「彼は宙返りをしようと試みている、」と）。彼は規則的に負けていた――失った金額は、彼の相手の目つきから判断して、すでに莫大な額に達しているにちがいなかった。賭博台の元締めが、球を投げる前に、職業的な冷静さのうしろに隠された不安のまなざしを、見えるか見えないほどすばやく、彼に投げるのに、わたしは気がついた。そう、そんな職業的な冷静さは、モンテ゠カルロで千人の人間のなかにその晩贋の小切手を使うかもしくはピストルの一撃を自分の頭に加えるか、どちらかに定められた人間をあらかじめ見つけることができるものなのだ。テーブルのまわりには、驚きの耐えがたいほど息苦しい空気が支配しはじめていた。わたしは背後に小さな声がつぶやくのを聞いた——「気違いだ。」まことに開け放しに、これ見よがしに、破廉恥に、彼は自分に逆らって賭けていた。勝負のスピードそのものに彼の仕草のこの嘲けるような無頓着を、この緩慢を帰すことのできるような気まぐれに溺れて——そのために、わたしはわたしのそばでいくつかの口があまりにもたけだけしい緊張に喘ぎながら、「もういい！もういい！」と呼びかけるのを、そしてテーブルをひっくりかえそうとでもするようにひきつったいくつかの手がこの悪夢を、この窒息を止めようとするのを感じた。目を半ば閉じ、面に微笑をただよわせて、アランはそれらの狂った目を、血走ったまなざしを、こぶしを固めた手を面白がりながら、彼の指先にぶらさがったその部屋を官能的なよろこびをもってなぶっていた。居合わすひとびとがすべて磁気を帯び、突然凍りついたその光景は異様だった。明らかに、そこには身を滅ぼしているひとりの男がいる。溺れた人間が水中に沈んでゆくのを見ているようなものだ。——ところが、尊大な、非情なその男はまったく見ているほうの気を悪くさせるほど、気楽にふるまっている。彼は巧みに徐々にことを運ぶ。都合のいい、当り障りのない、気安めの推測のヴェールを次々に剝いでゆき、最後に正視に耐えない、が、かといって今はもう否定できないあらわになった破廉恥のただなかに立って、ひとりひとりに彼の手のうちを読むことを強いるのだ。

　果して恐ろしい瞬間が訪れた。ひとりずつ、ほとんどすべての賭けていたひとたちが賭けるのを止めてしまった。おそらく、そこに起っていることに曖昧なかたちでぐるになるという考えを捨てて。恐ろしい目、哀願するような目、怒り狂った目が、輪になって今はアランを取り巻いていた。間近から彼を狙い、息を止めるほど圧迫し、退路を断ち、雷あるいは洪水を呼び、この息づまるような場面からの尋常の出口をすべて塞いで。元締めの男が球を投げようとして、止め——その場面が二、三秒つづいたように思う——そしてアランをじっと見つめた、アランの目を。ひとりひとり、自分がいきなり生死の境目に立たされているのを感じた。苦しい緊張がそれ以上たかまることを止めて、自分を無に帰すだろう瞬間、放遂するだろう瞬間がきているのだ。わたしは胸が裂けるのを感じていた。何かをしなければ、この眩暈を止めなければ、この無意味な死を。

　わたしはアランの肩にさわった。

「アラン！　きみは気がふれたのか！」

彼はいたって気楽にふり返った。ぞっとするほど冷たく。

「どうしたのです？」

それから、肩をすくめると、わたしのあとに従った。すでに笑みを浮かべ、しゃれをとばし、冗談を言いながら。彼があまりにも屈託がないので、わたしのほうが滑稽に感じられた。わたしは彼を夜の公園に連れ出した。ほんとうにおだやかで、ほんとうにやさしい！　悪夢のなかで血だらけになって死んでいた友人が、目覚めてみると、生命をおびやかされていることなど何も知らずに、生々と、にこやかにほほえんでいる、そんなふうだった。彼の陽気さがたちまちわたしに伝染した。わたしにはもうわからなかった――しかしさっきはわかっていたのか――どうしたらいいか。としたら、彼に何を言える？

幕間のあと、クリステルといっしょになった。

「アランに会った。彼はものすごい金額を賭けていた。」

「そう？」

わたしがこのようにまったく月並みな仕方で彼女に描いて見せたイメージがすでにいかにも蒼ざめ、いかにも色褪せたものであったかもしれないが、それでも彼女がそれにほとんど反応を示さなかったことは確実で、わたしはこれで今晩あとはまあ我慢できるだろうと思った。ありがたいことに——彼女は見なかったのだ。

八月六日

わたしは暗く澱んだたくさんの考えをほとんど動かすことができない。おろした日除けのうしろ、酷熱の太陽の光のなかに聞こえる、海の音と砂浜の群衆の声と、それが闘牛場の残酷な観衆のように無慈悲なざわめきとなって、単調に唸っている。ときどき、熱が鏡板をきしらせる。一条の日の光の震えるなかに埃の複雑な渦。羽根飾をいただいた光の滝。この錦の、このカーテンの、布の襞と巻き毛だらけのこの部屋の、嘲けりの前で、わたしはだらしなくあくびをする。ものうく、けだるい。すべての鎧戸をおろして、真暗にすると、部屋は海の洞窟のようだ。船乗りの大きな物入れがごろごろしている海賊の巣窟。乾燥した海藻の敷物のそばに天蓋のある芝居がかった寝台、鍾乳石の岩にひっかけられた竪機織の壁掛——そしてひとでであがかれたこまかな砂を敷いた入口の、紺碧の鏡板をとおして豊かな海の匂いが香ってくる。

……

今朝わたしたちがテニス・コートのほうへ散歩していたとき、ジャックとクリステルとのあいだに交された会話の断片に、わたしは思わず耳をそばだてた。

「泳いだあとで、ぼくは彼と別れた。」

「昨日は彼の姿をほとんど見かけなかったわ。おとといの夜、彼とカジノで踊ったの……」

……等々。見かけは月並なそれらの言葉が、わたしには見かけとは違って聞こえた。アランの名が彼らのあいだで口に出されたことはない、とわたしはかたく信じていたからだ(わたしの耳は以前はわたしが思っていたほど聾ではなかった)。そんなふうにとらえると、ふたりともがそのあやふやな抑揚をはっきり強めることを明らかに怖れていることとあいまって、それとなく、誤まることなく口にされたこの彼は、ほとんど神話の人物を名指すかのように、突然、位が上って、瀆神すれすれの仕方で、あの高貴な大文字にまで達するように思われた。疑わしい、定義しにくい、偉大な彷徨者をあまり近くからとり囲まないように用心するあの大文字、ときには、意味あって曖昧に、天使と同様悪魔も指し示すあの大文字にまで。

アランに何よりもまずひとつの誘惑を、ひとつの試練を見るというのは間違っているのか（わたしは、おそらくあまりにもひとりよがりな仕方で、観念を擬人化し、人間を観念化する癖がある）——小さな仲間の中心にあって、彼は解体に、自滅に向おうとするすべてのもの、人生が許容する正当な機会のあまりにも限られた網に卒中の発作のように短く激しい炎のための孔をあけようとするすべてのものを集める合図ではないのか。あるいは、わたしが自分で思いたがっているよりもずっとグレゴリーの手紙のあるきまり文句に囚われているということにすぎないのか？あの手紙はわたしを横目でいつもにらんでいる——わたしを呪縛しているのだ。

ときどき、わたしのなかで十分許されていいちょっとしたペダンティスムとは切っても切れない例のふざけた置き換えの趣味から、わたしはアンリとクリステルを行動派、イレーヌを抵抗派と命名する。アランは、「栄光の三日間」だ。

カジミール・ペリエからオディロン・バローに――「この国の不幸は、あなたのように革命があったと考えるひとたちがいることです。そうではないのです、革命はなかったのです。ただ主権者が変ったただけなのです。」

鍵となる言葉、意味深い言葉、ある見方からすれば、みごとな言葉――永久に相手の口を封じる言葉。ある種属の言葉。スキャンダルの職業的な火消し役。彼らにとっては革命は永久に存在しない。

大事件に、その暗い隈を、その暈を、その飛翔の永久に奇妙な機会を、そのあらしを含んだ風を感じるひとびと――疑い深いトマスの永遠の種属、彼らにとっては聖痕さえも油の湿布を勧める好機でしかない。


……………………………………………………

わたしには今ふたたびホイエルスヴェルダの野が見える。捕虜収容所の二重の鉄条網の向うをラウジッツの物悲しい野原が永久に遠去かってゆく。まったく人気がなく、すべてに見捨てられた野原。毎日昼に、小さな、玩具のように小さな汽車が物憂げにその風景のなかを横切ってゆく。われわれの周囲には、四方いたるところにすばらしい土地、約束の地がひろがっている。けれどもそのどこにも達することはできない、ただ目に映るだけだ。毎朝早く起きて、わたしは松林のまんなかまで行き、その驚くべき曲折がわたしに永久に開かれることのない道の不思議な迂回を眺めていた。氷が結ぶ日々は、大地が固いひびきを立て、雪の上の太陽はわれわれの檻の格子を溶かすように思われた。強い風が地平線のすべての地点から流れこんだ。林地の波立つ海の上、《woodland》という聞くたびに心を動かされる英語が過度に荘重なものにする林地の上、東の地平線に、小さな木立の角のうしろに半ば隠れて、ホイエルスヴェルダの、神秘な町が、禁じられた町が、ひろがっていた。銅のように輝く鐘楼のまわりにかたまって。ラウジッツのすばらしい空だけが、その町を飾っていた。海がその灰色の帳のすぐに閉される罠にもはや捕えることのできない、あの豪奢な、厚く大きな雲——獣の脇腹のように柔かな美しい嵐の影を宿したあの絹のような、綿のような鯖雲——列を組んで午後を渡る途上にある大船隊のごとき雲。その雲のほうへ、じゃがいも畑の畝が謎を秘めて逃げてゆく——ときどき、不意をついて、収容所の別のところから、樺林のかすかにたなびく煙の上に町が蜃気楼のように浮かんでいるのが見られた。女王のごとく、静かに、いつも地平線にある町、さまざまな欲望を隊商さながらに呼びおこす町、切離された想像力にとっては、庭園を、美しい池を、暗い玄関を、惰眠をむさぼる豪華な別荘を数多く蔵している町――そして、なぜか、荒天の日のたそがれどきに、北方の町々の幻が荒模様の空の背後から立ち昇るのだった。すなわち、獣脂とタールとの匂いが漂ううつろな倉庫群が、重たく澱んだ水の鉛のようにたゆたう船渠の上に、痙攣する切妻を高くかかげ――曲りくねった川の上、霧の下にきらめく光の円戯場のなかにかかった金属質のまた炭素質の大きな橋が、急行列車の重たい通過にともなって、獣のように震えている、ステッティン、ニューカスル、グラスゴー――夜の冷たい霧の地層で断ち切られた、熔鉱炉のような赤い淵、その穴の底に落ちている錆びた錫の帯の上にそびえる巨大な杭、ワゴンのゆれている足場は、ロッキー山脈の脚の長い橋に、あるいは油田のひとを途方に暮れさせる風景に似ている――黒く透きとおった空気、そのなかでは、騒ぎが止み、緑の、青の、赤の、火のアルペジオが鳴り止むとすぐに、石炭の粉が胡椒のように混ざった塩からい大気のひろがりが鼻孔をおおう。

わたしはホイエルスヴェルダをこの目で見たことはない。帰途、その町を通ったが、午前四時で、しかも陰気な霧雨のなかにあった。おそらく、それはわたしが寄せた限りない信頼に価しない町だったろう――しかし、香水のように執拗に、落ちなかった城砦のようにじれったく、その嗄れた音綴のうしろに、ひとがものにしなかったし、またものにすることの永久にない女への愛着をひきずっている。

だが、このばかげた思い出はわたしにどんな用があるのか？　これらの唐突な心象、これらのわたしの生涯のなかでもっとも感動的な光景は、数日前から以前よりも頻繁に帰ってくる、まるでフィルムの上にくりひろげられるように、まるで溺れかけているひとの心に親しい思い出が浮かぶように。そう、わたしの生涯を通して、これらの乾いた心象は、これらのわけのわからぬ花札、カードの軽い束、唐草飾りのある奇妙な扇は、ほとんど解読不可能なので、わたしは胸がむかつくまでかきまぜるだけだ、ちょうど行先もわからぬ航海の前日にわずかな荷物をまとめてみたりばらしてみたりするように。

八月八日

昨夜夢を見た——目覚めの夢、はかないが筋の通った夢。夢は記憶のなかにほとんど損われずに残って、不確かな、いや、むしろ気がかりなその結末にもかかわらず、一抹の満足感が、暖かなものがあとに残った。

わたしはクリステルとアランといっしょにオペラ座にいる。わたしたちが占めている席は、下に開いている淵から判断すると、ほぼ屋根裏に通じているようなのに、贅を尽している。とくにそこに達するには、大臣の来賓室のようにばかでかい廊下を通らねばならなかった。その廊下の端に案内嬢がまるで守衛のように立っていて、人気のないまぶしいばかりの光のなかを歩いて来るひとを永いあいだ見まもっている。

出し物は『ファウスト』(昨日わたしはこのオペラのことを思い出していた)。どうしたわけか、副次的人物の、ここでは気のいい皇帝髭と長い剣でそれとわかるヴァレンティーヌが、場面から場面へ不当に惜しみなく声をふりまいて、他の役者を——喜劇の大ぼら吹きのように——単なる端役に追いやってしまった。そのままでは声に支障をきたすのは当然だ。第一幕の終りで、彼は声が嗄れ、奇妙な舞台の端から(オーケストラ席より低いところであるのがわかる)、聴衆に詫びる。低いざわめき。次の幕から、マチネに『ローエングリーン』を歌ったばかりのテノール歌手が疲労をおして、準備なしにその役をつづけることになる。幕間に外へ出る前に、わたしは心のなかで考える、疲労をおして出るというその歌手の気持のいい態度は、彼に前以って聴衆のあたたかな耳を約束している、と。

席へもどると、肩が少し寒い。愉快でない疑い——外套だけでなく上衣まで携帯品預り所へおいてきたのではないか。事実、わたしは、どうしたわけか、シャツ一枚になっている。いささか困惑して、わたしは携帯品預り所へひきかえし、急いで服を着た。もどって来るときに、ことが悪化する。その時間には誰もいない、例の応接室のようなところで道に迷い（そのばたばたいうドアと音楽に深い奥行を与えるその音響感度のせいだ）、わたしはドアを間違える。劇場は突然ものすごく大きくなったように思われる。だんだん不安になってきて、わたしは赤い絨毯の大草原に畝をつけてゆく、ときどき観客の列の前をいきなり通ったりしながら。そんなとき観客の「しっ！」という非難の声に驚かされる。テノール歌手の予想された成功はすでに熱狂にまで達している。宗教的な沈黙がいたるところにできている。迷路はひろがって、わたしは途方に暮れる。ときどき、両開きのドアがわたしを誰もいない街路へ投げ出す。ときどき、一度浮かび上った溺れるひとの目に海岸が映るように、もうだめだと思う瞬間に、わたしは潮騒のような熱狂的なざわめきのなかを通って、思いがけず劇場の片隅に出る。わたしの絶望は深まる。たしかに、このように歩きまわるのは徒労だ。劇場は今は空の下にある。巨大な競技場の大きさにまで膨張している。あるいは、より正確に、それは、子供のころの歴史の教科書に描かれていた連邦祝祭日の幾列もののぼりの立ったたくつろいだ眺めに似ている。最後にわたしは天井桟敷の一隅を突切る。ちょうど最後列の高さで。そこからは音楽が聞こえるだけだ。土地の起伏がすでに舞台を隠している。かつてない熱狂を見せている顔、顔。最後の隙間が閉ざされる。壁によってではなく、兵士たちの列によって。ただ兵士たちの頭だけが地面の上に出ている。鉄かぶとの下のたけだけしい目。――頭という頭の横に銃剣の鉛直の光、になえ銃の姿勢をとっているのだろう。それから、ふたたび街路になる。すっかり気落ちして、わたしは家々のあいだを大股に歩いてゆく。いよいよ方向がわからなくなる――ときどき、背後に、オペラ座の屋根が夜の高い正面の上に嘲けるように顔を出す。今はもうどうしたらいいのかわからない。人気のない街のまんなかに、突然、地下鉄の修理工事中を示す例の足場の組まれた坑。それが、なぜか、この絶望的な夜のさまよいの挫折をわたしに決定的に納得させる。

なぜわたしはここにこの夢を書きとめるのか？　それは、わたしがここで、より高尚な筋立のなかで演じていると自分で思っている役割の、辛辣で、滑稽な注釈のように、わたしを苛立たせる。おそらく、夢はただ内面の対話の相手方の役をつとめるにすぎないのだ――ユゴーの劇における道化と王侯とのあいだのあのたえざる対話――われわれが自分自身を真面目にとる、あまりにも継続的に、あまりにも愚かに自分自身を真面目にとる、われわれの生涯のある時期において。わたしはふつうの人間より豊富に――とくに望んだわけでもないのに――夢を見てきたのだ、あるあまりにも長く、あまりにも横暴なドミナントによって支配されていた生涯の時間に。

八月九日

今朝水浴のあとホテルへひとりもどってみると、めったに顔を合わさないホテルの支配人がいた。彼はわたしに一種の友情をもっている。わたしはむかしひと夏を過した山のホテルで彼を知った。彼は当時そのホテルで給仕としてつつましい第一歩を踏み出していた。彼がすっかり出世した今、この気づまりな出会いにあからさまにつけこもうとしないわたしに、彼は感謝しているのだと、わたしは思う。予防的にしばらくわたしを隔離したあと、わたしが秘密を厳守することをとくと確認してから、彼はわたしに対して率直に、すなおになった。好意を寄せるようになった。

彼は海に面した広間の窓ガラスに額を押しつけていた。「非の打ちどころのないサーヴィス」の昔に遡って、彼はわたしが入ってゆくと姿勢を正した。わたしたちはすばやく微笑を交した。この黙劇をはやく打ち切るほうがいいとぼんやり感じながら。

わたしたちはよくなりそうな季節について数語を交した。それから、いきなりひとつの名まえがわたしの舌を焼いた（何ということか――この男といっしょにいても！）。そこでわたしは彼が幸運にも自分のホテルに泊めている「外国人で百万長者の」お客のことをそれとなく口にした(わたしは自分がアランと親しいことを本能的に隠したことで不機嫌になるのに気づいた)。

また、あのまぶたの軽いひきつりだ。このように無色透明な水のなかにまでひろがるあの関心の唐突な波。

「アラン・ミュルシソンさまのことをおっしゃっていらっしゃるのですか?」

このぴりりとする味をもった名まえ——それがあの口のなかにかたちづくられるのをわたしは見た。今もそれをまざまざと思い出すことができる。

「たとえば、ね。」

「でも、あの方は外国人ではありません。フランス人です。」

「少し変っているようだね。」

「さあ。」

その声の抑揚は完璧だった。それは、自分の客についての身びいきな意見と、自分のひとを見る目についての、やはり身びいきな意見——つまり、自分のホテルに泊っている人間に現れる風変りさは上質のものでしかありえないという確信——とを同時に表していた。そして最後に、そういったすべてを要約して、明らかな困惑を。

「お友だちとして少し言わせていただいてよろしいでしょうか？　もちろん、絶対にここだけのお話にしていただかなければ困りますが。」

「ぜひ聞きたいね。」

「お話のミュルシソンさまは——それはもういいお客さまで、すてきな方なのですが——わたくしは少し怖いのです。」

沈黙。間。わたしは餌についた魚を針にかけようとした。

「なるほど。」

（彼がひとりで脱け出すのを待つこと。なかんずく、彼を刺激しないこと。）

「と申しますのは。わたくしがこのようなことをあなたに話しするというのは不謹慎きわまりないことですが。しかしながら、あなたは信頼できる方だということを存じておりますので。ミュルシソンさまは、お着きになった日に、ホテルの金庫に大きな額のお金をお預けになったのです。それはきわめて大きな額のお金でして。」

「そんなに大きい額なのかね？」

「百万。」

「何だって！　奇妙じゃないか！　銀行に預ければいいのに。」

「暗にそう申し上げたのです、わたくしも。それだけの額のお金をお預かりするというのは気が重いことでございますからね。ここにはフランス銀行の装甲金庫室がございません。」

「そうだろうとも、そうだろうとも……　で……　それで、きみは気がかりなのかね？」

「いいえ……　お客さまのために心配するというのは、それがつまりわたくしどもの仕事でございます。それに、あの方はこれだけの額のお金をぜひお手近においておきたいとおっしゃるのですから……　そうではなくて、わたくしが気がかりなのは——けれども、まったく、なぜこんなことをあなたに申し上げているのかわかりません。」

「つづけてくれたまえ。」

「つまり、そうなのです、二週間で、あの方がその半分をお使いになってしまったということなのです。」

わたしは礼儀が許すかぎりおおげさに驚いたふりをすることができなかったのではないかと思う。わたしはそうなるのがわかっていたにちがいないのだ。

それから、唐突に、わたしは不機嫌になった。客からしぼりとることしか考えていないこの男がアランのような男の金の出入りに目を光らせてどうしようというのだ。

「結局、」とわたしは無造作に言ってのけた。「それはあの男の勝手じゃないのかな……」

相手は突然真赤になった。財布のなかに手をつっこんだ召使いのようにどきまぎして。今度はわたしのほうが恥ずかしくなった。というのも、わたしは感じていた、いや、知っていたのだ、彼の疑惑が低級なものではない、低級なものではありえないということを。

「……そうはいっても、やはり、そう、少し奇妙だな。」

「そうでございましょう？　たしかに、そのお金をどこか他所へお送りになるために引き出された――というふうに考えることもできます。けれども、奇妙なことに、何回かにわたって、規則的に、それを引き出していらっしゃる、ちょうどだんだんそれを使ってゆくように……」

（彼はアランが賭をしていることを知っているのだ、たしかに！　彼は自分自身の警察をもっている。召使いたち。彼がそれをわたしに言うことはないだろうが。そこまでは言うまい。それに、わたしのほうから彼の疑いを確認してやることはない。近路をとろう。）

「ねえ、きみ……　きみは人生を享楽したいと思っている百万長者を泊めている、それだけのことじゃないのかな……」

いささか苦しげな微笑がわたしに告げた。わたしと彼とはこの地上における幸福について同じ考えをもっていない、ということを。だが、つづいて口に出された言葉、半ば無意識のうちにのように、彼自身にささやかれるように口に出された言葉に、わたしは蒼白になった。

「百万長者、そう、たしかに。あの方は百万もっている。しかし、何かが――わたくしはどんな証拠ももっていませんし、またたぶんばかげたことだと思うのですが――わたくしに告げるのです、それが全部だ、と。おわかりになりますか、それがあの方のもっていらっしゃる全部なのです。」

「でも、ねえ、ケルサン、きみは千里眼なのかね?」

「もちろん、あなたはわたくしを冷かされます。探偵ごっこをするというのは、ホテルの支配人にとっては、あらがえない誘惑なのです。けれども、奇妙なことがいくつかあるのです。」

「まだあるのかね?」

「あの方は二週間ここにおいでになります。ところが――ホテルに来る手紙はすべてわたくしの手を通りますから、わたくしの申し上げることを信じていただけると思いますが、あの方はまだただの一通の手紙も受け取っていらっしゃらないのです。それもやはり奇妙ではありませんか、あの方のように優雅な……あの方のような暮し振りの……方にしては。」

「ごく単純に、静かな休暇を過したいと思っているとは考えられないかね。一時的に糸を切った、とは。」

「そうなのです、糸を切ったのです……」

ケルサンはしばらく考えていた。彼は明らかに黙説法をもって話していた、抑揚をつけずに、言葉をひっぱりながら——あらゆる証拠の向う側で漠然と本能的に熟したひとつの確信をそうした笑止な手掛りによってわたしに伝えることに絶望して。彼を警戒させたこのかすかな羽ばたき——ごく単純な人間の例にもれず、彼はそれを表現する言葉をもっていなかった。だが、まさしく、そのばかばかしい確信が、わたしの不安にすぐ近くで応えるそのこだまが、わたしを怖れさせていたのだ、そう、それこそが。

「あの方が運転していらっしゃったあの豪華な車……それはあの方のものではありません。車をもっているのはあの女性……すぐにお発ちになったあの女性です。」

わたしは顔がかすかに赤くなるのを感じた。

「要するに、ケルサン、きみはあの男を国際的な詐欺師とでも思っているのかね。——あるいは、何というか、逃走中の金融業者とでも。あの男がグレゴリーさんの友人だってことは知っているはずだ。」

彼はきわめて率直に微笑した。

「そういった類のことを疑っているのではございません。」

「じゃあ、何を?」

彼はいきなり目を上げた。

「何も。あの方はおかしな方だ、それだけです。お許し下さい、わたくしはばかでした。では、これで。今週は忙しいので……　それから、これはここだけのことにしていただきたいのです、もちろん……」

そして彼はわたしから離れて行った、芝居の腹心のように唇に指を当てて。何という奇妙なイアゴーだ！　わたしは今彼に対して一種の憎しみを感じる。ちょうど覗き見しているひとの不意をついて、自分自身のほうも覗き見していたことに突然気づいたときのように。彼は何かを嗅ぎつけた、未開人の嗅覚のあのおぞましい鋭さをもって。わたしが恥ずかしい人間、汚れた人間に思われる。汚れた――つまり、わたしの上に、わたしたちの上に汚ない手の跡を感じるのだ。ひどく気に障る。まるで刑事が悲劇の主人公の襟首をつかまえかけているかのように。

八月十日

昼間は眠たげに、おだやかに、ゆっくりと過ぎてゆく。あたたかな羊毛にくるまって、煙草の煙を眺めながら、何時間も、何日も、ベッドの上にとどまっていたいという、怠惰なねがい。正午に、太陽は浜をうちひしぐ。まぶしい沖に面したホテルの廊下や部屋のなかに、筋のある日除けが異国の森のなかのような病める半影を投げている。——白い化粧着が滑るように動く不眠の日。

わたしは昨夜海の上にのぼった不思議な月を眺めて永いあいだ窓辺にいた。大きな光の梯子の下での交媾(こうこう)の不意をつかれて、黒い滑かな瘡(かさ)におおわれ、沈黙に包まれた月は、伏せている女のように、ほとんど猥褻に、異様に、不吉に見えた。

わたしは子供のように神経質になっている。

八月十一日

無辜(むこ)と有罪とが天賦のものであることを、わたしのように、知っているあらゆるひとびと。わたしは一昨日の自分の話にかなり明確な仕方で拠りながらこれを書いている。

わたしは昔から驚かされてきた、情熱が固定観念ではないという事実、さまざまな先入観にはめられた狭い輪ではなく、また、唯一の傾斜に沿って、ひとが絵に描くのを好むように、人生に運河を掘ることではなくて、むしろ酸によって腐蝕してゆく肉体のように、人生の沸騰であり、混乱であるという事実に。そこから、情熱はひとつの人間集団のなかでしかそのまったき激しさにまで達しないということになる。わたしの目に、よくものを見るすべてのひとの目に、そう映る。そうでなければ、情熱があの失神の、変容の状態に到ることはない。ひとのいない孤島に情熱はないだろう。だが、逆に、劇場があって、しかも情熱が存在しなかったら、情熱を発明しなければならないだろう。

情熱は伝染する。情熱は群衆の、少くとも集団の娘である。わたしは常に情熱をひとつの暈のごときものとして思い描く。その魔法の輪のなかに入ったひとびとを即座に腐蝕させる暈。しかも、それは大衆が漠然と受け容れている考えだ。料理女向きの小説類のなかで、情熱の颶風について、嵐について、旋風について語られていないか? 味わい深い言い方だ。旋風、それは麦藁を弾丸に変えるものだ。あるいは考える葦を、と言ってもいい。そう、竜巻の中心で。そして、あらゆるものを吸いこむこの点では、メドゥサのようにひとを石に化す静けさが速度の過剰そのものから生れるのだ。

彼はもっともらしい軌道の上を公転している――彼は移動する――彼の声、仕草、足取りによって織られた――まことしやかな、端正な、「すきのない」軌道の上を。彼のもっとも風変りな気紛れさえも、そのことは何ひとつ変えない。どうしてほんとうに脇道にそれることができようか、このような恰好で坐っていて、このように王者のごとく構えていて。どうして疑うことができようか、このように細心綿密で、ゆるぎなく、肉付のよい唇の障壁から出てくる言葉を。

キリストの物語のなかで何よりもわたしを感動させるのは、復活と昇天とのあいだの、驚くべき神秘に満ちた、あの短い時期だ。あの、捉えがたい、疑わしい、はかない現れ、出発の合図が

胸を突き刺す、手のほどこしようもない最後の、現れ――それにはまた、あっけにとられるほどの、屈託のなさ、一か八か、遅すぎる移り気、神らしい投げ遣り、そういったところがある。それは彼であって、彼ではない――それは突然隠れて、閃光のひらめくあいだに、もうひとつの顔のうしろに燃えあがる顔だ。幽霊を狩る熱狂的な叫び声が、夕辺の井戸端でのおしゃべりのように牧歌的な、限りなくやさしい休息によって絶ち切られて――薄明をまとった訪問者が女中に夕餉(ゆうげ)を求める――青葉の下で、光を背にして、エンマウスの巡礼者たちとともにとられる、平和な夕食――ゆっくりと無頓着にパンをちぎるあの手――夜はいかにもやさしく、すべてがいかにもふだんのようである――最後にひとはそこから四里のところに彼を見た(見たというのはそういうことを言うのだ)。それから、あの言葉が突然閃光を発して、おごそかな手があがり、白い歩みが滑るあの刈り入れのすんだ田畑の平和を、あの果てしない薄明を打ち砕く。時のはじめに遡る恐怖のうちに――「わたしたちとともにとどまりなさい、日は傾いている。」そして人間の口が発したもっともたけだけしく美しい最後の言葉――「わたしに触れるな。」気違いじみた神秘が、流星のように過ぎてゆくものを狩る陶酔の雰囲気が、ひとつの広い地方全体を支配している。兵士たちの夜警、村々のまわりの田野を探しまわる自衛団――母親たちは、夕闇が落ちるとともに、門に立って子供たちを呼んでいる。夕闇のなかで光っている井戸や泉をひとびとは見張り、乱すのをためらう。鏡という鏡に覆いがかけられる。——曙光が柏の並木道の隧道の端に突然あらわれて、あの目に見えない歩みが四十里四方の土地を震わせ、花咲かせる。そして、揺がぬひとびとへの、保護されているひとびとへの、守りを固めているひとびとへの、反抗、盲目的な憎悪。閉ざされた一族の中心にめざめる、人間狩りへのあの容赦ない嗜好。しかしひとつの友愛的な小集団が、渇きに酔って、夜となく昼となく、バッカスの巫女のように、野を森を駆けまわる、何ものにもいやされない渇きに酔って。夜の四辻で尋ね合い、道を、トラックを、軌道をひた走りに走る。というのも、このさらけ出した、もう物惜しみしない大胆さによって、この裸にされた誘惑によって、この驚異の絶え間のない槌打ちによって、今は疑いもなくわかるからだ、彼が行こうとしているということが。

八月十四日

ふたたびある奇怪な挿話。

暑さがこの数日耐えがたくなった。昼食が終ると、もうホテルは空っぽだ。わたしはジャックとふたりで喫煙室へ逃げこんで、つれづれにチェスの勝負を数番した。——が、ジャックは負けて、そのたびにむっとしていた。彼もまた、日々、神経質に、精神が不安定になってゆく。一度ならず、アランは昼食後にクリステルとふたりで消えたが、それをこっそり見ながら、ジャックの顔は暗くなった。

おそらく彼はわたしの目のなかにこんな疑いを読んだのだろう、虚勢を張って（彼はごく若いのだ）、たかがひとりの女が自分とアランとのゆきとどいた相互理解を乱したりはしないということをわたしに証明してみせるために、いきなり、象牙のチェスの駒を見せようと言いだした。それは博物館のもので、アランはインドからもち帰ったらしい、と言う。

「でも、アランはたった今出かけたところだよ。」

「いや、構いません、入れますよ。ぼくは彼と仲がいいから、入っても彼は怒りませんよ。」

午後のこのうつろな時刻に、長い廊下は空っぽだった。アランが住む階をおおっている花模様の赤い絨毯の上に、すでに傾きかけた太陽が、薔薇窓のように眠たげで典雅な花の斑点を賑々(にぎにぎ)しくつけていた。よくひびく階段のあとで、不意に圧し殺された足音が、他人の部屋への侵入に、接近に、何かいかがわしい性格を突然与えた。アランの夜の話についての、わたしの夢についての、思い出がぼんやりとよみがえってきて、この赤い絨毯がことさらに奇異に見えた。

わたしはどうも居心地が悪かったので、入る瞬間に、ジャックの腕をつかんでひきとめかけた。アランとジャックとのあいだの、わたしには疑わしいこのきわめて外面的な友情はすべてを許容し、すべてを免疫にするたぐいの友情であることをわたしも知っている。ジャックといっしょなら、たしかに、気兼ねすることは少しもない。何ごとも起るはずはない。だが、このような白紙委任がわたしをかばってくれるものではないということをジャックにどうやってわからせたらいいのか。もし突然アランが部屋にもどって来たら、彼はジャックの肩をたたくだろう――が、わたしのほうは顔を赤くするだろう。

廃屋にもまして、家が真に石の衣であり、毎日の生活の習慣によって形成され、破損された貝殻であるときに、脱ぎ捨てられた外套のようにまだ暖かな、あのたった今ひとの出て行ったばかりの部屋は、どんなにかわたしの心をそそり、迷わせることか。そして、その部屋に、他のすべての証拠以上に、顔の信憑性(しんぴょうせい)よりもさらにまねできない信憑性を与えるには、新聞やシャツが少しちらかっていればいい、どこかしら人待ち顔な雰囲気が、宙ぶらりんな仕草の雰囲気があればいいのだ。そう、わたしは、ある仕方で、カメラオブスキュラの物をあばき出す力をつねに信じている。

わたしはむかしひとつの寓話をつくったことがある。ダモクレスが友人たちと饗宴をひらく。

大いに笑い、大いに飲む。踊りと笛の演奏がある。みんなはぶどう酒にすっかりいい気持になって帰って行く。――最後の客が忘れた冠をとりもどすために一瞬ドアをまた開く。空っぽの部屋。突然、足が地に釘づけになる。ひとの坐っていない椅子の上に、糸で吊された剣を、彼ははじめて見たのだ。

絹綿ビロードの花模様の上についているこの日光の動かない斑点、布のパネルの上に、廊下に放り出されている（その階の一部屋が家具を移転していた）かたちの旧いビロード張りの肱掛椅子の上に、落ちたこの黄色い豊かな光の水溜り、このけだるい沈黙、それらが突然田舎町の木々の葉におおわれた街路の奥に眠っているごく古い邸を思い出させた。そこでは、冑をかぶり、固い亜麻布の鎧を着けた祖先が部屋から部屋へ幽霊のように静かにさまよい歩く。荘重な風に吹かれて傾いた木々のビロードのような影や古い小枝が壁の上に動くその音に窓をとおして耳をすまし、また酷熱の午後に家具が間をおいて軋むのを聞きながら。

廊下の薄暗がりから出ると、アランの部屋のドアが強烈な光の海に向って開き、そして激しい空気の流れが、わたしたちの入室にともなって、乱れたカーテンをあわただしくはためかした。わたしたちの正面、陽光の、潮騒の、唸る風の氾濫する沖の栄華に面して大きく開かれた窓が、脱走について、縄梯子について語り、わたしたちが入ったときから、空っぽの檻というよくある道具立てを、そのひそかなおかし味が空中浮揚のもっとも美しい夢に拍車をかける例の道具立てを、提示していた。

ドアの右手の、もうひとつの窓は庭の木々の上に開いていた。その側では、黄緑に、暗い緑に、褐色がかった緑に、さまざまな緑のうねりを描きながら木々の梢のすばらしい階段がいくつもの踊り場を通って、中空にかかった唐松の透し彫りのある鋭い尖塔のほうへ上っていた。

この場所に慣れたジャックがどんな気兼もなしに引出や戸棚のなかを探しているあいだ、わたしはあの先入観のない視線、無邪気な特権をもった処女の視線、発見を急ぐ視線を部屋のなかに投げていた。今をおいてはもう二度ともてないだろう視線を。部屋ははじめ光の荒々しい、ほとんど目を開けていられないほどまぶしい波に洗われているように見えたが、しかし右手から入ってくる薄明りと木々の動く影とのおかげで、避難所が、暗い一隅がいくつかあって、防波堤をめぐらし、脅かされている団欒（だんらん）を、閉されたひとりだけの時間を、記憶の執拗な持続を守っていた。

ドアが開かれたときから、わたしは部屋が奇妙に広いという印象をもった。が、よく見ると、部屋の、たしかに大きな、しかし並はずれてというわけではない、広さに、わたしの印象を証拠立てるものは何もないようだった。それはむしろその横よりも長い縦に沿って部屋をじかに掃っている光の独特なたわむれ、家具のうまく説明できぬある種の配置、突然露出する絨毯のひろがりの上のさびしい空所、そういったもののために、部屋が不可解に風通しよく思われ、ただ高山の空気だけが与えてくれる酔いのような快楽を、いきなり、呼吸という唯一の行為に返したのだ。かかる印象は、極度の奢侈と優雅さ、自然に身についた本能的な優雅さにのみ結びついているのに、それを、ひとはトーチカもしくは軍艦の設計から借りた処方に従って自由な空間を駆り出し卑しく利用するといった傾向の強い現在の室内装飾の方法のうちに、むなしく求める。

一方で、同時に、どんなホテルの部屋にも共通してある俗悪さが、この部屋にはないということにふと気がついた。木々の上に開いている窓のそばに、より親密な道具立てが息づいていた。ざっと見たところ、それはいくつかの奇妙な装飾品で、植民者や船員や探検家がトランクのなかに必要とあればしまいこんでおくと、砂漠の星空の下でさえ、彼らに対してだけ偏執狂的親密さをとりもどそうとしてくれるといったたぐいの、持主がひそかな偏愛を抱いている小物だった。

壁には、その高さいっぱいに紺青の厚い毛の外套がかかっていた。司祭でも着そうな、見慣れぬかたちの、その重たい外套が目にとまるとすぐに、なぜか、わたしはアランのヒマラヤ旅行の記念を見るように思った——より遠くに、クリケットの古いバットと帽子、いくつかの珍しいインドの武器、釘と銅の星形とを重たげにちりばめた黒く重い木箱、アラビアの不思議な逸品。檣(ほばしら)を失って、この部屋の目を傷めるばかりの日光のまんなかで盲人たちのように不安を与えながら、丈の低い大きな革の長椅子のかたわらに寒そうに固まった、これらの物たちは、そのまわりに、目に見えぬ天幕の皺を喚起し、親しい幽霊たちで辛抱強く豊かにされたこの取換えのきかぬ簡素な背景を復原していた。それは阿片吸飲者の目から航海のあいだ疎外の醜さを覆い隠すに足る背景だ。

壁には、さらに、ティベットの魔術で小道具として使われるあの見るひとを途方に暮れさせるほど入り組んだ唐草模様の、磨かれた金属板がかかっていて、それはわたしにぼんやりとアーサー・ゴードン・ピムの冒険の岩窟の壁面に描かれた絵を思い出させた。肱掛椅子の上には、上着、襟巻、夜会服用のネクタイが乱雑に投げかけられていた。救命ボートのように部屋の脇腹に繋がれた寒そうな寝台のあのかすかな影が強めている冷やかな雰囲気、角という角を鋭く浮き立たせ、滑らかな表面に反射する、光の洪水、それらのものが何となく高い場所という考えを呼びさました。最後の避難所、天文台の円天井、摩天楼の最上階、燈台の最先端の監視室、脱走者が階段を上へ上へと駆立てられて、いきなり、自分の周囲に口をあけた空虚のあらがいがたい呼びかけを受ける、最後の踊り場……

そのあいだジャックは喋りまくっていた。部屋のなかを駆けまわり、引出から珍らしいものを取り出しては見せていた。シナの扇、カシミヤの布、星をちりばめた青い夜のかがやきをもつ肩掛。彼はわたしの足を絨毯に釘づけにしたあの居心地の悪さは感じていないらしい。わたしの動作を緩慢にし、わたしの沈黙を長びかせている居心地の悪さは。——ひとを麻痺させるような息苦しさ、血管のたえざる収縮、そのために部屋の床が波のうねりに縦ゆれしているように感じられた。

やはり、病気なのだ……　病気なのだ。

ジャックが引出からとうとう取り出したチェス盤の置き場所を目で探していたとき、わたしはドアの近くにトランプ用の軽いテーブルがあるのに気づいた。その緑色の厚布の上に、はっきりと、封を切っていない手紙が一通のっていた——おそらく午後の郵便配達のあとで召使いがそこにおいたのだろう。そのときホテルの支配人の困惑した言葉が心に浮かんで、わたしは特別の好奇心をもってその四角の紙の上に目を注いだ。宛名は女の優雅な横柄な長い書体で書かれていた。この部屋の空虚と沈黙のまんなかに落ちたこの手紙はいかなる奇怪な緊急事を示しているのか？　ドロレス？　その封筒は突然わたしを魅惑した。この部屋に入って以来ずっとわたしを圧倒しつづけた不安感がそのなかに要約されていたのだ。ジャックに場所を空けてやるために、わたしは手紙を小卓から取りあげた——それはわたしの指を焼いた。急いでそれを厄介払いするために、わたしは手紙をベッドの上に不器用においた。

今や、奇妙な恐れがわたしのなかで明確になった。アランが部屋にもどって来てわたしたちの——いや、わたしの——不意を襲うのではないかという恐れだ。いよいよ感覚が麻痺していって、ばかになったように、ぼんやりと、わたしはジャックが喋り、歩きまわり、からだを動かし、どうしてだかいつまでもぐずぐずしているのを見つめていた。出て行かなければならないと彼が感じないなんてことがありうるだろうか？　やがてここへひとが来るだろうという考えがわたしには一瞬一瞬耐えがたいものになっていった。——が、わたしはジャックに出ようという、ちょっとした仕草を示すことも、ひとことを言うことも自分にできるとは思えないのだった。反対に、凍ったような微笑、機械的な微笑でもって、ジャックをけしかけていた、もっともっと喋りまくるように、その蜜蜂の唸るような声で、その目のまわるようなせわしさでわたしを取り囲み、わたしをばかにしてくれるように。突然、それは夢のなかで追われているような恐怖となった——殺人者が近づいてくる、近づいてくる——このボタンを押すだけで、ひとを呼ぶだけで、このドアを開けるだけでいいのに、上げられた手は力なく落ち、しびれ、言葉は喉の奥で凍る。

今は、確実に、彼が来るだろう——彼はホテルに帰って来た。彼は上って来る。

足音が廊下の向うにした。わたしにははっきりと聞こえた、幻覚のように細部まではっきりとわかった、アランが部屋のドアの前でクリステルに別れを告げているのが——と同時にジャックが口を開けてわたしの顔を見ているのに気づいた——わたしは相変らず機械的に微笑しながら、彼がわたしにしたはずの質問をすでに数秒間宙に浮くがままにしておいたのだった。神経を断ち切れる寸前まで緊張させて、わたしは足音が近づき、ドアが開くのを聞いた。遂に！　わたしは犯罪者が告白のあとで感じるにちがいないあの全身の弛緩を感じた。

このすべてのことがほとんど信じられない——ほとんどひとには言えないものであることをわたしはあらためて認める。

アランは敷居のところに足を止めた。一瞬すっかり狼狽して、わたしを見つめた。——それから、ふだんのみごとなくつろぎが勝ちを占めて、彼はまったく気取りのない実に気持のいい仕方で自分の部屋を訪ねてくれてうれしいとわたしに言った。赤くなり、蒼くなり、あるときはやたらと喋りまくり、あるときはどうしても払いのけられぬ沈黙のなかに落ち、そうして、ちょうど振子が徐々にその平衡をとりもどしてゆくように、やっと平静になろうとしていた、そのとき、ふとあの手紙が目にとまって、とっさに、わたしはもうだめだと思った——だめになるだろうと思った。

わたしたちはしばらくとりとめのない話をつづけた。——つまり、わたしは途方もない努力をして（どきどきいう心臓、くらくらする頭）いくつかの言葉を口に出していたのだ。アランは、そんなわたしの取り乱し様にいささかびっくりして、ときどき妙な顔をしてはちらちらわたしを見た。わたしは異常に興奮していた。

「ベッドの上にきみ宛ての手紙がある」とわたしは言った、喉をはげしく収縮させて。わたしは顔と手に汗の玉が噴き出すのを感じた。わたしは実にまずいときにその言葉を投げ出してしまったのだ。そう、アランの言葉のまんなかに。まるで、息を切らして、火事を、あるいは突然の死を報せに来たようなものだった。

そうしてわたしが話に割って入ったことには何かきわめて気に障るものがあったので、ジャックさえ、この場面を通じてその無邪気さがほとんど信じられぬほどに極まったように見えていたジャックさえ、いきなり顔を上げると、びっくりしたようにわたしをまじまじと見た。さらに一瞬がおぞましい間の悪さのなかで過ぎた。

それからアランは、今度は少し眉をしかめて、何も言わずに手紙を取りに行った。目はわたしから離さずに。

ここまで読み返して、わたしは苦い笑みを浮かべる、よく制御されていると自負していた想像力がみごとに間違いを犯したのを見て。ほとんど信じられぬ誤ち、言訳のまったく立たぬこの誤ちをどうわたし自身に説明すればいいのか――子供っぽい恐怖を前にしてのあの全神経のゆるみを？　あの滑稽な苦悶を思い出すと、今なお冷たい汗が顔に噴き出し――われ知らず歯を喰いしばっている。わたしは気が狂いかけているのか？

八月十五日

昨日アランの部屋であの忌まわしい印象が、あの恐慌がわたしのなかに惹き起こしえたものを、混乱のなかにあってなおわたしは理解しようと努めている。わたしには何もわからない。あれはごくふつうの部屋だった。あれはすっかり落ち着ける部屋だった。入って来たときから、アランの仕草は、あの大様でさりげない歓迎の仕草は（彼は一瞬ほとんどわからないくらいためらったが）、わたしにこう言っているように思われた、「ここに探すようなものは何もない」と。

ひとつの家具だけを、ひとつの肖像画だけを、つづれ織のある細部だけを、他のあらゆるものから意識的にひき離して、長く、執拗に見つめるとき、それを、あるがままに、永久に変らないそれ独自の外見のうちに、つまり、どんなもっともらしい動機にも、どんなもっともらしい働きにも還元できない、それ自身で際立っているすべてのもののうちに、見つめるとき、他のあらゆるもの——たとえばそれを存在させているすべてのもの、「それがそれでしかない」というふうにもう考えられないと突然感じるや、それがさらにありうるかもしれないものを暗示しようとするすべてのもの——が不意に見えなくなるまで見つめるとき、——そんなとき、ひとは、ときとして、稀に、わたしが昨日感じたようなあの祓い除けようのない恐慌を感じるものだ。

奇妙な細部が今また記憶に浮かんでくる。さながら、あのように手綱を一瞬放してしまったことの、あの部屋が時間のなかを恥ずかしく漂うに任せてしまったことの、遅すぎる言訳のように。アランの机の上に、取換えがきく、象牙の薄片のカレンダーがあって、その日付は疑いようもなく、十月八日だった。ばかばかしい間違いか、あるいはあの魔法を解く目に見えぬ鍵か——ちょうど夜、本を読んでいる最中に、突然はっとして立ち上がり、方角を見失い、耳をすますと、時計の音が数秒前から止まっていて、住み慣れた部屋がめくるめく勾配にさしかかった特急列車の単調な轟音のなかに放擲されているといったような、あの魔法を。

………………………………………………………………………………

アランのような人間は、行くところどこにでも、彼のまわりに固定膿瘍のひとつを分泌すると、どうして考えられないか。重い場合医学はそれに最悪の例を見るまでに到るが、だからといって、それが人体保護のもっとも有効な手段のひとつであることに変りはない。それは、あらゆる毒素を、あらゆる悪い細胞を、もっとも健康なからだのなかにさえたえずまきちらされるあらゆる死の要素を、交感によって排膿する。

……………………

『ローエングリーン』の最後の幕で、主人公が第一幕で登場したときと同じ銀の甲冑で頭の先から足の先まで身を固めてもどってくるとき、われわれは彼が発とうとしていることをただちに理解する――この抛物線が、聖杯の衛星がたどるこの天体の軌道が、二度目にそして最後に、地球の黄道を横切ろうとしているということを。彼の冑の縁は、真暗な空間のなかに帰ることなく消えてゆく彗星のようだ。ところで、もしエルザが、もし王がこの瞬間にはじめて彼を見るとしたら、彼らはわたしが感じるような何かをやはり感じるにちがいない。すなわち、虚空のなかへの、広大な空間のなかへのあのひとりの人間の崩潰、心臓を硬直させるあの息詰まるような眩暈（めまい）を。

わたしはさらにそのオペラの別の瞬間を思い出す。寝室の場面のなかごろ、不吉な二重唱のまんなかだ。エルザは天使の意地悪さから、最初の恐るべき質問をそっとささやいたところだ。運命の掣子。神秘な逡巡がまだオーケストラの弦に残っている。目に見えぬ、つくろえぬ亀裂を虹色に輝かせながら。山頂を越えるときの溶解するような吐き気。わたしは自分の指がひどく震えていたのを思い出す、舞台上の所作によって強調されている楽譜のこの箇所に来たときに——「ローエングリーンはエルザをやさしく抱擁すると、窓に近づき花の咲き乱れた庭をエルザに見せる。」窓は美しい月夜に向って開く。常ならぬ風に驚かされる不眠の夜、蒼ざめた花冠の静かな騒ぎ——花々の動く、さまざまな前兆に満ちた夜。月が上る。ひとを迷わせ、欺く、遠い月、期待を裏切る月、ロメオが気づかった月だ——

この果樹の梢を銀一色に染め出している

月にかけて誓ってはだめ、月は不実……

空には、カルデアのあらゆる残酷な星が息をひそめてまたたいている。青味がかった、金属質の光の下に封印された夜。そのとき、主人公は、石の腰掛に片足をおき、片手で顎を支えながら、横顔を見せて、窓に肱をつく。砕かれた希望の、神秘の冠をいただく希望の、その夜の奥に、松明の光と争うあかつきの非現実で偽りの光のなかで遠いかすかな角笛に引き裂かれるその夜の底から、ひとり彼だけはすでに遠くに見ている、白鳥の飛び立つ草書体文字のようなすがたを、夜の波がその岸にひたひたと寄せているスケルト河の泥土の河口を、潮の立ち騒ぐ外洋を、突然馬の首のようにしっかりと腰を据えた沖の大波を――そしてすでに神秘な歓喜が彼の心を引き裂いている。――明日われわれは海に向って乗り出すだろう。

なぜわたしはつねに波頭の上でゆれているアランを、つねにあのいかがわしい光にひたされているアランを、つねに両掛けするアランを思い描かねばならないのか？　ときどき、彼があのように超然と、あのように自由に、まったく非現実的な小癪さでもって、人生をもてあそんでいるのを見ると、また、感じると、わたしは漠然と想像するのだ、彼がこの上なく重大な勝負の、考えられないほどの賭金を賭けた一回勝負の、瀬戸際に立っているのを。――そう、俗っぽい成功などはかえりみることなく、ほんとうに一か八かの勝負をしているのを。あの嘘のような無造作、あの心からの微笑、それと等価のものを見つけるためには、左右にあの暗い深淵が口を開けた光の渦巻のなかの張り綱の上を一歩一歩進んでゆく曲芸師を想像すればいい。まっすぐに歩くことがいきなり手に汗を握らせる驚異となりうるということをどんな演出もなしに明かすあの曲芸師を。

彼にあっては、すべてが前もって破産と決っている、すべてが有罪と決っている。彼はすべてを褪色させる。彼が耐えがたい挑戦を投げつけているということはわかりすぎるほどわかる。ロスカエルにおいて、彼は例の壁の端を歩くのをたのしんでいた。それは単なる子供っぽいいたずらではなかった。よかったことと言えば、あの子供っぽい行為のなかに(もちろんそれについて釈明することさえ彼は潔しとしなかったが)、彼の荒々しい挑発的な性格が、どんな些細な行動にさえ必ずあらわれるあの贖われない性格が、わたしの目にたぶんもっともよく明されたことだろう。

おそらく、地上の生命の保存は、あるかぎりなく忍耐強い、まるで手探りの努力にかかっているのだ。その努力においてすべての人間がたがいに励まし合い、たがいに監視し合いながら、生存しつづけるための困難な道を歩いてゆく。おそらく、生命はあらゆるひとびとの、しかも細心になされるある共謀によってしか存続しえないのだ。生と死とを分かち、合理的なものと不合理なものとを分かつ、あの軽率なちょっとした行為に、アランがわたしのそばでたえずわたしを駆り立てているような気がする。——一瞬の自己制御の喪失の結果であるあの行為、たとえば列車のなかで線路に面したドアを好んで開けるとか、ピストルの銃身を、見るために、ある方向へ向けるとか、また（なぜいけない？）引当資金のない小切手の下のところに自分にサインをするとかいった。――張り綱の上の軽業師のように最後にはわれわれがその意識を完全に失うほど強い、絶えざる緊張の代価を払って、われわれからたえず遠去けている、そんな行為の唐突さが、誰だったかその名はもう思い出せないある哲学者の言葉をわたしに考えさせる。すなわち、「悪魔的なものとは、つまり突然のものである。」

ある種の前提はわきにおかなければならない、目に見えぬものは隔離しなければならない、問題の核心に触れなければならないだろう。

虹色のめくるめく滝のような、ある惜しみない気化の能力は、あのわれわれの心にとり憑くひとびとに固有のものだ。彼らをとおして世界が、彼らが世界から奪う色を、われわれのためにごく容易に横取りしてくれる、あのひとびとに。

イレーヌは彼を嫌っている。彼女はわたしを疲れさせる、その柔かいようで棘を含んだ話で、その止むことのない当てこすりで。「女たらし、男めかけ、社交界のダンサー。」まるでお針子が映画スターに恋をするように恋に落ちたクリステルを彼が辱しめているということで、彼女はわたしを説き伏せようと努める。

彼女は知らない、彼女はわからない、ある種の辛辣な話法、メダルの側面に固く無慈悲に――真に決断を迫るように――刻まれたプロフィール、群衆を圧倒し、眩惑する、いささか極端な、めくるめくような、奇矯な言行、そういったものがいいかげんな気むずかし屋を遠去けるだけで、単純な心をもった民衆とあるひとびととを結びつける、ということを。あるひとびととは、つまり、彼らにあっては、良い趣味の物差とはまったく別種の物差によって値ぶみしなければならない人間たちを、あの疑うことのできぬ徴によって、われわれを歴史上の強烈な個性の持主にまるで飢えているようにひきつけるあの奇蹟の光の反映によって、その前では理性より幽い何かがひとしなみに衰え、崩れるあの奇蹟の光の反映によって、それと認めることができると主張することの単なる幼なさから出た主張ではない、そういったひとびとのことだ。

八月十八日

今はわたしにわかる、グレゴリーの手紙がなぜあれほどわたしを驚かせ、不安にしたか、なぜ警告のように思われたのか、そのわけが。返事を必要としないあの手紙は、けれども文通の糸口をつける手紙と同じものだったのだ。——が、おそらく、連通管の働きの糸口をつけるサイホンと同じように、必要であると同時に外にあるものだったのだ。ある調子で書かれたある種の手紙は、つづいて他の手紙のくることを確実に予告している。ただ、文通の相手がそのままずっと同じであるとはかぎらない。逆だ。むしろ、それは、信号のようなもの、暗闇を突然燈台の手探りする光束のように横切って、われわれの位置を教え、ある危険な地帯に近づいたことを報せる信号のようなものだ。霊感を受けた盲人の受けとるようなこのことづてのために、文通すなわちコレスポンダンスという語は、とくに敏感にまた明晰になった精神のある緊張の瞬間に、突然昇華され、照応というボードレール的な意味がおのずとかつ。わたしの生涯の一時期に、数通の匿名の手紙を爆弾のように見舞われたことがあった。——ありとあらゆる手を使ってごまかそうとしていたにもかかわらず、それらの手紙が同じインク、同じ筆蹟で書かれたものでないことは確信できた。そのとき、ひどい神経衰弱にかかっていたわたしは、おそらく、遠くからくちばしで突かれる傷ついた雌鶏でしかなかっただろう。たぶん、ある軌道、あるわたしには未知の波の節のせいなのだ、わたしがあきらかに定った宛名のないこれらの二通の手紙を、ちょうど話中の電話を誤って傍受するように、つきまぜるのは。――そう、それは実際二つの独白だ。偶然ひとつの封筒に入れられ、運にまかせられ、行先を間違え、途中で紛失した手紙だ。未知のひとへのあの説明のできない請願だ。わたしは匿名の手紙のことを話していた。ただ差出人の署名のない手紙だけではなく、宛名のない手紙もある。おそらく、わたしは後にその宛名を義理にも二度つづけて読みなおさざるをえないと感じる手紙以外の手紙を受けとりたいとはもう願っていないのだ。

　時の人というこのよく使われる月並な言葉のなかには、奇妙な曖昧さがある。複雑な事情から偶然行動の中心におかれたものの、その行動から派生するさまざまな出来事によってその行動とは本質において無関係にされる人間――そしてまた、自分の手中にあるごく軽い錘が、ごく弱い衝撃が、まだどちらとも定っていなかった秤の竿の一方を、先が地につくまで傾けてしまうといった人間。

　わたしは今朝クリステルから一通の手紙を受けとったのだった。まさしく、なぜ――ごくたやすくわたしと話ができるというのに――彼女もまた、手紙という、よりかしこまった、より面倒な伝達の方法を選んだのか？　だが、その手紙をここに写すのが最善というものだ。

「お友だち、

あなたをこうお呼びしても驚かないで下さい。お友だち、そうなのです、あなたはわたくしたちが砂丘の上でいっしょに過したあの夕方、いいえ、むしろあの夜からお友だちなのです。あの夜以来わたくしはあなたが頼りにできる方であるのを知っています。以来わたくしがよそよそしくなったように見えたとしたら、心ここにないように見えたとしたら、どうか許して下さい。わたくしは不幸なのです。わたくしはどうしてもあなたにお話したい、そしてあなたのご意見をうかがいたいのです。

ケランテックの日以来、あなたはご存知ですわね？　わたくしはどんな希望もないのです。はじめから希望がなかった。あの女がいます。そのうえ、すぐにわたくしにはわかりました、アランが自分のものにできるようなひとではないことが。彼は手のとどかないところにいます。家具と同様に気楽で、家具と同様に存在しないに等しい、たくさんの坐ったままのひとたちのまんなかで、彼だけは動いています、すでにもう歩きはじめています。彼は旅行者のあのまなざし、列車がゆっくりと動き出すとき車窓から投げられるあのまなざしをしています。すでに心ここになく、親しいひとたちに対してさえ、ただぼんやりと上下に投げられるあのまなざし、それからいきなり前方に向けられるあのまなざし。そして、プラットホームの上での悲壮な陰謀の秘密集会におけると同じ、あの気づまりなあせり、あの最後の瞬間の、「何になるのか?」。どうして彼といっしょに生活することなど考えられるでしょう? わたくしは手のほどこしようもなく一瞬一瞬が過ぎてゆくのを感じています。わたくしは悲しい、死ぬほど悲しい。

わたくしに対するアランの態度、それをどうとったらいいのか、わたくしにはわかりません。それが極度の好意に基くのか、あるいは逆に極度の不実によるのか、わからないのです(好意にしろ、不実にしろ、そんな言葉がアランのような人間の性格を汲み尽くせるとは考えられません)。最善のとき、彼はわたくしに対して、重病人が付添の看護人に対して見せるのと同じあの思いやりのある心からのやさしさを示します。つまり、病人は彼自身の不幸の影を他人の上に愛撫するのです。

たしかに、彼はわたくしといっしょにいることを、わたくしと二人だけで散歩することを好んでいます。ときどき、彼はわたくしを長い散歩に連れ出します。わたくしの手を握り、わたくしの目を見つめます。そんな瞬間、わたくしは彼を慰めるためにすべてを与えたいような気持になります。――彼がほんとうに悲しそうに見えるからです。彼はここでみんなに嫌われています。

わたくしの言いたいのは、誰も彼を理解しない、誰も彼を愛さない、彼が愛されるにふさわしいようには、ということです。あなたにこんなことを言っても、あなたは許して下さると思います。わたくしはこの点でもあなたのお友だちなのですから。結局のところ、彼はみんなを窮屈な気持にさせるのでしょうね。

わたくしは時間がわたくしの指のあいだを砂のように流れ去るのを感じています。ときどき、わたくしは海や砂丘や松林や湾の奥の狭い浜を眺めます。と、わたくしの心の奥底に、この風景が、まるでたえず姿を変える幽霊のように、いきなり溶け、消えるのを感じるように思います。わたくしは未知の島に寄港してその土を踏んだ旅行者のようなものです。軽いおいしい空気を胸一杯吸いこみます。その空気が新鮮でなくなるだけの時間は彼にはありません。また、彼には、少くとも一瞬は大地が軽く思われます。そうなのです、わたくしの傍にアランがいると、長い旅行に出るときが近づいたような気がするのです。

わたくしの母はわたくしがここにこんなにも永くとどまっていることに驚いています。わたくしの休暇はふつうもっと移り気なのです。そう、たしかに、わたくしは変りました。これからわたくしはどうするのか。数カ月、数週間、ここで、すばらしい旅行をするしかありません。わたくしは太陽が蒼ざめ夜がよりさわやかになるのを見るでしょう。ホテルというホテルが空っぽになってゆくのを、十月の朝がきらきら光る海の上で震えるのを見るでしょう。突然みすぼらしくなって、いまにも壊れそうに見える、窓の閉った家々の背後の、沈黙に満ちた林のなかに、風の音を、風の大きな音を聞くでしょう。そしてわたくしは歩くでしょう、ひとり、秋のあのうつろな真昼の斜めに射す光のなかを、松葉を踏んで。目を閉じると、わたくしは感じるでしょう、鉱山が掘りつくされたあとのアメリカの町のように空っぽになったこの小さな村のなかにわたくしが埋もれてゆくのを。わたくしに開かれるでしょう、錆びた鉄柵のある空っぽの庭が、晩秋の人目につかぬ花が。花は風の運んでくる海の苦い塩にまぶされているでしょう。わたくしは聞くでしょう、最後のドアが閉まり、最後の錠に鍵がかかる音を。それから、朝初霜がおり、住み心地の悪い別荘に火がたかれ、驚いた壁板があくびをし、軋るでしょう。冷たい隙間風がドアというドアの下の広くなった隙間から忍びこんで来るでしょう。午後が伸びをし、あくびをするとき、寒さに凍えた雄鶏が最後の黄色い光のなかでときをつくります。それから、ある朝、目を覚ましてみると、わたくしは別の惑星の上にいるでしょう。目の前には雪でおおわれた浜。満ちてくる海が、水のなかに投げこまれる真赤に焼けた鉄のような音とともに、その浜に打ち寄せています。白てんの毛皮の豪奢なひろがりの上に冬物語の太陽の灼熱した鉄の円盤。まったく人影のない街路にただ日の光のみ降り注いでいる晴れた午後の心を刺すようなやさしさ。わたくしはここにひとりとどまるでしょう、アランといっしょに。

また、ときどき、彼は超然として、きわめて辛辣に、きわめて無礼になります——わたくしとただ遊んでいるにすぎない、もちろん何ごとも起りえないということをわたくしに示そうとけんめいになるのです。ときどき、礼拝堂のうしろにひろがっているあの常緑樹の小さな森へわたくしを連れて行きます。濃い、すばらしい緑の芝草の上に、一群の軽い雲のように榛(はしばみ)と柳の木が枝をひろげているあの森です。そこで、わたくしたちは草の上に横になります。するとすぐにもう、わたくしたちには互いに話すことがなくなって——ただ、仰向けになったまま、光の斑点が枝々のあいだに動くのを見つめています。そこでは、時間が他のところのようには過ぎません。いいえ、むしろ、凝結しているのです。——そう、少女が跳び上った瞬間にボッチチェルリの『春』の人物さながらもう永久に動かないといった寓意画の聖なる木立のなかのように。時間が凝結して、白昼というのに月影のさしているようなあの下草のなかには、ガラスのように澄んだ薄明のなかに凍ったように枝々からたれているたくさんの蔓、たくさんの眠りの森の美女たち。

ああ、わたくしは何らかの魔法によって彼がわたくしを彼といっしょに永久に眠らせてくれることをどんなに願うことでしょう。わたくしを死なしめて、あの霊たちの国へ送りこんでくれることを。この世界ではともに死んで、葬いの小舟に並んで横たわり、彼がそこから呪いによって追放されたにもかかわらず、あらゆるものがそこへ帰るように彼を呼んでいるあの未知の国へ向って滑ってゆくことを。

それから夕闇が落ちます。不意に暗くなった木立のなかで、彼は永いあいだ耳をかたむけます、あちこちの大時計が時を打つのに。それは夕闇のなかにいつまでもひびいています。

彼のそばにいると、ひとは、たちまち、すべてのものから解き放たれて自由になります。ちょうど、死期の近づいた老人のように。彼のなかにある、やさしさ、ひそかな、親密な、馴れ合い、それが惜しみなく費されるためには——そう、愛する死者のまぶたを閉ざす手を、死者を化粧する女の指の親しさに満ちた乱暴さ、いつくしみに溢れた専横を、死者の手を毛布の上に組み合わせるひとの不思議な笑みを、想像しなければならないでしょう。そうなのです、わたくしはアランがわたくしの死の床に付き添ってくれることをどんなに願っていることでしょう。それ以外のときには、おそらく、彼はわたくしに言うことを何ももっていないでしょう。ただ、そのときこそは。彼はただ彼のものであるこの手をとるでしょう。そしてわたくしは導かれるがままになるのです。そのときはもう言うことは何もありません。ただ、深い信頼。

どうやら、わたくしはこの手紙で言いたかったことからすっかり離れてしまったようです。今、わたくしは力をふりしぼって、ひとつの質問をいたします。その質問にわたくしのすべてがかかっているのです――わたくしの最後のチャンスが。おそらく、あなたは彼をほとんどご存知ない。でも、彼はあなたに特別な尊敬を抱いています。ここには、あなたのように、あのわかりにくい人間を理解できるひとは、見抜けるひとは誰もいません。

アランとは誰なのですか？

お答えに期待していますのは、おわかりのように、描写ではありません、分析ではありません。わたくしにはこう思えるのです――それはばかげているでしょう、気違いじみているでしょう、が、わたくしは無理にでも注文をいたします――すなわち、この質問にひとはただのひとことで答えられるはずである、と。彼に関する質問は――あなたおひとりがおわかりになっていらっしゃるように――神託によってしか満足すべき答えは得られないのです。彼の上にはひとつの指が、彼のまわりにはすべてを蒼ざめさせるひとつの光が、あります。彼を通して何がわたくしに合図をしているのか、それをわたくしは知りたいのです。

クリステル」

八月十九日

クリステルの手紙はわたしに怠惰を、心の底にある臆病を意識させた。今日、わたしは目をこすって目覚めた、決意を声に出して。わたしはあのひとを不安にさせる人物のまわりでいつまでも漠然と夢みているわけにはいかない。答えなければならないだろう——クリステルにだけではない、アランにもだ。答えを求めているのはとくにアランなのだ。さもなくば、グレゴリーのように逃げ出さなければいけなかった。

わたしはとどまった。今わたしが何をしようと、わたしはまきこまれているのだ。何に？　まだわからない。公平な証人に耐えられないひとたちがいる。彼らは目撃者を追出し、決意を強い、いくさの空気を、ゲリラの狂信を肺一杯吸うのだ。アランはここへ剣をたずさえてやって来た。この手紙がそれを証明している。

八月二十二日

この数日、シャトーブリアンの『ランセの生涯』を読んでいる。——たぶん、わたしの気分にもっとも奇妙に風味を添える書物のほうへつねに盲目的にわたしを導くあの予見の本能にうながされて。ぶっきらぼうになぐり書きされた、驚くべき本。半鷲半獅子の怪獣グリフォンの、なげやりな、とてつもない爪で、ひっかくようにして書かれた、とわたしは言いたい。そう、生れながらにして作家である怪獣の閃光のごとき足の動きで。枝葉の生い茂った書物、粗毛におおわれた書物、起伏の多い書物、警告を発する書物、それは落雷がそのあとに残すあの灰色の灰の黒焦げの樹枝模様のようなものだ。それは灰水曜日の灰の味をもっている。突然遊星から家具をとり払うように思われる九月の冷たい、透明な、さわやかな午前の、収斂性の力強さをもっている。——納屋の穀物やぶどう酒のしぼり器の明るい音のなかで、足音のみひびく、運送屋の入った家に遊星を変える、あの九月の朝の。それからわれわれは幽霊たちの住む部屋を、夢の一杯つまった屋根裏を全速力で通り過ぎるような気がする。そこでは、金銀で飾られた服が、張りの入ったスカートが、比類のない黄色く変色したレースが、胴衣が、羽根飾りがふるえている。——つながった骸骨たちの骨と骨とがぶつかってたてる軽い音。——モリエールのドン・ジュアンが想起させるあの幽霊のファランドールの急速な動き。ときどき、すべての迷いから醒めたきびしい一句が、それはぶどうを取り入れたあとのすっかり裸になったぶどう畑のなかに久しく吐き出されたままの枯葉の味がするのだが、老いた馬さながら苦味を噛みしめている。

われわれはまたボードレールを考える。すなわち、

ぼくらの心がひとたびその収穫をすませるとき……


ならず者のような筆によって跡づけられた新しい道。苔に疲れた、老いた幹の足もとに、すでに、若い芽。——あるページの隅に、突然、コクトー、ラディゲ。

「ランセはさまざまな教会で拍手で迎えられながら説教をした。彼の言葉は奔流のようであった。後のブールダルーの言葉のように。だが、彼はブールダルー以上に感動を与えた。ブールダルーよりもゆっくり話した。」

一六四八年に、塹壕が掘られ、フランスはそのなかにとびこむ、自由の壁をよじ登るために。この血でよごされたバッカス祭は、役割をもつれさせる。女が指導者になった。オルレアン公は手紙を書いた、「わたしの娘の、反マザラン軍のなかの、陸軍元帥伯爵夫人」に宛てて。

この書物のなかにわれわれは抜足差足で歩く足音が聞こえるような気がする。ハムレットの墓

場のようにシャベルでもってならされたこの書物のなかに。――そこでは、こだまがちょうど一続きの空っぽの部屋のなかでのようにふくらみがあり、すきとおっている。そこでは、冬の凍った道に散り敷いた乾いた小枝の踏みくだかれる音が長く聞こえる。何かが近づいてくる。まったく思いがけないことに！　死神？　それは死でしかない。

すべて倍音からなる書物。ちょうど、鈍くなった、半ば凍った、弱まった共鳴によってしかもう反響しない、使い古されたハープのような倍音から。これはたしかにわれわれの文学のもっとも感動的な Nunc dimitis、すなわち、今こそ逝かしめ給ふなれだ。

………………………………………………

血管の組織がいかに複雑に分岐していようと、また吻合(ふんごう)していようと、すべての血はただひとつの傷口から流れ出る。――最後に日の光を見たいという血の願望は、その暗黒の牢獄のなかで、いかに強いか――つまりことを明るみに出したいという願望は。

八月二十三日

カジノのそば、浜がいきなり曲って終るところに、沖に面して、砂丘の親しい風景がだしぬけにはじまる。荒々しい風が吹きまくり、塩のように灰色の悲しげなやさしい花々を散りばめた砂丘。葉の茂った一筋の道がそこからけわしい角度で海岸に沿った裸の石の低い壁の上を走っている。そして、驟雨が、風を避けて、そこで、雲の流れを映した暗緑色の大きな水溜りをゆっくり乾かしている。風が、ゆれ動くひろがりの緑に、壁のように、立ちはだかっている。しばしば、石でかためられた堅固な城砦の斜堤の一種で海を縁どっているこの親しみもなく美しさもない長い巡回路の花崗岩の道端で、わたしはある人気のない大きな宮殿を夢みたことだった。たとえば、この霧の深い前哨地点に漂流し、沖に向って永遠と対決した海のヴェルサイユ宮——戦艦の重たく溶けた影のように、霧や雲の共犯によって、渾然一体となった王宮を。

ある種の不確かなうつろさがこの陰鬱な場所を支配している。ここからひとは家々に背を向ける。ここにはもうただ曖昧な疑わしい冒険の人生しかない。わたしの夢みる宮殿はそこにとどまった大きな災厄の残骸を葬るためにあるのだろう。陰気な広間に敷石が海のこだまをきびしくひびかせるだろう。限りなく長い、劇場のような、石の階段が、見渡すかぎり波のなかに延びて、女のように移り気で単調な波の怒りにその固い強い歯をむいているだろう。ときとして、霧の層のあいだに落ちる色褪せた日の光は、あの彼方の色彩りを、あの冥府に一瞬射す非現実な光を、あの、深淵の荘厳な休息のほうへおごそかにきびしく降りてゆく溺死者をとりまいたガラスのような水の柔かな帯を、思わせるだろう。

おそらく、太陽ではなくともせめて日の光があの霧の溶けるような砂浜に上るのを見るという希望は捨てねばなるまい。その砂浜では、燈台が真昼に難なく馴化して、雨のあと人通りのない道にできる水溜りが夜明けに宿すあのやさしい盲目の光のなかに、窓ガラスにぶつかる鷗たちの羽ばたきの音が聞かれるだろう。大洪水によってまだよく洗われていない地上の冥府。藻と潮との大きく渦巻く二つの流れのあいだに髪のように漂う、くらげのような海綿質の肉の柔かな溶解。日の光は、けれども、海岸の排水渠の潮と同じ複雑な網をとおしてしみとおり、ひろがり、浸蝕し、影を侵す。しかし、風景はなお永いあいだ水平線の下に逼(は)っている。荒れた海にうちひしがれた船のように、荷を捨ててしかもなお重たく、波の山とひとつになって。

灰色の朝に海の荷揚げにともなって、ちょうど夜の眠りのあと女が重たく、ものうく寝返りを打つ床のように、軋むこの荒涼たる見晴し台の上で、わたしはアランに会うことにしたのだった。

七時が打ったとき、わたしは遠くに彼の姿を認めた。ものうげな、優雅な、丈高い影が波打際に沿ってやって来る。——蒼白い朝にそぐわない生気。近づくにともなって、唇に皮肉な、かすかな笑み。わたしの前には、勝負をつける決心をしたポーカーの競技者がいた。心を閉ざして、緊張して、しかも颯爽と。

彼とともにそこに閉じこめられていることは、何とおごそかで、何と感動的であることか。わたしは彼を前にしてすっかり感動していた。彼の善意を確信した。彼に対して、心から深い愛情を感じた。彼はまことに魅力的だった。はじめて会う約束をとりつけた女に対するように、深い大きな感謝の言葉がわたしの意志とかかわりなくわたしの唇にはじめにのぼってこようとした。——「来てくれたのだね！」しかし、すでに彼は話していた。彼はそこ、同じ重たい厳粛さの深みにいる。すべてはこんなふうにはじまった。

「どういう重大なわけがあって、ねえ、ジェラール、ぼくはこのような調子はずれなことに立会う栄光に浴したのです？」

しかし彼の微笑は少し悲しげだった。不安げだった。彼の鼻孔がかすかに動いた。

「笑わないでほしい——わたしのわずかな勇気を奪うことになる。わたしがきみに言わなければならないことは、事実、まじめなことなんだ。」

「それをぼくが知らないわけではないことは信じて下さい。それだけじゃない、そのために得意になっていると言うことを許して下さい。」

すべては突然困難になった。わたしたちは海に沿ってなんとなく少し歩いた。黙って。この実にゆっくりと輪郭の浮かび上ってくる灰色の朝の出会い、この突飛な隔離、この夜明けという時刻に約束して会ったことのやや窮屈ないかめしさ、この朝の恐るべきさわやかさ——突然、この支離滅裂な出たとこ勝負を前にして、わたしは気が挫けた。わたしは、このおだやかな海の面前で、草の上で、アランに彼の心を裸にして見せるよう促すつもりだったのだ。わたし自身の気違いじみた計画がわたしの前に壁のように立ちはだかっていた。

しかし、わたしのあまりにも明かな困惑を前にして、アランの目が突然奇妙な同情の色を浮かべたような気がふとした。——わたしはそこに救いを見たように感じた。少くとも、彼のすばらしい社交的感覚が、このような情況のなかでの礼儀への配慮が、本能的に働いて、道をならし、最悪の袋小路に名誉ある出口をつけてくれるにちがいない。

「ぼくはもう数日前からこのような呼び出しがあるものと思っていたんです。」

わたしは驚いて彼の顔をちらっと見た。

「そうなんです。ぼくはそれをあなたに隠そうとは思わない。あなたがいるのを見た日から——

見た、これは儀礼上の言葉です、虚栄心を少し満足させるために、お望みなら、こうつけ加えてもいいのです、すなわち、ホテルの、ぼくの部屋で、あなたの不意をおそった、と。家宅捜索のあとで——どうしたって——訊問ですからね。」

見抜かれたことで、かえって、わたしはやさしい媚びるような熱がわたしのなかにしみとおってくるのを感じた。わたしはすっかり気が楽になっていた。

「……というのも、あなたの訪問は単なる友だちの訪問以上のものでした。いや——弁解しないで下さい——あなたの手は震えていましたよ。あなたは見つかったのですよ、ねえ、ジェラール。容疑者の気楽さをよそおったあなたの態度を見抜かないためには、盲目でなければならなかったでしょうよ。さあ!」と彼はいきなり前方に顔を向け、肩をすくめながら、つけ加えた。

「こんな回り道が何になるのです?　今はもうあなたはご存知だ。」

「何を?」

わたしは自身を恥ずかしさと驚きとで蒼ざめさせるほどたけだけしい声で、わたしはこの叫びを発した。

「何のためにぼくがここへ来たか。」

「いいだろう、アラン、急ごう。わたしもきみと同じように手の内を見せよう。わたしは今朝きみにそれをたずねるべくやって来たのだ。」

アランのそばにいて、わたしはこの瞬間にアランの顔を見る勇気がなかったが——わたしの心臓は高鳴っていた——驚きの口笛の小さな音を聞いた。ほんのわずかな俗悪さが突然平静さのそれほど固くはないことを暴露した。

「真正面から攻撃してきましたね。でも、ねえ、ジェラール、ちょっとした矛盾をあなたに注意することを許して下さい。あなたはここへ困難な試合のためにすべての武器を磨いてやって来た。あなたは、言わして下さい、凡庸な競技者ではない。それから、突然、見たところ有利な開始だったのに、あなたは戦術を変えてしまった。目を閉じて、止めの一撃を加えてきた。——ところが、結果は、運がなかった——ぼくは倒れない。」

けれども、なお、彼の声には、あの同情のやさしい熱、心をとろかすような熱があった。

「あなたは、ぼくが見抜いたと考えるのなら、何を守らなければならないのです?

ぼくはごく単純に探索のもっとも決定的な凱歌の瞬間、それを見抜くと呼ぶ。真実は、あなたも知っているように、悲しいものだ。それは限定するがゆえにひとを失望させる。それは固く握られたこぶしのなかにある。次いで、指をほどいて投げ出す、その手の仕草のなかに。それは貧しい。それは裸だ、何もない。しかし、少し高い真実の接近にともなって、まだそれはただ予感されているだけだが、その真実を受け容れるべく膨張した魂のなかに、愛があふれ、口径が大きく開かれ、そして、そこにおいて、それが糧として受けるのを望んでいるものとの霊的交渉が示される。このほとんど神秘的な苦行、この、欲望とその糧との、まことに正確な、ほとんど奇蹟的な、予感された等価、この聖餐台の少し高い周囲、それをぼくは見抜くと呼ぶ。あなたはそこにいるようにぼくには思えるのですが。」

声は調子を低くして、突然しっかりと、そしてより生真面目になった。

「あなたは今この飢えをそれを満足させることによって欺くことをぼくに求めるのですか？　あなたはご自分が知りたがっているということにそれほど確信があるのですか？」

「アラン、おねがいだ、その嘲けるような調子を捨てないか、きみがいたるところへたずさえてゆく、その苛立たしい破廉恥を止めないか。わたしたちは真面目に話ができないのか？　わたしはきみにそれを求めている。好意からだ。」

「あなたはよくご存知のはずですが、その好意をぼくのほうもあなたにもっていることを。もしひとつ悔むことがあるとすれば、それは、その好意にまったく私心がないというよりほかに、明白な証拠をあなたに今お見せすることができないことです。」

「なぜきみはその今という奴に固執するのかね？　その秘密は何なのだ？　きみは自分が無作法

だとは感じないのかね？」

「これを最後に、ぼくを罠にかけようとなさるのはやめて下さい。ぼくたちが礼儀作法のそのような面倒を越えたところにいることはぼくたちのあいだで了解ずみだと、ぼくは思っていましたよ。それとも、だから、ぼくたちは少しも前へ進んでいないのですね。」

「どこからきみは考え出したのだね、わたしがきみの後を追っかけているなぞと？」

「ええ、あなたはぼくの後を追っかけていますよ。ぼくたちがホテルの喫茶室で話した日から、あなたはそれ以外の何もしなかった。」

「きみはわたしをどこへ連れて行くのか？」

「その冗談はそらぞらしくひびく、と言っても言い過ぎではないな。ただ、笑いながら、それをくりかえそうとなさるべきです。しかし、たぶん――ここでぼくは有益な真実を少しばかり言おうかしら……」

彼の声に突然よそよそしい、苦いものがかすかに匂って、そのために、わたしは剣によって荒荒しく削られたように感じた。

「……どこにもいない。それがあなたの回り合せです。けれども、あらかじめ言っておきますが、あなたがちょうどさかりがついたように発見を求める航海者さながら沖へ向って帆走していることの瞬間を、あなたはあとになって、あなたの生涯のうちで霊感を受けたほめたたえるべき瞬間と考えるようになるでしょう。」

「今度は、ご宣託か！　賭けというわけだ！　空虚の前にはいたってかんたんにはりめぐらすことのできる神秘のヴェールにかくれての予言なぞ、わたしには何でもない。わたしのほうから招いたわけでもないのにやって来て、わたしの手相を見るとは、わたしには迷惑だ。そのことを今度はわたしがきみに警告する。」

　わたしはようやく少し熱してきた。が、アランが不意に戦線を後退させるのを感じた。明らかに、彼はこの会話を終らせるのに熱心ではなかった。

「ご自分の威厳がそんなに気になるのですか、ねえ、ジェラール。ほとんど舌をまくほどだ。けれども、許して下さい、ぼくはあなたが望んでいるほどにはそれに腹を立ててはいません。さっき、あなたは考えた、あなたに見抜かれたらしい、いや、確かに見抜かれたとぼくが考える——そのことがぼくに何らかの告白をすすんでさせるだろう、と。ぼくは、だから、ここに、微妙な違いを必要なものとして示しましょう。

　たとえ話に対するぼくの好みを満足させて下さい。『罪と罰』の決定的な場面を憶えていますか？　ポルフィリイが知っていることは疑いをいれない——しかし——すべてはそこにあるのですが——ラスコリニコフは告白しない。たしかにもう曖昧なものは何もない。が、彼は最後のカードを手にもっている。彼が黙っているかぎり、魔法の環は閉じないことを彼は知っている。そう、すべてのものは完了の期待のうちに中途半端のままとどまるだろう。もう何も、もうただの一行も、判読すべきものは残っていない。にもかかわらず、彼はなお鍵を手中にしている。終った事件の上に押されるべき印を——そう、事件は、言葉が口に出されないかぎり、なおぼんやりとした視界に大きく口を開けているのだ。あなたは、魔法の言葉を口のなかに閉じこめている犯罪者のひとを陶酔にさそう力に思いをめぐらしたことがありますか？　その言葉を待ってすべてのひとが息を止めている。その言葉のなかにすべてが溶解するだろう。告白するという、語の深い二重の意味——つまりそれは告白と同時に懺悔を意味する。この角度から見ると、最後のページは、この本のあらゆる点で、かつ必然的に劇的な結末は、群衆は、広場は、突然の厳粛さは、ぼくの考えでは、たぶん無意識に、ただひとつのことを狙っている。すなわち、圧倒的な、あり余る、あの聖なる性格を、あの人間を超えた者からの召喚を、そこでは人間が蒸発するために、消えるためにあるあの告知の光——明白な真実と確実な真実とを人間のために分かつ、あの深淵の上に天頂から射してくる光を、告白に具体的なかたちで返すこと。」
「だったら、わたしは期待を裏切られてきみと別れることになるんだね。わたしはここへしに来たことについて——ここできみが演じることを決めた役割についてわたしに明かさないのだね。」

「あなたに言ったことすべてが、あなたに示しているようにぼくには思えるのですが、ぼくはぼくを正当化してくれることを答えないつもりはないということを。しかしぼくは瞬間を、時間を支配していきます。落着いて下さい、ねえ、ジェラール、ぼくは正体を現わしますよ。その時が来たら。」

「そう言われてもわたしは全然信じられない、告白するが。むしろ、逆だ。わたしに誓ってくれたまえ、きみはここへ悪をなしに来たのではない、と。」

「まるで坊主の台詞だ！　そのような断定はぼくにはこの上なく不愉快ですね。ぼくはすでにあなたをそれほどまでに顰蹙させているのですか？　ぼくの行いは、あるいは、あなたの言葉で言えば、ぼくの例は——というのも、ぼくはここで他に自分のふるまい方があるとは思えないので——あなたの上にそんなにも決定的な力をもっているのですか？　まさか。あなたは自家撞着していることを認めるべきです。」

「そのようなありきたりの言葉の綾はもういい。わたしのことを言っているのではない。クリステルのことを言っているのだ。」

今はわたしは背水の陣をしいていた。ありがたいことに、言われねばならなかったことが言われるだろう。

わたしは間違っていたのか？　そのときまでおだやかでねんごろな好意――わたしたちの対話から劇的な外見をすべて締め出した無頓着――しか映していなかったアランの顔に、かすかに、より危険な、より鋭い表情がふと描かれるのを、わたしは見た……

そう、たしかに、彼の顔は変っている！　一瞬、恐怖がいきなりわたしを貫いた。目の星のような軽い霧が、盲目の恐るべき不透明がひととき覆っているこのまぶたのうしろに、いきなり何かがはげしく動いた。鋭く、恐ろしく、集中された注意力の輝きが。そして、それが、わたしに骨の髄まで知らせた、わたしたちのたたかいがほんとうにはじまったことを。

「あの若い娘のことがどうしてここへ出て来たのですか？　ぼくたちの議論は、もっとも一般的なたぐいのものだったようにぼくには思えるが。」

「きみが口で言うほど一般的だったとは思えないね。だが、必要とあれば、わたしはこまかく説明しよう。」

アランは、話の相手が、スタンダールの言葉を借りて言えば、「長い優雅な話をする機会」を嗅ぎつけたとき、育ちのいい人間が見せる型どおりの魅せられたような姿勢をとった。その姿勢には皮肉があった。

わたしはここで気づく。わたしはこの会話の実に特殊な雰囲気をあやまって描くことになるだろう、もし間の時間を、割れ目を、無造作から真面目への、いや厳粛へさえのあの絶えざる、そして唐突な移行を、細心に記さなければ、また、一瞬ごとにこちらを途方に暮れさせるアランのあの擬態を強調しなければ。あきらかに今彼の態度は、わたしがクリステルに興味をもつ何かきわめて特別の理由があるということを、ばつが悪いほどほのめかしていた。わたしは、彼がそのように論争の埒外に身をおき、無関係な聴衆の残酷な親切をよそおっているのをまのあたりにして、異様なほど苛立った。とはいえ、わたしの最悪の恐れを確かめるに至るまで、苦しい仕方で、わたしは感じていたのだ、この会話が彼にとって以後パロディとは全然異る方向へ向う、いや、すでに向っているということを。

「言っていけないわけはないよね、アラン？　たしかに、わたしがここできみを知ってから、きみはわたしがよく自分に認めたいと思ったよりずっと遠くまでわたしをひきずっていった。きみはまったく不思議な人間だよ、アラン、おそらく例外的な人間なのだろう。だから、わたしは、わたしの心がさまざまな憶測のあとを追っかけたとしても、そのためにわたし自身を責めることはできない。突飛な、物語めいた、さまざまな、だが、結局は、よく吟味した憶測だけ残ったが。つまり、それがわたしを通俗心理学より少し遠くまで導いてくれることを期待できるといった憶測だけが(通俗心理学という奴はいずれにしろここではあまりにも大きな、そして異常でさえある分け前をシニスムに与えるにちがいないからね)……」

　アランは眉を動かさなかった。ただ、かすかに、そして儀礼的に微笑した。

「……ともかく、そんな憶測だけが、きみのまわりに——あるいはわたしがきみからでっちあげたイメージの、そしてわたしが失いたくない唯一のイメージのまわりに——あのより軽くより不安定な**雰囲気**を循環させることができるようにわたしには思えた。そう、あの靄(もや)のかかった、ひとを孤立させる余白を、あの、わたしには欠くことのできないものに思える、目に見えぬ伸張の、可能性を。思い出してほしい、ある種の肖像のまわりに、その肖像を引立たせるために結ぶ、あの白い帯が**隠し**と呼ばれるということを。

　もしお望みなら、今でもこれらの憶測の**ひとつ**を話そう。ほかにもまだ話せる憶測がある。が、この憶測から話しはじめるのはそれなりの理由があるんだ。」

　アランはうなずいた。が、微笑の影はなかった。

「きみのここでの滞在は、ねえ、アラン、何かよく説明できないものがある。きみについて知ることのできる、あるいは推測することのできることは——白状するが、わたしにとってそれはあまり多くない——このまったく眠気を催すような海岸の生活とまるで調和しない。きみがここで明らかにひきずりまわしている、かたくなな無為、さらに言えば、気づまりな無為と調和しないのだ。休暇にかこつけるのは安易すぎる。——また何か、よくわからないが、皮肉な、端正なアリバイを推測するのも安易すぎる。わたしより経験のない連中でさえ——いつわりの謙遜は捨てる——だまされはしなかった。たしかに。

そこでこう考えよう。精根を涸らす、情熱的な、奔放な生活のさなかで、きみは突然何か重大な決意をした、と。そのような決意は、わたしがきみの性格について勝手につくりあげた考えによれば、実際的な決心の意味はいささかももちえない、俗っぽい成功を目ざしたものではありえない、そんなものはきみは信じていない。むしろ、ある種の伝説的な人物たちの人生において、新たな転身への推移を示すあの唐突な裂け目とのある類似をもっている。——そう、実践的な生から神秘的な生への、個人的な生から公的な生への、社会的な生から隠者的な生への推移だ。わたしはある回心を考える。皮膚を新たにすることが問題であり——あらゆる結果の予想ははずされて、突然いわゆる伝記的連続が断ち切られ、そして事実神秘家の言葉によれば、『私』が他者になる、回心を。わたしは次のような言葉を考える——聖者の、インドの苦行者の、偉大な犯罪者の、人生の——伝記作者を苦しめ、胸をしめつけられる何ページかに黄金伝説の星をちりばめる、言葉を——『その日からXにとって別の人生がはじまった……』別の人生？　そこでわれわれは夢想にふける。

真に回心することのできるひとは、偉大な力をもっている。わたしは本質的にこの力を、文字どおりふりかえる力だと考える、普通の人間が犂をつけた牛同然自分を奴隷とは感じることなく最後までたどってゆく畝の、自分のうしろにできたわだちを一日見て心に刻む力——何とかまとまっている人生の、自分を支え、自分を縛る、手綱を断ち切る力だと考えるのだ。ひとたび人格の連続が断たれるとき、自分が新たにどういうものになるのか、もうまったくわからないというところまで、自分が作ったすべてのものと、また、自分を作ったすべてのものと断絶する勇気をもっているひとは、おそらく、英雄でしかありえない。控え目に言ってもだ。が、少くとも一度きみがそういう人間であったと仮定しよう。

そこで、きみがここに坐礁したと考える。——ここでも他所でも同じことだ、というのは背景はほとんど重要ではないのだから。ここの背景でも他所の背景でもいい、それは必ずや週の七日目の背景となるだろう。すなわち、奇妙な種類の隕石——軌道から離れた。きみはすっかり用意がととのっている。きみは何でもすることができる。近道でも、断崖でも、習慣の目隠しが、自己保存の不安が、また、生命を持続させたいという意志によって各瞬間になされる、確実な、無意識の選択が、われわれひとりひとりの目から隠している、断崖でも——それはすべてきみにとっては大道のようなものだ。きみは何にも拘束されていない。きみは一瞬一瞬あらゆるかたちの下で生命を飲み干すことができる。完全に明晰なきみは、安全に自由だ。いかなる可能性もきみの手から逃れることはないだろう。

そう、孤独な経験のためのこの理想的な背景、この霧のための孤立——夏の休暇中の根のないひとびとのなかにたやすく紛れこめるということ、そのすべてが、鍵をこじ開けるべくやって来た男、そしてわれわれの理解を絶したとてつもない夜の押し込みをもくろんでいる男をここにひきつけることができた、あるいはひきつけたのにちがいない。ここでは、顔に仮面をつける必要がない。夏の休暇の放埒が、謝肉祭のような親しい接触が、あらゆる接近を、あらゆる経験を許してくれる。放逸と無為とに二た月のあいだゆだねられるこれらの海岸のようにさまざまな社会的禁制がゆるむ場所のあまりないことは、きみも認めるだろう。そう、たしかに、考えてみれば、ここより自由にふるまうことは他所では不可能だ。すばらしい着想がこの通関を、この身分の一見無害な差し替えを支配している。そこでは、すべてがいんちきの封印を、贋のサインを示す。おそらく奇妙にうごめくかずかずの思い出の上にまるで橋のようにかけられた公式の寛大な通行証を示すのだ。」

「ぼくは背筋が寒くなってきましたよ、ねえ、ジェラール。きっと、こういうときに、犯罪者は色を失うのにちがいない。探偵小説の最後から三ページ目……」

「きみはわたしの言うことがよくわかっていないんだよ、アラン。あるいは、おそらく、わかりすぎているんだ。わたしが自分にかけている謎には、猫を鞭打つに足るだけのものはない、つまり、意味がないんだ。すべてはそれほど取るに足らない、毒にも薬にもならない。すべてはそれほどそれから作り上げられた観念のなかにある。曖昧な暗示のある斜めの力のなかに、そして複雑なもの、邪まなもの、晦渋なものを発明し、信じ、こねあげる人間の飢えについての並はずれた思弁のなかにあるのだ。しかしそこにはまた心を痛ませるもの、悲劇的なものがある。そこに罠が仕掛けられ、そこにきれいな手の、さらに言えば、無垢の手の暗殺者が隠れている。

ねえ、アラン、事が思いがけないほうへ向かうということも、起りうるのだ。そう、罠が馬の尻に乗ったわたしの主人公をとらえるということも、ね。彼は世界を断念した――こんな崇高な言いまわしを許してほしい――。彼は完全にすべてのものから解脱した。しかし『いのちを失う者はいのちを得る』。(もっとも悪魔的な言葉に置き換えられてさえ、聖書の命題はその有効性をすべて保っている、というのがわたしの考えだ。悪魔でさえ、その命題に卑しい意味を負わせることしかできない――命題を無に帰すのではなく。ファウストを見よ。)すべてから自由な彼は、自分がすべてを支配しているのを知る。おのれの意志による難破から、突然不可避的に至高の機会が浮かび上る。自分の廃位に同意してから、彼は王となった。

おそらく、何らかの理由で、はじめに社会的なつながりをすべて断ち切ることが彼には許されなかった。ところで、彼が行くいたるところで、彼は自分がトランプの札をかき混ぜることをたしかめる。相手はみな困惑し、彼らの手を次々に見せる。彼は価値を変え、比率を変える。彼はゲームを混乱させる。いんちきをしているとは言うまい。ただ、誰もその規則を理解できない別のゲームをしているのだ。彼は自分のまわりに不可解な疾風を荒れ狂わせる。彼はどんな札を出しても勝つ。ここで勝っても負けても彼にはまったく同じなのだ。

このような芸当はおそらくあらゆるひとの好みに合うまい。しかしどんなに悪意をもとうと、聡明なひとたちはありきたりの防衛手段の無益なこと、卑俗なことを感じる。それはあまりにも安易すぎる。彼らは不利と知りながらゲームをつづける。きみは彼らをきみのグラウンドに呼び出す。彼らは何らの疑念もなくきみについてきみのグラウンドに入る。きみはむしろ彼らに感謝されてもいいのではないか？　彼らは自分たちの空気が変ったことできみに感謝している。高い山の空気はひとを殺す前に昂奮させないだろうか？　きみの目に見えない光がもっとも傷つきやすい連中の心に、夢の、漠たる昂奮の、止まることのない出血をひきおこす。わたしは考える、海溝のなかに投げこまれたあの美しい生物たちを。そう、あまりにも稀薄な酸素のために、その鰓の空気のような樹状枝を、深みから出すとわずかな風にもひき裂かれるそのガスのように軽い肉の繖形花を、外に出すことを強いられているあの生物たち。

言う必要はないだろう？　ひとりの若い娘がここにいる。彼女はすでにあまりにも傷つきやすく、やさしく、はげしく、夢見がちだ。きみを愛している。

「冗談が少しひどすぎると思いませんか？　ぼくはあなたにたずねる——ぼくが真面目に訊いていることに注意して下さい——あなたは真面目なのですか？　ぼくは、そのつもりになれば、その冗談を無礼ととることもできるのですよ。」

「いや、きみは腹を立てないだろうよ。きみは今はもう腹を立てることはできない。（わたしはほとんど怒鳴っていたように思う。——わたしの語調はしばらく前から異常な能弁の印象をわたし自身に与えていた。）こんなことを言うのを許してくれたまえ。きみは今わたしがあまりにも遠くまで行くのを放っておいたので、わたしはもうきみの共犯なのだ。きみはもうわたしにつづけさせる義務がある。

いや、きみは腹を立てないだろうよ。きみはしばらく前から腹を立てる権利を失っている。というのは（つづける）、わたしたちは事が台無しになるところまで来てしまったのだから。それは実際実に愉快だ。

（まったく、なぜわたしはあんな厚顔無恥をよそおっていたのか？　そう、なぜ？）

もしよかったら、笑おうじゃないか、ねえ、アラン、そうだよ、恥じらいはすべて捨てて、神神のように笑おうじゃないか。まったく滑稽だよ。」

アランはここで、口の端に煙草をくわえたまま、おもしろがっているような、かすかに軽蔑するような、冷たい一瞥をわたしに投げた。――わたしは突然自分を賤民のように感じた。貴族の息子によって、王子によって、同じ賤民のひとりによって、軽蔑の目で見られる酔った賤民のように。

「その馴れ馴れしさは完全に正当のものとはぼくには思えないな。ぼくと対等に話をするには、理解するだけでは十分じゃない。支払う必要がある。」

「わかるよ。しかしわたしはまだすべてを言っていない。というのも、最後には支払うことがすっかり必要でなくなるのだから。

きみは賭博師なんだよ、アラン。そう、きみは賭をしているんだ。いずれきみにもわかるだろう、必ず。わたしはこう考えていた、つまり、そこでわたしの主人公はすばらしい手が使えるようになるだろう、それは最後の誘惑だ、と。一瞬運に任せてみること。彼がこんなにも意志的にまた悲壮に仕掛けている冷酷な罠を少しゆるめてみること。すべての切札をぎりぎりの支払期限とともに手にしながら、見るために、少し策を弄すること。その切札を使う必要はおそらくもあるまいと漠然と考えながら。

わたしたちは、ポーカーで、自分の札を見ずにつけ値をあげる人間を、散文的に想像することができる。

人間になるということが神にとってどんなに気違いじみた誘惑となりうるか、きみは考えてみたことがあるか？ このもっとも大きな誘惑に直面して、人間の肉と化すことが最後に失敗以外の何かを示すだろうか（その失敗をまぬがれる者はほとんどない）？ 二つの場で同時に演じること。片足をすでに運命の世界につっこみながら、さらに片足を偶然の世界につっこむこと。なんという陶酔！ 鏡の両側に同時に存在すること。わたしたちはみな一生のうち一度はそのことを考える。そしてわたしたちの全能力を理想的に爆発させるためにわたしたちの生命までわたしたちの夢のなかに質として投げこむのだ。ジュリアン・ソレルは前もって自分の死刑執行を享楽した――結局、彼はそれを利用する。きみは憶えているか。憶えていないはずはない。『彼はあの美しい顔の上を流れる涙のひとすじ、ひとすじの後をたどった。』わたしたちの誰が無上の喜びと自己満足とを前もって感じないだろうか、自分の肉の肉である、つまり第二の自分である愛する者の頬の上に自分の死後流れるであろう涙を思って。」

はじめて、アランの目に怒りが光るのをわたしは見た。

「あなたは卑劣ですよ。」

「わたしはほんとうのことを言っている。それを、きみは他の誰よりもよく知っているはずだ。」

だが、すでに彼は平静になっている。彼は平静になるために大きな努力を払った。そうだ、この男の冷静さはまったく信じられないほどだ。彼の声はふたたび低くなり、歯擦音が多くなり
――だが、楽に――結局、我慢できるものとなった。

「いいでしょう。しかしあなたは支払期限について語った。その点で、あなたの推論は、つまずくようにぼくには思える。つまり、その支払期限は取消しができない、何が起ころうと、動かない――とするなら、事実、もう無駄にゲームはしない――事実、もうゲームはしない――ジュリアン・ソレルの例はここではまったく特殊な適用のようにぼくには思える（アランはここでこちらを不安にさせる目配せをした）。あるいは、それは、あなたが正しく指摘したように、品性下劣な人間に、ふつうの手段ではどうしても彼の手のとどかない悲劇の、幻想を与えるべく定められた劇的虚構だ。あなたは、あなたがそんなに大切にしている『主人公』を苦しい二者選一に追いこむのですか。」

「わたしが考えている人間は、結局、何を選ぶのか、自分で知っているのだろうか？　つけ値を

あげつづけるのか、あるいは持札を見せるのか？　彼はゲームを活気づけることに成功した。彼は生涯でもっとも感動的な瞬間を生きている。彼は立場が彼に提供する機会を、条件つきで、受け入れることができるのか？」

「あなたの主人公は、ねえ、ジェラール、隠者となった悪魔ですね。彼は彼の回心のわずかな利益をあらかじめ割引している。許して下さい、ぼくはあなたが真面目に話しているものと一瞬思いこんだのです。」

「わかってほしい、アラン。もう冗談ではないんだ。おそらく、きみやわたしが思っているよりはるかに悲劇的な何かなんだ。ここで起ろうとしていること、それを見ないために、グレゴリーは発って行った。そのことをきみは知らなかったのではないかな。」

「知っています、すべて。」

「またたとえ話だ。きみは、わたしと同様、ひとりの青年の話を読んだ。その青年は、ひとりの若い娘を、彼の唯一の情熱の対象を、誘惑することに成功した。ふたりともあとで自殺するというはっきりした約束で。だが、あとで、彼は人生が美しいものであることを、すばらしいものであることを知って、自殺しない。もちろん偽りの誓いを立てたわけではあるまい。事実、誰があとでの男の名において誓うことができる？——その男は、女の征服したからだを、まるで新世界の、ふたたび魔法にかけられた世界の境界のように、冷静にまたぐのだ。

今、わたしはきみの『悪魔』のたとえをふたたびとりあげて、きみの目をまっすぐに見つめながら、きみに言おう。その決心は真面目なものだったにちがいない。それが真面目なものだったことを、わたしは疑わない。しかし、それは、事のあとで、突然計略を変更して、聖者に、その回心から得るであろう莫大な利益をいきなり見せつける、悪魔の、あの、最後の、そして恐るべき、一か八かの賭けではないのか？」

蒼白い太陽が、非現実的な太陽が、波の頂の上にのぼっていた。ブルターニュの悲しみに満ちた大きなからだが、その固く強直した、濡れた関節とともに、霧のなかから出てきた。何という物さびしい海岸だろう！　わたしたちはもうこんなにも遠くへ来ているのか？　鷗の、いかにもひとを心細くさせる、鋭い鳴き声が、彼らの未開の王国の高みから落ちて来て、その長く尾を引くしわがれ声をあたり一面にまき散らしている。どんな展望が開かれるのか、この海鳥の花飾りをめぐらした霧の回廊は――この鎧をきた海岸は？

何という不思議な午前だ。手でつかんでみたいような燈台の光束さながら、蒼白い、まぶしい、とりとめのない光の針が降って。何という重たい神秘的な天気だ。――雪の家の不揃いのガラス窓のように、ところどころ長い明るい青空をのぞかせた不透明な綿におおわれて、やわらかな。荒涼たる孤独。ひび割れた岩のあいだに静まった、冷たい、やさしい水。そのなかに無邪気な、微小な生物たち。波に洗われた、冷たい砂。この荒れはてた甲殻のすべての錆を落しているる、灰色の、純粋な塩。ひとはここからどこか希望のない旅に発ちたいと思うだろう。大いなる出発を前にして、最後にこの歓迎することもなく好意を示すこともない土地を踏みたいと思うだろう。

この土はいのちを支えない。むしろ追放する。ここでは、ひとはここにとどまる理由について他のどこでよりも気むずかしくなりえたし、なったにちがいない。他のどこでよりも自分の真の可能性の根拠を問いえたし、問うたにちがいない。

「ぼくはあなたに質問をひとつしたいのですが、ジェラール。あなたは今朝ぼくにぼくの友だちとして話しに来たのですか——他意のない、真面目な気持で——それとも誰かに——ぼくはどんな名まえも口にしたくない——こんな……尋問をするようにたのまれたのですか？　前もって言っておきますが、多くのことが、あなたの答えにかかっています。」

「わたしは答えることができない。」

何という鋭い目つきで彼はわたしを凝視したことか！　あの恐怖、あの説明できない胸騒ぎが、二度目にわたしの心を貫いた。

「どうしてそんなふうにわたしを見るんだ?」

「いや…… 知りません。たぶん、あなたがさっき話したあの誘惑の顔を見ているのでしょう。」

「わたしはきみが怖いよ、アラン。ここに来てから、ずっとそれを感じている。きみは何か取返しのつかないことの瀬戸際にいる。おそらく、わたしはきみのために何もできまい。が、わたしはつらいんだ、わたしがきみに何か悪いことをしたのではないかと考えると。」

「あなたの責任はかくまってあります、安心して下さい。もちろん、その責任という言葉が、プラトニックであると同じほどに興味のある、良心の論争を含んでいるといった、きわめて限定された意味で、ですが。」

「きみは別の意味を知っているのか?」

「ええ。あなたも。でなかったら、あなたはぼくがあんなくだらないお説教をしないですむようにしてくれたでしょうよ。ぼくはあなたにこう言えます。すなわち、ぼくは存在しない、ぼくはかつてぼくの良心と悶着をおこしたことはない、と。しかしたしかに責任はあります、ぼくは。ぼくのあやまちにではなく、ぼくの成功に、ぼくの失敗に、ぼくの運に。ぼくを支えている、ぼくのなかを貫き、ぼくを浮かび上らせ、ぼくを串刺しにする、一連の運に。ちょうど地質学者が強く主張するように、生きているからだがその骨格や、その殻や、その証拠とはまったく係わりがないのと同様、ぼくの自発的な自我とはまったく異ったぼく――つまりあるがままのぼく、永久にあるがままであるだろうぼくに、いつか、ぼくのもろい意志の分解したあとで、ぼくの知らぬ間に、便りをくれるであろう一連の運に。お望みなら、ぼくの行為にではなく、この地上でのぼくの軌道に、責任があると言ってもいいのです。」

「きみは自分をそれほどまでに宿命的な人間と考えているのかね?」

「あなたの皮肉はぼくの心にふれない。ぼくはそれをさらに煽動しよう。ナポレオンに尋ねて下さい、百万人の人間の死の責任の重さをあなたは感じないのか、とね。彼は肩をすくめるだけでしょう。怪物のような鈍感さ?――道徳的感覚の欠如? いや、ただ、それは彼に関係がないだけなのです。彼の責任は別なところにあるのです。すなわち、ある種の途方もない曲線を細心に、手さぐりに完成すること。その曲線を地面に火の線として刻むことを、彼は自分の使命と感じているのです。すでに生前中から、彼は感じていたことでしょう、自分が、もっとも定言的な命令によりも、泣き言のなかでもっとも俗悪なやつの首尾に(「孤島で生れ、孤島に死ぬ」)、かかわり合わされている、と。

ぼくはその点でナポレオンになることができる。あらゆる人間がなることができるのです。」

「恐ろしい傲慢だな。」

「あるいは極度の謙遜。おそらく。形容詞はどちらでもいいのです。」

「教会が神に呪われた者と名づける人間は、ほとんど、そのように感じるにちがいない。きみはそう思わないか?」

「つまり、あなたはぼくに信じさせようとしているのですね、地獄がたえずひとのなかに入ってゆく、と。なぜなら、そこから喜びと誇りとをひき出すことは、気がとがめませんからね。あるいは、おそらく、ひとが自分は自由だと感じるにつれてたどってゆくのはこのわだちではないかしら。ひとはその最初の恋人に何と言うか?『ぼくが出会わねばならなかったのは、きみだったのだ。そのようになった。ほかのようにはなりえなかったのだ。』彼は言い、そして自分を人間だと感じる。人間はおそらく自分を真に人間とは感じない、真に自由とは感じない、自分が予言の対象となりえないように思われるあの生涯の稀な瞬間においてしか。

あなたはぼくにキリスト教の言葉を話そうとする。よろしい、ぼくの言うことを信じて下さい、聖書でさえ、良心を安らかにしてくれるだけのものを多くはもっていません。『躓きを来らすひとは禍なるかな』、このようなきまり文句は良心問題の決疑論をほとんど勇気づけないし、動力よりはむしろ機械を狙っている。機械として考えられ、鋳造された人間。」

「それなら、それでいい。わたしはその弦にこれ以上触れないようにしよう。——といっても、十分な確信なしにまたそうするかもしれないが。しかしわたしは今朝きみにひとつの質問をするために来たのだから、質問をするまではきみとは別れないだろう。」

「うかがいます。そして終りにしましょう。そのほうがいい。」

「わたしは今わたしの個人的な憶測とおそらくは空しい好奇心とを沈黙させる。だが、きみはひとつの事実に直面している。きみはここで、さっきわたしがその名を言ったあの若い娘のなかにある関心を呼びさました。その関心は、ただきみ自身に注がれているだけではなく——きみを越えて、ある種の啓示に、ある種の約束に注がれている。ただ、間違ってか、正しくか、彼女はきみのなかにその啓示の、その約束の、媒介者を、使者を見ている。このようにそっけなくわたしが言おうとしていることを、きみは十分わかってくれると思うが。」

「たぶん。」

「では、わたしの質問だ。——予測することのできない結果を前にして、きみは、おそらくきみを越えているこの役割をひき受ける権利がきみ自身にあると思うか？」

「どうして、ないのです？」

「よし。もうきみに何も言うことはない。」

わたしたちはあの重たい沈黙の下で別れた。

ドロレスがもどって来た。彼女を、あの手紙は予告していたのだ。

八月二十四日

〔ここでジェラールの日記は終っている。彼が私に与えた情報——というのも、私はよく、熱心に、詳細に、長いこと彼に問いただしたからだが——、彼が私にくれた手紙のある断片、そしてまたホテル・デ・ヴァーグに泊っていた客たちの証言、そういったものから、私は、この日記のページを通じて漠然とそのかすかな輪郭が見られる筋書を仕上げることができた。——が、その結末は、私がこれを書いているこの瞬間でさえ、なお、不確かだという曖昧な気持のなかに私を落ちこませる。〕

九月一日——その年は日曜日に当っていた——は、ホテル・デ・ヴァーグで、毎年、慣例として、その季節最大の仮装舞踏会が催される日だった。その日は一日中天気が悪く、ゆっくりとやってくる嵐の、雲の円天井におおわれて、どんよりと曇っていた。そうして嵐を待っていることが、湿っぽい、耐えがたい午後を長く引き延ばすように思われた。この催し――それはその季節の絶頂であって、翌日には客たちがぼつぼつ帰りはじめるために、ホテルは広くなるのだったが――この催しの準備には何か熱っぽい法外なものがあった。ドロレスがもどって来てから、アランはもうほとんど彼女から離れなかった。例の小さな一団の連中からは、日一日いよいよ遠く離れていった。このころずっと、彼は賭け事に耽溺しきっているように見えた。そのとき、季節の終りが告げられて、あるひとたちは、アランが彼の習慣に反して参加すると約束したこの舞踏会の、何らかの気違い沙汰なしには幕を閉じないだろうと、思いはじめていた。

とくにジェラールにおいて、この苛立ちが他のひとより目立った。彼は、陰気になり、遠慮がちになり、あらゆる会話を打ち切るようになった、しかもしばしば常ならぬ唐突さで長いこと部屋に閉じこもって、室内を歩きまわっていた。ひっきりなしに煙草をふかしながら。アンリといっしょにいることだけは、我慢できるらしかった。――そして、アンリとの話のなかに、まるでそれにとり憑かれているように、この舞踏会を暗示する言葉がたえず立ちもどってくるのだった。たとえば、「明日のないあの祭り」。彼自身、自分が一週間のあいだずっと落ちこんでいるこのまるで麻酔にかけられたような優柔不断の状態をはっきり定義できないのだった。アランに対する彼の気持は非常に曖昧なままだった。「わたしは彼から離れられなかった、」とあとになって彼は私に言った。「彼がホテルを出て行くのを部屋の窓から見ると——というのは、わたしは彼をうかがっていたんだ、長いこと、執拗に——わたしの部屋が突然息苦しく思われてくる。そして、わたしの意志に反して、わたしの足は彼が行くほうへわたしを導く。わたしは何も望んでいないんだ、偶然の出会いさえも。その一週間は毎日灰色のおだやかな天気で、海は常になく静かだった。ときどきわたしは砂丘の上に横になっていた、仰向けに——他に何かすることがすべてわたしにはもっともつまらない空しいことに突然思えて、震えている草とすれすれに雲の流れを目で追っていた。すると、たえずアランとの最後の会話がわたしの記憶によみがえってきて——凍ったような、白痴のような執拗さで、わたしは長いこと心のなかにしかじかの言葉の抑揚を、しかじかのうまくとらえられない声のひびきをくりかえし行き来させる。と、突然、それに重要な鍵が、合言葉が結びつくように思えてくる。というのは、わたしがまだどんなに覚つかなくても、アランがわたしにすべてを言ったという確信はあったからだ。また、わたしたちの関係は、取るに足らぬ儀礼的で月並なことどもの外に、今や決定的に閉じた本という性格をもったという——そしてまたゲームは以後他所でつづけられているという確信は、ね。ある破廉恥が空中にあって、ふつうの楽なお祭り気分とは全然異なる、不安な興奮をあらかじめ養い、そしてあの日ひとびとの顔に、あの強烈なばら色を、あの、頬骨を熱で焼く、病的で変りやすい血色を、与えていた。一日中、催しの準備があわただしくホテルのなかでなされていた。ホテルはいきなり丈高い緑の植物で装われ、物音が温室の半陰影のなかでふくれあがった。仮装舞踏会というその考えがとくにわたしを落着かせなかった。例の小グループの仲間がつけるであろう仮装について、どんな秘密ももれていなかった。本能がわたしに警告していた、アランがこの催しに、心を乱し、かきたてるある誘いを、見ないわけにはいかない、と。つまり、彼がここに来てからずっと顔に理想的につけていた仮面（そのことを彼にはっきり言おうとして、うまくいかなかった）、それを遂におおっぴらにつけるという、彼の大好きなあの機会のひとつを、だ。そしてわたしは感じた、人間による人間への野蛮な挑戦に対するあの彼の趣味が――ちょうど闘牛師が足を踏み、声を高めて、彼の剣のとどくところにいきなり牛を呼び寄せるように――まさしく今夜仮面を脱ぐところまで彼を導くにちがいない、と。そう、啞の波に、時間の流れに乗っての凍ってまばゆい逃走にいきなり委ねられ、重たい地引網によって、金色の刺繡によって、昔の絹によって、わずかに高い荘厳さにまで、吊し上げられた、あの、枠のはずれた、狂った世界のなかに、そして、生者の世界に幽霊の世界を接木するように、あまりにも現実的なすべての仕草を演技の害のない虹色の輝きによって仮装するように、角という角をやわらげるように、通路をつけるように、彼がひそかに通暁しているあの魔法の呪文を織るようにという、あの非現実的な、しかし実に図星の誘いのうちに、――彼はただ彼のほんとうの場を選ぶのを、認めるのをたぶん待っていたのだろう。」

午後八時。急いでとられた夕食のあと――部屋の扉がすべて閉められて、部屋という部屋は、熱にうかされた足音で、まるで魔法にかけるかのように扱われる宝石やピンのぶつかる音で、引裾のかすする音で一杯だった。強い磁気や、乾いた軽快な興奮や、祭りの夜のいささか不吉ないかめしい荘厳さなどが集積している待伏せの、あのかきたてられ、圧し殺されるあわただしさ――その部屋の扉のうしろ側に、女たちだけのところを襲うなら、彼女たちは鏡の前で殺人の場面を下稽古している狂人に一瞬似るだろう。ホテルは、夕闇によって人気を払われ、沖から斜めに射してくる光の下、海鳥の、最後の飛翔に、ものうげな鳴き声にゆだねられた砂浜の前で、ふと、目を閉じ、口を閉じて、まどろんでいるように見えた。

夜の闇が湾に落ちてくる。重たげな雲におおわれた、油を流したような海。浜は空っぽだ。部屋の露台から、ジェラールは、湾の先端の、海水に洗われた岩のあいだに、遠く、漁師の女がひとりいるのを見ている。女は、海面がとどめている残光の、あのうつろなものうさ、あの麻痺したようなうつろさに魅せられてか、昆虫のようなゆるやかなくねくねした足取りで、明るい水溜りのまわりをいつまでも歩いている。昼間の安心できる世界は、今疲れ果てて、向うでことされかけているように見える、その女にすがりついたまま。鈍い爆発のような、金管楽器の破裂音が大広間からとどく。舞踏会のはじまりだ。

……………………………………………………

「はっきり言って、わたくし、まだ途方に暮れていますの、」とクリステルは、千九百年代の最新流行の服装をした非常に優雅な青年に言った。「でも、ともかく、あなたはゲームをしていらっしゃるのではないのね。規則では、混同する恐れがあるなら、お客はそれぞれ自分の役を表わすしるしをつけなければいけないのよ。」

「ごめん。礼儀から、更衣室で、ぼくの服装のもっとも匿名でない部分をはぎとってしまったんだ。でなかったら、あなた方はきっとそれにとんで来たでしょうよ、遠い昔の白い羽飾りにとんで来るようにね。」

「お訊きしてもいいかしら?」

「ぼくの海狸(ビーバー)の帽子です。ぼくはラフカディオなんです。あなたをさらってもいい?」

彼らは踊った。クリステルは、褐色に顔を作って、アタラだった。すっかり洗礼を施され、きわめて端正なアタラ。彼女は首に金の小さな十字架をかけていた。

「今夜自分のホテルに小説か、詩の主人公たちを召集しようというこの着想をケルサンはどこで得たと思いますか? あいつはおもしろい男だ。——が、この思いつきはあいつらしくない。」

「ジェラールの着想ですわ。でも、これは内証ですのよ。当然、ケルサンにとって、ジェラールの頭に浮かぶものはみな、聖書の言葉のようなものですもの。」

「彼はここにいる?」

「向うで、踊っていますわ、少しふけたシャルロットといっしょに。あの軍服、彼によく似合うわ。灰色ね。きっとロシアのね。ほんとに、ロシアの文学についてのわたくしの無知ときたら、この上なしだわ。」

オーステルリッツ遠征の士官の軍服を着たジェラールは、すべてのひとの目に《戦争と平和》のアンドレ公爵と映ると考えていた。

オーケストラが止んでいた。一組になって踊っていたひとたちは別れて他のひとたちのなかに混ざった。すでに、たくさんのひとがいた——ほとんどみな、ホテルの避暑客だ。夜会は活気づきはじめていた。

「ラスティニャックですって？　だったら、『わたくしたち二人だけで』、というわけね。でも、あなたの征服をさらに先に進める前に、わたくしをあの時代錯誤のバーへ連れていって下さいな……わたくし、ものすごく喉がかわいていますの。」

「ジャックは生れてはじめて舞踏会に出たような様子をしている。見てごらんなさい、とてもびくびくしている。自分を落着かせるために飲んでいる。今晩ラスティニャックがここにいるのは、彼がヴォーケール下宿の塀をとび越えて来たからですよ。」

「お黙りになって。お口が悪いわ。わかりましたわ、あなたは、ご自分の皮肉の的をつくるために、今晩わたくしたちにこんな喜劇のような仮装をさせるよう、担任の先生におっしゃったのね。このことを思いついたのは、あなたなのでしょう？」

「あなたはそれを喜んでいらっしゃる、伯爵夫人。大草原のあらゆる野蛮が、今夜ぼくといっしょに、南仏の黒い美人の足許にある。」

　スペインの衣装のいささか野生的な、残忍な色合が、イレーヌの大柄な美しさをすばらしく引き立てていた。くすんだ気品のある肌色で難攻不落の町のように固められ、純血種の獣のような、また芝居の王妃のような、きびしいと同時に優美な彼女は、鉄のような手に、アルマヴィヴァ伯爵夫人のほとんど王のような引裾をもっていた。

「賞められていいのは、あなたのいい趣味だけよ。このスペイン服をわたくしに推めて下さったのは、あなただということをお忘れなく。」

「でも、ひとりならずのひとが、今晩、むしろ天使ケルビムを考えるだろうな。」

イレーヌは、狼狽して、鋭い、困惑したような目を彼に投げた。だが、踊り手たちが彼らを互いに寄せ合わせた。——ためらいがちに、彼らは結びついた。

「わたくし、アランが今晩どんな恰好で現れるか、考えているの。」

その言葉は、半ダースほどの顔をふり向かせた。

「ジャックだけがその秘密にあずかっているようだな。」

「だったら、その秘密はちゃんと守られているのね。」

「あなたからも？　女からも？」

「あなたは、わたくしがあなたのことをぶしつけだ、不愉快だと思うほうをお好みなの？」

「まるで摂政政治だ！　われわれは今夜洒落を言うべく決められているのじゃないのかい？　ぼくはまた自分に質問をしてみたんだよ。」

「そしてあなたは純粋な寛大さからその質問を、夜を魅惑する美人にまでおひろげになったわけね。」

「辛辣だな。」

彼は声を落した。

「ぼくはアランとドロレスに好奇心以上のものをもって待っているんだ。」

「でも、ねえ、あのひとはわたくしたちみんなを怖がらせるでしょうよ。わかりきったことだわ。ものすごいスリル。ぶるぶる！　今からもうぞくぞくするわ。バンクォの幽霊かしら、ハムレットの高貴な父親かしら、あるいは赤い死の仮面かしら。そしてあのひとの腕には、血まみれの尼さん。教会堂の夢遊病者だわ、きっと！　あのひと、幽霊のことには通じているにちがいないわ。」

「あなたの気違いじみた言葉には、ひとかけらの道理があるね。でも、あなたが望んでいるほど皮肉になっていないよ。」

アンリは近づいていた。不安な、動かないまなざし。

「あなたがあのひとに対して滑稽さを望まないとしても、やはりあのひとはいやらしいひとよ。」

「どうして彼を非難するの？」

「わたくしはふつうのひとが好き……」

「彼らだ！」とアンリが言った。そのびくっとしたような声の調子が、イレーヌとジェラールの顔を同時にふり向かせた。

ふたりのあいだの話に夢中になって、ごく快活に、アランとドロレスは階段の下に現れた。この上なく優雅に、アランは——革紐で先をとめた長ズボン、ゆとりのあるチョッキ、泡のようにふくらませたネクタイ——千八百三十年代の若い流行児の服装をし、ドロレスは、ビロードのリボンのついたゆったりした頭巾、長い巻毛、鐘型の服——宝石はつけず、まことに質素に、ロマン主義時代の蓮葉娘になっていた。とり交す言葉のみやびやかな流れによってしっくりと結ばれて、言葉が溶けて接吻となりそうなほど心からやさしく顔を寄せ合いながら、彼らは幽霊のように漂っているかと見えた——一度ならず彼らのまわりにフットライトを目覚めさせるかと、そしてスポットライトが暗い部屋の中央にふたりを集めたかのようにあらがいがたく、まなざしというまなざしをいきなり彼らの上に注がせるかと見えた。彼らの衣装の、心臓のあるあたりに、尊大に、挑発的に、開いたばかりの花のような、大きな血の汚点。

「モンモランシーの恋人たち。」ジャックがきわめて自然な声で告げた。

イレーヌの顔は、もしそれが何かを表現しているとしたら、自分の目を信じることを拒んでいるようにこの瞬間見えた。

「何ておっしゃったの?」

「ああ、イレーヌ、これはヴィニーの有名な詩なんです。ふたりの若い恋人たちが、『いのちにけりをつける』ことを決心して、モンモランシーへ週末を過しに行く。週末の終りに、ふたりはいっしょに自殺する。それだけです。」

自分の言葉がこのように茫然自失した沈黙のまんなかに落ちるのがばつが悪くて、ジャックは口を閉じると、左右を見た。——左手では、ジェラールが突然彫像に変り、右手には、意地の悪い微笑で武装したイレーヌ。——アンリは蒼白になっていた。唇は灰色だ。

「うん……　これはかなり残忍な趣味のものだな、」とアンリはためらいがちに言った。——どんな言葉でも今は沈黙よりは我慢できた。

「どうして彼があの血の汚点をあんなふうにつけているのか、ぼくにはわかりません。彼はあれが絶対に必要だ、『象徴』だって言い張ったのです。彼はここしばらくとても変だ。」

ジャックはこの登場の不成功のためにみじめな気持になっていた。ちょうど一向落ちにならない滑稽話のためにのように。しかしアランはすでにそこにいた。きらきら光る、能弁な目。明らかにきわめて調子づいている。

「この着想をどう思いますか、ジェラール？　とても詩的じゃありませんか？　打ち明けて言えば、これはあなた方すべてに捧げられた繊細な、特別に繊細な思想なのです。今日では、もうヴィニーは読まれない——ワイルドが言ったように。だからこそ、いい機会だ——そうなのだ、ぼくはそう思った、誓って——ぼくらの真に教養ある友だちに共犯の目くばせを送る、いい機会だ、と。happy few つまり幸福な少数者に集合の合図を送る。それは実に刺戟的じゃありませんか、ねえ、ジェラール、このすべての関係ない連中のまんなかである共犯関係を感じるというのは（ここで彼はジェラールの腕をつかんだ）、このお祭り騒ぎにすばらしい活気を与えますからね。」

アンリは、急いで、ドロレスを踊りに誘った。イレーヌは、すでに、手のとどかぬところへあわてて忍びこんでいた……

「この種の催しのまんなかに死の仮装をひけらかしに来るというのを、すばらしくいい趣味だときみはほんとうに思っているのかね？」

「有益な忠告ですね、ジェラール——有益な忠告だ！　ぼくたちはみな死すべき人間だ、とぼくは考えるのです。このたぐいの胡椒は東ローマ帝国の饗宴には欠かすことのできないものだったことは、あなたもご存知だ。『われわれは今夜楽しもう。なぜなら、明日われわれは死ぬのだから。』そうなんです、ジェラール、ぼくは今夜自分をものすごく頽廃的に感じるんです。」

「きみの場所は今夜ここにはないんだ、そのことをわたしはきみに断言する。そしてきみはそのような恐ろしい芝居を打つ権利をもっていないのだ。このような陰部露出症には下品以上の何かがある。わたしはきみに断言する、アラン、きみは出て行ったほうがいい。」

「ジェラール、ぼくはあなたの知性を高く買っています、そのぼくの評価が今確証されたわけだ。今ここに証人たちの前でそのことをはっきり言います（彼はぎょっとするように声を高めた。明らかに、彼は今夜はもう遠慮すまいと心に決めていた。——彼の目のなかには、ひとを不安にさせる悪意のきらめきがあった）、ここに知性ある人間がひとりいる——彼のような人間がこの部屋にそうたくさんいるとはどうしても思えない。今晩は、ジャック！　きみの仮装はすばらしいね。だが、ほんとうに、カンディードのほうがもっと似合ったと思うな。」

何とも言えない気づまりな波が、アランのまわりに徐々にひろがっていった。今夜、目に見えない魔力によって護られて、彼は何をしてもよく、みんなの仮装を乱暴に剝ぎ取って、ほんとうの顔をあらわにして見せることもできるということを、みんなが察しているかのようだった。一瞬一瞬その発作がはじまるのではないか、みながおびえている、病人のまわりにあるような、ぼんやりした不安が以後その狂った夜を、その当てにならぬ夜をずっと明け方まで支配するだろう。この酷熱の曙光のおかげで、この脅かされたお祭り騒ぎのおかげで、余儀なくひとをだますことからにわかに解放された彼、とてつもない容易さの、馴れ合いの翼に乗って運ばれて、決定的な一撃を与えるべく、幽霊のごとき不健康な馴れ馴れしさをもって、そこに着陸した彼は、部屋から部屋へ大股に歩きまわっていた。彼を目に見えなくするディジェスの指輪を指にはめて。

「さあ、公爵。」彼は突然決心した。「分別と沈黙を！　ぼくたちは、ぼくたちの無害な幽霊のごとき資格を楯にとって、クリステルをさらってゆきましょう。」

ジェラールは足を止めた。アランの腕に手をかけて、静かに悲しげに彼を見つめた。

「きみは今ひとりで行くがいい、アラン。きみが行こうとしているところへ――それがどこかきみは知っている――わたしはきみについて行くこともできないし、また行きたくもない。」


……………………………………………………

「夜は何と静かだろう、クリステル――ごらん。あそこにはきみの夢のなかの星々。そしてここにはぼくたちがもう恐れない海。いや、ぼくは興奮していない。少しも怖がることはない――ぼくは自分が解き放たれたのを、平静になったのを感じる。手をくれたまえ。そしてあの木々の下を少し歩こう。実に美しい夜だ。ほんとうに、星々はきみの夢のなかにある、約束のように――実際星々は夜の向うに光っている。あのような清澄はほとんど想像を絶している。今夜は、悪いことは何も起るはずはない、そうじゃないか？」

「ええ、アラン、何も！　なぜあなたはわたくしに確かめるの？　小さな子供のように夜のなかで怖がっているのね？」

「うん、ときどき、ぼくは怖い。でも、そんな話はよそう、陰気だ。今夜は、ぼくはきみといっしょにいるんだ。ほんのしばらくのあいだ、ぼくは他人からとても遠くにいる——他人はもう物の数ではない。そんなことにきみは気づいたことはないかい、たとえば、ときとして、道に、浜に、手をとり合って散歩しているひとりの男とひとりの女が見える——と、彼らがほとんど手のとどくところにいてさえ、突然自分から離れて、あのすべての星よりも遠くにいるように感じる——そう、あのすべての星よりも手がとどかないように。ほんの数秒のあいだ、ふたりの人間のあいだに、二、三の馬鹿げた言葉のまんなかで、もちこたえられるすべてのこと。もし少しでもふたりがお互いに引力によってのように引かれはじめ、天体の運行から彼らの内気な小さな音楽を作りはじめるならば。ぼくに場所を空けてくれるために、クリステル、きみの星のひとつを動かしてくれたまえ。そして海に面したテラスまで歩こう。」

　彼らは黙ってしばらく歩いた。ときどき、まだ、開かれた入江を伝って、音楽の一節が思い出したように流れてきた。が、すでに、それは夜の冷たい風であり、疲れ果てた葉の身震いであり、木々の定かならぬ影であった。包囲された住居の敷居のところで、疲れを知らずに、味方を待伏せている夜。アランはクリステルの肩に外套をかけた。

「ほんとうに、もうわたくしたちふたりだけ、アラン？」

「そうだ。今はね。」

彼は両の手のなかに彼女の手をとると、長いあいだ、じっと彼女の顔を見つめていた。

「なぜそんなふうにわたくしを見るの？　そんなふうに、怖い顔で、じっと。怖いみたい。」

「ぼくはきみを十一時の訪問者を見るように見ている。ぼくはきみを失うことをあんなにも恐れていた。この休暇の時間はあまりにも短い、この、宙にかかった、老いることのない時間は――秘密の供物のように、偶然の、神々に対する、餌のように。しかしそのすべては終るのだ。ぼくは、クリステル、偶然きみに出会った。この偶然をぼくは感謝する。だが、ぼくはまもなく発つだろう。」

「何という冷酷な声でそれをわたくしに告げるの。まるで、報せというよりは脅迫みたい。わたくしが、あなたは発つだろうと――毎日、毎時間――自分に言わなかったと、くりかえさなかったと、思うの？」

クリステルの声には、恐怖と歓喜との甘美な震えがあった。アランは彼女の手をとって、長いあいだ、心をこめてその手に接吻した。

「何が起ころうと、ぼくはその言葉を聞いただろう、クリステル、それはぼくの心のなかに永久にとどまる。」

彼は月光が変形した彼女の顔を見つめていた。闇のなかに甘美に漂っているその顔は、心臓の鼓動を止めるまでに美しかった。——苦しい驚きのうちに沈んで。

「わたくしは、アラン、あなたのもの。あなたはそれを知っているわ——もしあなたがわたくしを望むなら。今でも、この瞬間でも。」

彼女は彼の目をのぞきこんだ。

「……たとえ明日がなくても。」

長い沈黙があった。クリステルはアランの手が震えているのを感じた。

「たとえ明日がなくても?」

クリステルは彼を見つめた。彼の顔つきが変った。ある苦い皮肉が突然彼の口をゆがめた。

「……あるいは、とくに明日がないなら?」

「どういうこと、一体、それは?」

彼は苦い微笑とともに彼女から離れた。

「クリステル、あるたとえ話をきみに話してきかせよう。むかし、ひとりの男が悪魔に魂を売った。その魔法のおかげで、代りに男は若い娘の心を手に入れた。娘の純粋な愛にとりつかれて、男はその愛によって救われるだろうと思った、罠を遁れられるだろう、と——しかし男は悪魔のほうがもっと強いことを思い知らされた。というのは、今は彼女が、彼女の無垢が、罠の結び目を締めているのだったから。というのは、彼女の愛の対象となっているのは、もう彼ではなく、その契約を結んだ人間だったから。今は、自分が仮面としてしかつけていなかったその地獄に堕ちた男の顔となるより仕方がなかった。怖いような話ではない？」

クリステルは、じっと目を見開いて、何も言わずに彼を見つめていた。

「……だが、論理的だ、まったく論理的だ！　この小話の筋を解いてくれる人間を、ぼくのところに寄こしてくれ。ぼくのところへ、ごく個人的にね。」

そして、荒々しい爆笑とともに、アランは広間のほうへ消えた。

…………………………………………………………………………

「あなたは幽霊がそんなに怖いのですか、ジェラール！　あなたの鋭さについてアランがもっている意見を、わたくしは疑いたくなりますわ。こんな仮装は、わたくしには、まったく子供だましに思えますわ。」

「その気味の悪い冗談を思いついたのはあなたですか？」

「わたくしたちふたりともだったと思いますわ。そんなこと言うまでもないと思いますが、わたくしたちの関係はとても密接ですの。そうですの、ときどき、わたくしたちは一番心の奥でも同じことを考えていますの。それはとても感動的でありません、その自然な意志の疎通は？」

彼女はあらわにぶしつけに彼を見つめた。ジェラールはいきなり顔をそむけた。月が雲のうしろに隠れて、庭は不意に暗くなり、湿った微風のなかに沈んだ。岩に寄せる波の静かな音が聞こえていた。真夜中が近づくにともなって、にわかに冷え冷えとしてきた。星々がすでに朝のほうへ傾きかけている、休息と期待との、おごそかな時。

「あなたは安心しきっているんですね、ドロレス！　あなたは完全に護られているように見えますよ——目に見えない楯のかげに。」

「仮装だけがわたくしを護ってくれるような気がしますの。この種の舞踏会では、自分が、灰色の外套にかくれてこっそり地上を訪れる神のように、思われるものではありません？」

「あなたは空想家だ。」

「わたくしはふつうほとんどこの世界にいるような気がしませんの。しかも今夜はわたくしにとって美しい夜ですわ。死後、愛するお友だちを訪ねるために地上に帰って来たような気がしますわ。わたくしたちのまわりのあらゆるものがとても不思議で——それほど空想をたくましくしなくても、ある幽霊たちの集まりに立ち合っているように思えますわ。」

「ぼくはまだ自分がけっこう生きているように感じていますよ、ドロレス。けれども、あなたたちが、つまりあなたとアランがここに来てから——奇妙なことに、あなたは今ぼくがこれまでに一度ならず感じたことを大きな声で言ってくれた——そうなのです、ぼくはその作り話に簡単にひっかかるようになった。」

ドロレスは曖昧に、執拗に微笑した。

「わたくし、どこかで読んだことがあります、死はある秘密結社だということを。それは考えさせる言葉ではありません？　大部分のひとにとって、終りでしかないもの、控え目に言って、最後の手段でしかないものが、他のひとたちには、使命となるものでしょうか？」

「ときどき、そしてとくに今晩、ぼくはそのことを考えた。それは——すべての使命と同様に——伝染性がある。」

ドロレスはふたたび微笑した。静かな、ほとんど現実のものとは思われない微笑。彼女はうるさい考えを追い出そうとしているふうだった。

「怖がることはほとんどないように、わたくしには思えますわ。」

ジェラールの声が、暗闇の背後で、きびしく、熱く、暗くなったように、彼女には思われた。

「火をもてあそんではいけない。あなたにはわからないのだ。」

彼女は両の手のあいだに彼の顔をはさんで、そのまま、晴れやかに、彼の顔に笑いかけた。

「ほんとうに、ジェラール、あなたは頭のいい方ね。わたくしがあなたを冷かしているとは思わないで下さい。さっきのあなたの告白はわたくしを非常に感動させましたわ。でも、そういったことはすべてありえないことです。わたくしを悪く思わないで下さい、ジェラール、わたくしを忘れないで。わたくしはあなたに信頼の大きなしるしを差しあげました。でも、あなたの加われないゲームに入ってはいけません。あなたはそんなことはすべてありえないことをよく知っていらっしゃる。」

「ぼくはあなたを愛している、ドロレス。」

「あなたはとても大切なお友だち。こう言っても、あなたはわたくしのことをよく知っていらっしゃるから、それが月並の慰めではないことはおわかりですわね。さようなら、ジェラール、いつかまたお目にかかれるわね――わからない。でも、もうお別れしなければ。」

「ぼくはあなたをどうすることもできない。そう、絶望の言葉さえ無力だ。だが、ぼくはあなたのことを忘れないだろう、今あなたを愛しているように。」

彼女は彼の額に接吻した。

「さあ、行きましょう。その前に秘密結社の第一の合言葉を思い出して下さい。」

「というと?」

「秘密。」


「このワルツも、イレーヌ。」

ジャックは、身をかがめて、豪奢に艶が消された高貴な外観によってやっと俗に堕すことから救われている、陰影のない欲望の像そのものである、その顔に、その歯に、その湿った唇に、顔を近づけた。——その勝ち誇ったような血色は、午前四時の重たい疲労にあらがっている。

彼女は彼の唇のすぐそばで笑っていた。あからさまの、挑発的な笑い。彼が彼女に寄りそって欲望に震えるのを感じているのだ。

「このワルツも？　ほんとう？　わたくしとても疲れたわ。」

「これが最後ですよ、イレーヌ、おねがいです、断らないで下さい。」

彼女はいつまでも曖昧な仏頂面をつづけていた。突然、彼女の目が奇妙な光に輝いた。

「いいわ、踊ってあげます。ただし、ひとつの条件があるの。」

「洗礼のヨハネの頭？」

歯が下げられた仮面の下でふたたび光った。彼女の肉体だけでは、今夜到底知ることのできない野生的な魅力が、その肉感的な顔から発散していた。

「もっと簡単なの。あなたはわたくしのお友だちでしょう、アランについてあなたの知っていることをすっかり教えて。」

「何だって、イレーヌ？　あなたは何て奇妙なサロメを演じているんだ！　ぼくが彼について知っていることなんか、ほんの少しですよ。ぼくが隠さなければならないことなんて何もない、全然。どうして、そんな簡単なことを、そんなに真面目にきくのです？——まるで突然彼を裏切ることが問題になったかのようだ。」

イレーヌは微笑した。冷たい、ひとを食ったような微笑。

「ねえ、わたくしの可愛いジャック、腐らない友情の旗で、あなたの嫉妬を包んではいけないわ。あなたはご自分がどんなに滑稽かわかっていないのよ。」

「ぼくは今話せない、たとえ話したいと思っても。いや、ぼくは嫉妬なんかしていない。でも、ぼくはその質問を好かないな。そこには脅迫がある。」

「お好きなように。わたくし死ぬほど疲れているの。連れて帰って下さいな。」

広間の激しい電光のなかから出ると、人気のない長い廊下が半陰影のなかに沈んでいるように見えた。——海の夜の寒さが首のあたりを突然とらえた。彼らは急ぎ足に歩いた、足音をたてずに——ホテル泥棒の静かな逃亡だ。音楽から、光から遠く、ただひとり、力強く大股に歩いてゆくそのたけだけしいイレーヌのそばにあって、喉が締めあげられ、困惑に、抑えがたい気おくれにとらえられるのを、ジャックは感じた。

彼女の部屋のドアの前で、イレーヌはふり向いた。ジャックは耳のつけ根まで赤くなるのを感じた。優柔不断の虫にとりつかれて、目を伏せながら、まるで溺死者が漂流物にすがりつくように、イレーヌの手にしがみついた。

「アランの部屋はだいたい真向いなの。ちょっと入りましょう、」と彼女はささやいた、気のない接吻で彼の顔をかすりながら。

ジャックは無気力に導かれるままになった。真暗な部屋のなかに、細目に開いたドアを通して、四角のかすかな光が青い外套の上に落ちていた。剣が突然弱く光った。部屋の角が不透明な影のなかに退いた。金具や錠があちこちに敵意を含んだ光を拾いあげていた。そこは龕燈のようだった。布のように目をつめて織られた沈黙を突然ぎょっとさせるような音を立ててひと裂きにするすばやい金梃が思い出された。時間が重たく肩にのしかかっていた。イレーヌは、暗い色の、ゆったりとした、いかめしい服を着て、目が闇にうまく慣れないまま、真直に立っていた。黒い絹の仮面が芝居がかりに彼女の顔を闇のなかに溶けこませている。

「イレーヌ、きみは気違いだ、」とジャックはささやいた。にわかに馴れ馴れしい言葉遣いになって、彼女の手を引き、度を失って。

静かなささやきが暗闇をとおして聞こえてきた。

「放して。あれがあのひとの机ね?」

「そう。でも、行こう。おねがいだ、行こう。きみは何をしようっていうんだ?」

彼女の敏捷な手が引出や取手にふれ、動物のようにすばやい、気づまりな器用さで紙を動かす音が聞こえた。長い影は、けれども、前方に傾いたまま、じっと動かない。ジャックは漠としたおののきが走るのを感じた。

「見て!」あらわな極度の好奇心からくる緊張感の信じられないほど子供っぽい波にひたされた

かのような、ごく低い声が、不意に彼のすぐ近くでして、彼は跳び上った。顔を彼の顔すぐ近くに寄せながら、しかし彼の存在はまるで忘れて、イレーヌはゆっくりとピストルの銃身をいじっていた。

「イレーヌ、行こう！　さあ、おねがいだ、行こう！」

ごく低いささやきがふたたび聞こえた。すぐそばで、静かに。ほとんどイレーヌの声ではない。

「ほんとにあなたは子供ね！　何を怖がっているのよ。アランは下でドロレスといっしょに踊っているわ。ここはおかしな部屋ね？　あなたはずっと暗闇のなかにいたくないの？」

「イレーヌ——ここでは、だめだ、だめだといったら、ここでは。」

「さあ……」

彼女は長椅子の上に彼を坐らせると、自分のほうに引き寄せた。乳房を彼の胸にそっと押しつけて。黒い仮面の下で、すさまじいまでに眉ひとつ動かさずに、暗い唇に一滴のかすかな光をたたえて、彼女は夢遊病者のようにゆっくりと彼の上に顔を傾けてきた。ジャックは荒々しい欲望の波が彼のうちで高まるのを感じた。

「……接吻して。」

彼は溶けた。湿った豊饒な熱に包まれて。

……………………………………………………………………

「夜が明けた。日が海の上に上って来る。」

突然、大広間のなかに、すでにまばらなひとびとのあいだに、声や、すでにもっと稀なグラスのぶつかる音のひびきのまんなかに、終りに近づいた舞踏会の、開かれる手のような、あのやや悲しげな荘厳さが生れていた。ときどき、沈黙が、穴を開けた。重たい、無為の、憂鬱な一瞬が、笑声によって追い払われながらも、蜂のように、執拗にもどって来て、うろつきまわるのだった、最後には勝ちを占めることを確信して。ドアが鳴るたびに、ひとびとが一組一組消えて行った。冷たい空気の波が部屋を掃き清め、そのあとゆっくりと閉じられる航跡に沿って裸の肩が震えた。低く、水平線の上に横たわった海をのぞむ窓を通して、かすかに灰色の線の描かれているのが見えた。

窓に近いテーブルに、ドロレスと、ジェラールと、クリステルと、アンリと、ジャックが最後の盃を前にして集っていた。アランは、背を向けて、立ったまま、放心したように海のほうを見ていた。寒そうに、からだを縮めたまま、身じろぎもせずに、彼らはしばらく黙って一瞬一瞬が逃げてゆくその足音に耳をすましているふうだった。このにわかに取り返しのつかなくなった時間は、この最後の瞬間は、砂時計の底の砂のように速さを増して滑ってゆく。何かが、ここで、壊れようとしていた。

楽士たちが壇を離れた。並べられた楽器のぼんやりとした音とともに。今はもうほとんど聞こえない声はおのずからその調子を下げた。壁ぎわに逃れて、彼らは自分たちを追立てる空っぽの空間が部屋のまんなかにひろがってゆくのを見ていた。気紛れな波のなかからにわかに出現した、この、床のはめ木がむき出した草原は、だんだんと氷のように固まってゆき、この広い部屋に口の大きく開いたがらんどうを、冬の氷のような静けさを返した。窓という窓から、朝がひび割れた殻からしみてくる水のように、忍びこんで来て、彼らの目ざわりな派手な衣装をしおれる花のように蒼ざめさせた――天井のあたりで、高貴な層をなし、重たげな渦巻きとなった、煙草の軽い煙が、うつろである以上にさびれたこの部屋に、金管楽器のすさまじい一斉射撃のあと、最後の弾薬に見舞われた家といった荘重さを与えていた。

最後の一組が出て行った。アランは、もの憂げに、まだ開いているピアノに近づくと、ゆっくりと坐り、はじめは放心したように、次いで情熱をもって、憂いをもって夜想曲をひきはじめた。最後の旋律がひびいた、ことときれるようにゆっくりと、不可思議に、ちぐはぐに、ためらいがちに。彼らはずっと聞き入っていた。魂が溶けいるように、苦しい麻痺のうちに沈んで。天井の高い空っぽの部屋に、今は朝が海のように満ち、たゆたっていた。ホテルの廊下で、時計の音が鳴った、ゆっくりと、か細く。

アンリが、ややおごそかに、やや蒼い顔で、彼の盃をあげた。

「幕を閉じようとしているこの夏の休暇のために――そして次にまた集る日の近いことを祈って。」

「クリステルとドロレスとの美しさのために。」

「あなた方みんなのために――クリステル、アンリ、ジェラール、ジャック、いつまでもお幸せに。」

壇の縁に立って、手をドロレスの肩におきながら、アランが彼の盃をあげた。

「この部屋にいるのは今はぼくたちだけだ。ぼくはいささか朝の幽霊を信じている。今は天使たちが降りて来るときだ、悪夢のときだ。おそらく、ある精霊がやって来て、ぼくたちの仲間のあいだにいる。奴を追い払うまい。ぼくはその未知なる幽霊にぼくたちとともに坐るように言う。ぼくは、ここにぼくたちを集めたもののために、乾杯する。」

九月は一度ならずホテル・デ・ヴァーグをいきなり空にした。食堂では、急速にテーブルがまばらになってゆき——廊下は眠っていた。鎧戸を閉める音が別荘の窓という窓にひびき、そしてすでに短くなった午前、浜は長いこと空っぽのままだった。それから間断なく悩ます秋のあらしが来た。砂浜に沿ってゆくと、もう、丈高い松の木の、息も切れんばかりの、豪奢なざわめきしか聞こえなかった——そしてその松の木の色褪せた垣のこちら側では、長くなった、すでに寒い夜のあとで、脅された家々が縮みあがっていた。しかし、アンリも、ジャックも、クリステルも、ジエラールも、アランも、またドロレスも、発つことを考えていなかった。日々は速かに逃げるように過ぎてゆき、いよいよ短くなり、いよいよとり返しがつかなくなった。——ホテル・デ・ヴァーグはただ彼らだけのために開いているようだった。秘かな晩秋を、常よりも鋭い成熟を、常よりも貴重な、常よりも苦い果実を、この言うも恥ずかしい退却のときにあたって、迎え入れようとしているようだった。彼らにとっては、季節の外、時間の外を、霧によってたえずさらに蝕まれている水平線の面前を、不確かな日々が——海の今はすさまじいどよめきのなかに世界から孤立した日々が流れていた。――彼らは鳥もちにかかったようにそこにとどまって、ますます言訳がむずかしくなってくる滞在を一週間一週間延ばしていた。日々の細い糸に導かれてくらげのような漂流をつづけ、何を待っているのか知らずに何かを待ち、その曖昧さに疲れ果てて。この時間割から永久にはずされた日々の一日一日のなか、この、いかにも明らかな有罪の判決によってとりかえしのつかぬ極刑を課された、老いることのない日々の毎日毎日のなかには、彼らにとって、何か、自由な、原始の味のごときものがあった。そして、時間から根を引抜かれた――死刑囚の執行猶予のような、ぎりぎりになって喪とか病気とかが奇蹟的に引延ばしてくれる小学生の休暇のような――この空っぽの日々の毎朝毎朝が、より秘かなさまざまな可能性に向っていきなり大きく口を開けるように思われるのだった。――まるで、月並な休暇からと同様日々のつとめの鎖からも引離されたこれらの日々が――ほとんど息のつまるような豊かさに恵まれて――彼らには突然まさしく死からかち得たわずかな日々のごとく思われるかのようだった。

こうして日々は流れて行った、いよいよ空しく、いよいよ無為に。そして今、冬が近づくとともににわかに色褪せ常ならぬものとなったこの海岸の、あの美しい夏から生き残った連中のあいだに、ある口にはされない親密さが生れていた。ときどき夕食後寒い夜に暖炉に火がたかれる食堂に、冬の夜の郷愁をさそうような雰囲気が、道に迷ったかのように、突然忍びこんでくるのだった。宵は、ゆるやかに、流れてゆく。暖炉の上に身を傾けて、長いこと、みなはアランの話を聞いている。耳を波の夏よりも近くおごそかな音にいきなり開き、目で炎が壁に投げている踊る大きな影を追いながら。突然、彼らは常よりはやく閉された夜の穴のなかにいるのだった、まるで冬の港の氷の罠につかまった船の一室に移されたかのように。——それは氷結によって凍ったような時間のなかでの幽霊の休止だ。この水平のひろがりの上を過ぎ去ってゆく日々のなかに、物の数に入るものはもう何もない——船長の、船上での圧倒的な存在を除いては。そうして、あらゆるものからの極端な隔離のなかで、滑らかな海原を行くこの船の纜という纜が解かれ、別の秩序が、奇蹟的な秩序が誕生する……

ひとりイレーヌだけがこの晩秋の危険な魔力から免れているように見えた。このころから、彼女はアンリに対して発つことを強く、熱っぽくくりかえし主張したようである。短い唐突な喧嘩の声が、荒々しく閉められるドアの音が、たけだけしい燃えるような威嚇の声が、ホテルの午後をゆるがしては、それからまた静かになったが、それは、颶風の中心にうがたれる凪であり、荒れ狂う波のまんなかに水平線まで開かれる、嵐そのものよりも切迫した小凪であった。

九月の最後の日の午前、明るい空の下で、ホテルの窓が、初霜によって薄っすらと白くなった平坦な荒野に向って開け放たれた。すると、ちょうど微小な一滴の衝撃が過飽和状態にある溶液をいきなり結晶させるように、そのときまで彼らをごく緊密な共犯関係のうちに結びつけていた不健康な平穏がたちまち消えて——突然、彼らは目を醒ました。

「もう霜がおりているのね、そんなことってあるかしら?」とクリステルは階段の上に立ってジェラールに言った。ジェラールは寒そうに化粧着にくるまって、朝の入浴からもどって来るところだった。

「たしかに霜だよ。水が凍っている。夏の休暇はほんとうに終ったのだ、今度こそ。」

「もう!」

階段の上にじっと、真直に立って、さながら雹をともなう竜巻を前にした農夫のように、彼女はその萎れた風景、変った風景を見つめていた——その災難を前にしてまだ疑わしく、信じがたいというふうに。


……………………


「もしよろしかったら、少し腰かけましょう。お話したいことがありますの。」

イレーヌは、海に面したテラスに近い公園の、日除けのついたベンチを、日傘で指さした。午前中のきびしい寒さのあとで、午後はにわかにすばらしい天気になった。かすかな風が常緑の松の木をさわがしている。松の木の枝を通して、テラスの向うに海の光輝くひろがりが見えた。──信じられないような、さわやかで透きとおった空気のなかに、気品のあるさびしい輪郭をもった入江と、空虚な砂浜が、さながら見捨てられた森の奥の空地のように、開けていた。

アランは彼女の横に離れて坐った、やや儀式張って。

「あなたがいつお発ちになるおつもりか、うかがいたかったの。」

彼は意地の悪い目を彼女に投げた。

「あなたの調子にだまされはしない。その質問はあまり親切なものじゃないな。」

「親切である必要はないのです。あなたはなぜわたくしがこんな質問をしたか、おわかりになっていると思いますわ。」

「あなたの女のお友だちのことですか?」

「少くともあなたは率直でいらっしゃるわ。彼女のこと、それからほかのひとたちのこと……あなたはここにとどまっていてはいけないのです。このすべてを終りにしなければ。」

「このすべてを……　というと?」

彼女はかっとした。

「ここにあなたがいるという破廉恥な事実を、です。」

「ぼくがここでそれほど極悪などんなことをしているのか、あなたの口からうかがいたいものだな。」

彼女は嘲けるように顔をしかめた。

「あなたにはどんな証拠も歯が立たないわ。そのことをちゃんとあなたはご存知です。あなたはあまりにも慎重です――あまりにも巧妙です。けれどもわたくしの言いたいことを、あなたはよくおわかりです。」

彼は毒のある微笑を浮かべた。

「ぼくはあなたが心からあなたの女友だちのためを思っているということはわかった。」

「結構。あなたはわたくしからこの告白を難なくひき出すでしょう。あなたがクリステルといっしょにしているいやらしいお遊びは、結局、わたくしとは直接関係がありません。そう、わたくしはずっと利己的です。」

「じゃあ、ぼくはあなたに何か悪いことをした?」

「わたくしに、みんなに。あなたはこの夏の休暇に毒を盛ったのです。わたくしにとって二重に大切だったこの夏に、すべてが決まるこの休暇に。わたくしは結婚したばかりだったわ……　あなたはあなたのまわりの喜びをすべて台無しにしてしまう。あなたの影になると、何も芽を出さない。ふつうのひとたちは幸せなのです、自分と折り合いがついています、あなたが思っていらっしゃるよりずっと簡単に人生を受け入れています。そうなんだわ！——あなたはここにそれを殺しに来なければならなかったんだわ（彼女は激しく足を鳴らした、激しく、下品に）、それを台無しにした、それを破壊した——ありきたりの、ふつうの、いたって単純なすべてのものを。ただ、その不吉な顔、その陰気な顔で……」

「ぼくは今すっかり納得した、この奇妙な呪文は少くともあなたにはかからない。」

彼女は目に憎しみをこめて彼を凝視した。

「ええ、かかっていないわ、このとおり——わたくしは危険は冒しません。わたくしは生きています、ちゃんと生きています。この自殺の巧妙な強請にはわたくしはひっかからないわ……」

彼女は徐々に声を高めていった——怒気を含んで、ひびきのない、蒼ざめた声を。

「……それこそ、あなたがここで繰り返ししていることですものね、それこそ。その繰り返されるウェルテルの顔、その仮面。ほんとうに、あなたって、おもしろい方ね。そう簡単には。そう、それではあまりに容易すぎるわ！」

「そう簡単には？」

「あなたはわたくしをひっかけるわけにはいかない……」

「いきますよ。」

彼女は彼の顔をまじまじと見た。たけだけしい目つき。顔つきが変っている。長い沈黙。彼女はふたたび言った、ごく低い声で。

「そんなことを言う権利は誰にもないわ。」

「そうです。あなたが、ぼくをこの下品な話にひきこんだのです。」

彼女は立ち上った。頬は燃え、目はとび出している。激しく言った。

「わたくしには何もわからないわ。わかりたくないわ。」

「お好きなように。事実、こいつは厄介なことですからね?」

彼はもの憂げに立ち上って、木の下を遠去かって行った。夕闇がにわかに早く落ちてきた。人気のない公園の木々がせわしく震えている。高くなった波の音——潮が満ちて来るのだ。突然波のざわめきと静寂とに縁取られたこの公園に、不意に現れた雲が影の垂布を、灰色の埃を投げ、そのなかで太陽が驚いた瞳のように溺れている——雲はイレーヌを石に、鉛に、ポンペイの庭園のあの呪われた灰の彫像のひとつに、変えていた……

彼女は今ゆっくりと空のホテルのほうへ帰って行った、並木道の中央を。風が彼女の前で最初の枯葉を狩り出していた。——鎧戸を閉めた温室に沿って、震える葉の下の錆びた鉄線に、ぶどうの最後の巻ひげがからまっていた。——公園は一挙に冬の色を帯びていた。

空っぽのホールはすでに暗かった。夏といっしょに血と喧騒とがその大きなからだから空っぽになってしまった、この見捨てられた晩秋の、この一日のおそい時刻に、透明な水晶のような、さらに純化された空気が、より微かな、より錯雑した震動に共鳴していた。勝手放題なことを言っているもっとも小さな物音——木の葉のかさかさいう音、傾いた暗礁の不揃いな線によって分解して、不思議なゆるやかな動きとなる波の、遠くに砕ける音、公園の木立のなかに、愛撫のようにいつまでもとどまっている微風——そういった物音が、病人の研ぎ澄まされた聴覚のような、異常な、執拗な注意力を呼びさましながら、ちょうど瀕死の病人が不規則な息をついて死を逃れるように、気疲れさせる間、息のつけない間を通って、切迫した沈黙を刻々逃れてゆく。

長いこと、動かずに、イレーヌは、ほら貝のようなホールの沈黙を通して、自分に近づいてくるように思われる波の音を聞いていた。たちこめてくる闇のなかで、大きな鏡が下草の緑の深みのなかに、液状の空間を後退させていた。その空間では、彼女の影が透きとおるように漂い、張りつき、泳ぐひとの静かな滑るような動きのうちに消えた。木々の高い天蓋に覆われた部屋のなかのように、闇が天井から墨のような黒い渦巻となって降ってくるように、一瞬ごとに水のなかに溶けてゆくように見えた。地面すれすれに、床の波の上に、並木道のまだ明るい砂利の上に、仮借ない自律的な燐光を、月光の非現実的なやさしさをひきずりながら。——空のすべての輝きが消えたというよりは死んで、夜になる直前の道路や小路がすっかり白くなっている、あの夏至の暮れなずむ時刻のように。

暗闇のなかに立って、片手で舞台の支木を支えるように支えて、じっと動かずに、木の枝のかする音に、波の鈍いひびきに神経質におののき、自分のなかに麻痺が、弛緩が、解氷がすべりこんでくるのを感じながら、イレーヌは、そこ、この境遇の急変の脅威の前に、このかくも静かな背景に突然生じた亀裂の前に、それを信じられずに、とどまっていた。——さながら自分のまわりにぼんやりと鳴る猟師の足音を聞いている巣のなかの獣のように。

しかしこのめまいは終る。高貴な獣のような歩みをとりもどすと、目に危険な光をたたえて、イレーヌは暗い部屋に明りをつけるよう言いに行く。それから、水のなかに飛びこんで、一瞬前まで自分がどのように歩いていたかを忘れる泳ぎ手のように、突然、解かれ、ほどかれ、放たれて、心を決めると、冷静に計算しながら、唇に残忍な笑みを浮かべて、一通の手紙を書きはじめる。

「彼女はすっかり取り乱しているようだった。行って見ると、彼女は泣いていた。すっかり絶望して。ただこうくりかえすだけだった、たえず——『いいえ、わたくしは発たないわ、発つことはできないわ……』でも、明日、彼女のお母さんが着く。どうして慰めたらいいいんだ？　何んて言えばいいいんだ？　きみはぼくにいやな役を申しつけたものだ。」

イレーヌとアンリは浜に沿ってホテルのほうへ帰るところだった。終ろうとしている午前は明るくさわやかだった。白く崩れる小さな波をいたるところに戴いた長い大波が、大洋の環礁よりも純潔な——つまり完全に空っぽの——砂浜にひびきをあげて寄せていた。

「どうしてあのひとはお母さんが来るのをそんなに恐れることがあるの？　わからないわ。あのひとはいつも移り気だったわ、興奮しやすかったわ。あのひと、この変な夏の休みが終らないとでも、思っていたのかしら？」

「きみは彼女の身に起ったことにそれほど悪い気がしていないようだな。きみは、自分の代りにぼくを遣わしたとき、きみからの同情の言葉がほんの少し嘘に聞こえるのを、怖れなかったのかい？」

イレーヌは足を止め、彼を見つめた、傷つき、敵意をこめて。

「そのほのめかしには最高にわたくしを喜ばせるものがあるわ。わたくしが驚くですって、いいえ。わたくしはあなたの手をちゃんと読んでいるのですから、ね。ひと月前から、わたくしは知っていたの、あなたはわたくしの揚足を取ろうとしているわ、わたくしをうかがっているわ。結婚して三月なんだから、そら恐ろしいわ。このひと月、あなたが、どんな敵でも飽きるような辛抱強さで、わたくしを偽善の現行犯でつかまえようとしなかった日は一日もない。」

アンリは唖然として彼女の顔を見つめた——彼女は突然反抗的になり、憎々しげになり、変っていた。

「イレーヌ——きみは気でも違ったのか！」

彼女は陰気な顔で目をあげた。

「気でも違った？　まさか。わたくしははっきり見えるのよ。あなたの目のなかにはっきり見えるのよ。そう、そこに、わたくしは数日前から、数週間前から、見ているわ、あなたがわたくしを軽蔑しているのを。」

「おねがいだ……」

「何を言ってもむだよ。わからないの、アンリ、わたくしは幽霊ごっこをうまくできないのよ。

すべての不幸は、きっと、そこから来るんだわ。さあこれで、あなたはわたくしとの違いがはっきりしたでしょ——たぶんもう取り返しがつかないわ。そんなびっくりした目で見ないで。あなたはわたくしがちゃんとわかっているのよ。」

すさまじい光が彼女の目のなかに射した。

「いいえ、わたくしはあのひとたちとは違うわ！　あなたは正しいのよ。いや、わたくしは絶対にあのひとたちのようにはならないわ！　なりたくないわ。もしあなたがそう考えるのなら——どうか、そう言ってちょうだい、はっきり言ってちょうだい——わたくしがあのひとたちを憎んでいるって、クリステルを、アランを、ドロレスを、誰も彼も——ええ、わたくしは憎んでいるわ、わたくしの力のかぎり、わたくしのいのちのかぎり。間違ってはいけないわ——だめ、間違っては。」

アンリの目が不意に奇妙に光った。

「きみは気がたっているんだよ、」と彼は冷やかに言った。

彼はまだ判然としないある考えを追いつづけているようだった。彼はイレーヌの激怒を、駄々っ子の何でもない怒りとして拒否していた。しばらく黙って歩きつづけた。

「きみは、クリステルのお母さんが来るっていうのを、変だと思わないかい？」と彼は鋭い目つきで彼女を見つめながら言った。

イレーヌの顔が蒼ざめた。それから血が彼女の頰を一面に染めた。

「わたくしがお母さんに手紙を書いたの。これではっきりしたでしょ。ここで起っていること
を、お母さんに言ってやったの。」

「きみはそんなことをしたのか！」アンリは低い声で吐き出すように言った。うつろな怒りの息
のなかで。

「クリステルは気違いよ。もう、あのひとの家族が来て出口のない恋愛を整理するときだわ。」

彼は、嘲けるような、まともには見返せないような、まなざしを彼女に投げた。

「きみはほんとうに親切だよ。」

涙が突然イレーヌの目にあふれた。彼女は彼の手をつかむと、ほとんどおずおずと彼を上から
下まで眺めた。

「アンリ、そんなふうにわたくしに言うのは、あなたなのね？　あなたなのね？」

「とんだ正義派の女とおれは結婚したものだ！」

彼は乱暴に手を解きほどいた。イレーヌは泣きくずれた。アンリは一歩退くと、憎悪と嫌悪と
をもって、彼女を見つめた。嗚咽の合い間に、彼女の声が聞こえた、今は、小さく、きれぎれ

に。

「アンリ……　あなたにはわからないわ……　アンリ、わたくしは気が変になっていたのよ……まだあなたには言ってなかったけど……　わたくしたち、子供が生れるのよ……」

「子供……」

彼はそのたわんだ項(うなじ)を、そのすっかり熱し、涙にめしいて、生き生きとした顔を、ばかのように、見つめていた――目を驚きと恐れとで大きく開いて。

……………………………………………………

午後五時に、エンジンの音が突然人気のない浜を驚かして、そしてアンリの車が静かにガレージから出て行った。夕暮は晴れてまだ輝かしかった。もろい奇蹟の先にやっとつかまって、冬のこちら側にいる夕暮は。空気は澄んでいて、呼吸ができないほどだった。豪奢な高い波がしぶきをあげて浜に崩れていた。孤独な、無限の、果てしない奇蹟のなかでの、真珠の虹のような輝きのさなかでの、波の白いとさかを戴き、羽で鞭打たれ、ひだ飾りに切られた、泡立つ、湿った、この饗宴。

車は人気のない並木道に沿ってゆっくりと走りはじめた。乾いたアスファルトの上に、風が夕日に金色に染められた最初の枯葉を狩り立てていた。別荘の塀の上では、沖から吹いて来る強い風から護られて、木々の枝が静かに、かぼそく、泉の内気そうな音をたてていた。——枝はときどき並木道の上に不揃いな円天井を作り出し、そこから突然待ち伏せていた寒さが雪片のように落ちてきた。——暗緑色の茂みがいきなり道を壁のように塞ぎ、道を藪と蔓との袋小路に変えた。そこで道は葉のあいだから洩れる青緑色の光のなかを複雑に回るのだった——突然迷路の罠にかかり、古い灰色の苔の生えた塀のコルセットをはめられて。その塀のうしろでは、別荘が緑の円天井の上で深い休息の底に沈んでいた。——別荘はすでに閉まり、緑青に覆われ、黴が生え、自分の関節という関節が沈黙のなかで重たく軋るのを聞いていた。まるで深い海底に横たわった難破船のように。それから、ふたたび、海からくる光が、暗い隧道の向うに、じらすように、怒ったように、きらめく。

「何という静かさだ！」とアンリはつぶやいた。その静かさはふと彼に夢を思い出させた。朝目を醒ましたとき、彼に物凄い目付を与えていた、夢を。

彼は戦争中の軍隊に加わって、バルト海のさびしい森のなかの見捨てられたきわめて古い城にいるのだった。湿気ですっかり苔むした、舗石で覆われた中庭の周囲に、馬蹄型に、気品のある、灰色の、古い建物。木の枝から滝のようにたえまなく落ちる水の下で、腐り、苔むした屋根。陰鬱な住居。葉はまだ木々から垂れ下っているにもかかわらず、すでに凍っていた。しかも、この陰気な建物のまわりで、野営中の軍隊のふだんはあんなに騒がしくうごめいているのが、数日このかたことさらに静かで単調な性格を帯びはじめていた。——道の灰色がかった泥の上を、弱った馬に引かれた車は幽霊馬車のようにゆっくりと音もなく滑って行った。そして一日一日、城の天井の高い部屋の、図面の上や地図の上にかがんだひとびとの顔は、やせ細ってゆき、すべての希望を空にしていった。森の小径の不確かな隙間から、人目を忍ぶ伝令の往き来のなかに、日暮の料理場近くでのひそひそ話のなかに、廠舎の寒い寝台のなかに——執拗に、かたくなに、単独に、とらえがたく、雀蜂の群のように姿を見せずに、あくまで破壊しようと——たえず悪い報せが滲透してきた。そして、日一日と、ひとびとの顔は冑の下で死人のようになってゆき、日一日と、そのあまりにも重たい鉄冑の不気味な膨張の下にたわんだ灰色の昆虫たちの足取りは鈍っていった。とうとう、蛸のようにつかみどころがなく沈黙した敵の存在が、すべてのひとに感じられてきた——漠然とした噂のほかには、城のすぐ近くへ敵が近づいていることを知らせるどんな物音もしなかったが。そして、差し迫った攻囲から逃れるというかすかな予想さえたてることを禁じられて、みながひとりひとりきわめて静かな絶望のなかで最後のたたかいに備えた。その瞬間から、あらゆるひとの心のなかで、城はこの最後の勝負が行われる中心の砦のように思われた。

　ある曇った午後、丈高い木々の枝が、一度城のもっとも高い切妻に当ってから中庭に音もなく落ちて来る、超自然的な静寂にひたされたある曇った午後、遂に命令がとどいた。一瞬、中庭に面して、三重の船橋をもつ船の舷窓のように半ば開いた、二百の窓、突然雷に覆われた巨大な建物の二百の窓に、劇場の桟敷さながら、軋るような音とともに、泥で汚れた冑が、蒼ざめたきびしい顔が、銃身の上にあってすでに死んだようにひきつっている拳が現れた。耳鳴りのするような沈黙。沈みかけている壊れた船の、波の頂での、めくるめくような不吉な動揺。――隙間のある鎧戸という鎧戸がすべて同時に音を立てて閉った。鎧戸は、夜内部の光が外に洩れないように黒い布で二重に覆われて、建物の長い正面の並びに、陰気な幽閉の外観を、えぐりとられた目の前に垂れているあの黒い絹の四角い布で隠された顔のびっこでちぐはぐな喪の外観を与えていた。ひとつの窓からは、建物の正面の高さ一杯に重苦しい豪奢な襞をつけたようなかっこうに、黒い大きな旗が垂れていた。

　心臓をどきどきいわせながら、アンリは、すでに竜巻によってのように荒されたその空っぽの中庭のまんなかに、ひとり、不安のとりことなって、とどまっていた。超自然的な静寂。間道の扉が開いて、この非現実的な凪をあらゆる希望を越えて引き延ばしながら、最後の守備の指揮をとる士官が、彼に近づいて来た。それは長い白髪で縁どられたやさしい高貴な顔の、背の高い老人だった。——もし彼が制服を着ずに、黒い長靴をはき、新教徒のきびしさをもった一種の長い簡素な喪服を着、そして白い狩用の襟巻を首に結んでいることに、すぐ気づかなかったなら、びっくりしたであろうような、ひっそりとして優雅な恰好だった。手袋をしていない手の片方に、銃身を高く起こして、ピストルが固く握られていた。しかし、明らかに、それは、身を守る反射作用であるよりは（それほど手と銃との位置は意味があったのだが）、この魔法にかけられた沈黙を非情な爆発音で一挙に破る合図のためのものだ、とアンリは考えないわけにはいかなかった。

けれども、男は彼のほうに歩いて来た、まるで彼に——一斉射撃のまんなかを散歩する人間と同様、雷に約束されたこの土地にもういるとは思われない、城の中庭をぶらつく最後の人間に——数分後には恐怖の場所となるところから去ることをすすめるためのように。そして、間道の扉を彼の背後に閉じて、この暗黒の王国から人間の最後の跡を消し去り、そこで起ろうとしていることから彼を遠去けるその瞬間に、男は彼に手を差し延べた。しかし手は天使長の炎の剣をもっているかのように上がり、扉が鈍いひびきとともに閉まって、そして魔法の環が禁じられた王国の上に永久に閉じた。

朝から、この夢は、閉めきった部屋のなかを窓ガラスにぶつかりながら飛びまわる蜂のように、彼のなかをうろついて(劇の場のようにつながって、心に憑きまとう——その曖昧さにもかかわらず、ものをあらわにする強い力を備えた——あの夢のひとつ、一日を褪色させ、穴のあいた、水のしみこむ、奇妙な世界に精神をただよわせる、あの夢のひとつ)、突然、彼の心のもっとも深い部分に、あの石目の線を、あの、ひとが爪をさしこもうとはしない宝石のきずを、つけた。

「そう、まさに今夜——今夜……」

鉄線の薄い垣根越しに近くの砂丘の雑草によって喰い荒された小さな庭といっしょに、最後の別荘をあとにした今、車はさらに速く走っていた。道路が灰色のくすんだ風景に見渡すかぎり罫を引いている。太陽の光そのものがうら悲しく、冷たくなっていた。あち、こち、砂のかすり傷との蒼ざめた接触によって。たそがれに、光を背にして、沖の水平線は、たちこめた靄のなかに隠れていた。今は、一軒の家さえもない。人ひとりいない。秋の終りの夜に先立つ一陣の冷たい風が、突然、草むらから狩り出された臆病な獣のように、急いで、道路を横切った、ほんのひと跳びで。——と、道路の平らな砂が布の上の皺のように波立ち、蒼ざめた草が斜面の緑にとびこんだ。澄んで、青い波は、遠くで、灰色の斑点におおわれていた。

「イレーヌは、今、夕食のために着換えている……　アランは、浜からホテルへもどって来る……」幻覚のような克明さをもって、彼は思い描いた、あの裸の砂浜をひとりぽつねんと歩いている背の高い人影を。それは、カメラを地面すれすれにかまえて、あの意外な角度から撮られた人影だ。映画のある種の終り。——主人公は背を見せて、道を、誰もいない砂浜を遠去かってゆく。ひと足ごとにくもの巣の細い網を水平線のほうへ引張ってゆくように見える。そして常に遠去かりながら、部屋から家具を取払うように、風景からあらゆるものを取払い、家々に、花々に、庭の囲いに、盲人のような無防備を、宙に浮いているような不安を、見捨てられたひとのような孤独を添えてゆく。

彼には今空っぽの寒い大きな食堂のテーブルの上にすでに並べられている食器が見えた。この数日ただひとつの食卓に彼ら全員が集っていた。今はすっかり灰色になった海に面して、空っぽの部屋が夕暮とともにより高い荘厳さのうちに、期待の雰囲気のうちに後ずさりしていった。隅隅が影に満ちた、途方もなく広いこの部屋のまんなかに、純白の食卓布、芝居じみたグラスの同勢、重たげな銀器、それは、突然、最後の晩餐を、喪か贖罪(しょくざい)かの聖餐を、漠然と思い起こさせた。二列になった革の椅子の、そのひとつは今夜空だろう。いくつかの顔が、この天井の高い暗い部屋のなかの闇を満たす。落着きのない顔、安らぎのない顔。視線は言葉なく、互いにぶつかるのを避け、手は安心させてくれる手を求める。暗色の濃いぶどう酒がグラスのなかに注がれ、手がおごそかに、皮肉に、ゆっくりとグラスを上げる。

「まさに今夜……」

血が重たくこめかみを打っていた。夕暮の寒さとともに、震えが彼を貫いた、つづけて、電流のように。

「熱のせいだな、」と彼は考えた。「熱があるんだ。何、かまうものか！」

車は今、断崖に沿った平坦で広い道を揺れながら跳ぶように突っ走っていた。濃くなってゆく夕闇のなかを、暗い岩の方からおどり出た白い幽霊の群が、ときどき車に向って蒸気のようにぶつかって来た。——天使たちが人間のためにいつも催眠術師に特有のスローモーション映画で見せてくれる、あの嵐のときの羽根のように美しい間歇噴泉だ。遠く、沖のほう、すでに暗い海の上に、燈台の灯がついて——夕暮が夜のほうへ急激に傾いた。

「何てさびしい海岸だろう！」とアンリは考えた、漠然とした不安にとらえられて。波が、押し合うことなく、跳んでいた。はしゃぎながら、もの憂げに、ほとんど騒がずに、ほんとうに遊んでいるように、すばらしい一日のあとで息抜きをしているとでもいうように、散歩者を驚かせる月光の下での妖精たちの踊りのように。

今は真暗な海とは反対側の、陸地のほうに、地面とすれすれに漂っているような、露となって沈澱したような、きわめてぼんやりとした真珠のような光が、短く刈られた芝草の上に目覚めていた。まだ昼間の最後の残光がとどまっているのか。いや、すでに——夏の盛りの熱い道の上に目覚めたように、開いた蒼白い萼が散るように、静かに震えながら——すでに月の光だ。

「今は、夕食の時間だ。」遠くに、だが、彼の目の前で、ホテルの夜が、仮借のない脈絡をもって、死の舞踏の不吉な儀式をもって、悲劇の最後の幕の不動の速度をもってくりひろげられていった。すでに闇に満ちている広間の入口に、突然灯がつく。——食卓のまわりに花飾りのように繋がれた目に親しい仕草。——水平線まで真暗な海に面したすべての窓に灯をともして、ただホテルだけが明るく輝いている。

彼は道端に車を止めると、断崖の縁を、心の決まらぬふうに、ゆっくりと歩きはじめた。先刻の速度による陶酔のあと、自信のない足取りで、彼は海綿のように柔かな土の上を踏んでいるように思われた。燈台の灯が消えると、闇はほとんど完全になった。断崖の下から、鋭いとどろきが、静寂の間をおいて、見えない海から上ってきた。陸のほうで、月がおだやかな空間を、夜の魔法にかかった裸の野を暗く照らし出していた。

彼は断崖の端に腰かけ、足を宙に垂らして、ぼんやりと沖のほうを眺めはじめた。麻痺がこの淵から上ってきて、彼を魅惑した。凍ったような手で岩をつかみ、足はぶらぶらさせながら、彼は頭が渦を巻く闇で、冷たい疾風で一杯になるのを感じていた。心臓は不規則に鼓動を打っていた。彼は目を閉じた。長い時間がめまいのうちに、錯乱のうちに過ぎた。彼はそのめまいに身をまかせ、その錯乱を招いていた。

彼は月の強い光の下で目を開いた。今はもう完全に夜になっている。不思議な平和がほとんど動かない海の上にひろがっていた。遠く、陸のほうで、一匹の犬が、いかにも聞くひとの心を落着かせるように、静かに吠えていた。陸から微風が、ひどく冷たく吹きはじめていた。彼はいきなり鼻を鳴らすと、ふたたび車を動かしはじめた。

数時間が、単調に、規則的に、過ぎた。今は眠気が彼をとらえていた。車はときどき本道を離れて、さびしい森を横切った。森の急な曲り角では、ヘッドライトの光を受けて蒼白い木の幹が、車とは逆方向に流れて行った、ルーレットの円盤の輻のように、無幻的に。道端に近く、ときどき、夜の休息をとっている獣のようにうずくまり、押しつぶされた家の屋根が、見分けられた。エンジンは規則正しく唸っていた、綿で包まれているかのように、柔かな、眠ったような、用心深い音を立てて。鉛色の霧がときどき垣の上を流れていった。それからふたたび野の詰物を入れたような厚い夜の闇が風に当って、ボタンをはずした外套のようにはためき、道路がその闇の外套を水平線のほうへ投げ返した。彼は、その単調な速度に、その音のない動きに従って、車を走らせつづけた。青緑色の弱い光が計器の文字板をひたし、下から彼の顔を照らし、そしてときどき彼の影がぼんやりと、まるで死んだように、窓に映った。彼と差し向かいに、だがうろんな親密さで。光で銀色になった顎、不透明な、なんとなく他人のような――さらに勿体ぶった――よそよそしい影のなかに沈んだ目。

今は港の灯が濃い霧をとおして彼のところまでとどいていた。まだ草の残っている道端に沿って、家々がヘッドライトのためにことさらに白く浮かび上がった。それから、道が狭まって、車の前で消え、いきなり車は水を噴いている四角い泉水の縁でさえぎられた。電飾のぼんやりとした光。舗石にびっくりするようにはっきりとひびく足音が、間をおきながら、小さな広場の舗道に沿って行く。猫が一匹車の前を足音もなく跳びながら過ぎた。アンリはしばらく気が抜けたようにぼんやりしていた。――混沌とした夢から目を醒ましてみると、知らない町にいて、方向もわからない、そんなふうな気がした。さらに、部屋の鎧戸を開けて見ると、夜になっていて、めったに通らないそのためらいがちなひとの足音が、その冷たい風が、夜明けの前ぶれなのか、それとも夕暮の最後の往き来なのか、まだわからない、そんなふうな気がしたのだった。

彼は不意にからだが凍ったように冷たいのを感じた。歯ががたがた鳴っている。彼は一軒のバーの扉を押して、中に入った。と同時に、まるで拳でなぐられたかのように、強烈な光線と気持の悪い熱気とで茫然となり、そのまま腰掛の上に崩れ落ちた。陰気な老婆がひとり、空っぽのカウンターのうしろで、うつけたように編物をしていた。

横に長い、汚ない部屋は人気がなかった。電燈のスウィッチの音がかちりと鳴って、後方の部屋が突然闇のなかに沈んだ。アンリの目は、その、びんやグラスのぼんやりと光っている、突然うさん臭くなった半陰影を、機械的に探った。腰掛けの上の半ば横たわった彼を、その死んだような陰気な顔は、まるで裁判官の顔のように、魅惑した。「ぼくがどこにいるのか、彼女にどうして訊けばいいんだろう？　ぼくは破滅したんだ。」彼はばかのように心のなかでくりかえしていた。

老婆は立ち上がり、目を編物から離すことなく相変らず編みながら、彼のほうへやって来た。突然、氷のような手が彼の全身を撫でた、一瞬のうちに。テーブルが、いきなり動いて、彼に向って来た。――彼は気を失った。

……………………………………………………………………………………………………

「あなたってまだほんとうに子供なのね！　まるで怖がっているみたいよ。」

麻痺して、困惑して、涙が不意にこみあげて来そうになるのを感じながら、ジャックはぎごちなく服を脱いでいた。イレーヌの広い部屋が彼をおじけづかせた。匂い、強烈な色彩の、重たそうな布、布、布。片隅の、覆いのあるランプがただひとつ、部屋をかすかに照らしている。斜めから射す光が、影のまんなかで砂浜のように光っているばら色の寝台掛で覆われた大きなベッドを、ひどくあからさまに際立たせていて、それが彼には気づまりだった。

彼は自分のすぐそばに、彼女の化粧着をとおして、風呂からあがったばかりの彼女のからだのみずみずしさ、かすかな匂いを感じると、彼女の裸の腕に接吻した。まるで、母親に接吻するように、おずおずと、甘えるように。

「坊や……」と、心を動かされて、イレーヌはくりかえし、両の手で影のなかから彼の顔を自分のほうへ起こした。

「アンリがもどって来ないというのは、確かなの？」

イレーヌの声は考え深げに、重たく、彼にとどいた、まるで漠然とした不安のひびが入っているように。

「確かよ。安心なさい。今夜はもどって来ないわ。」

彼女はうるさい考えを払い落そうとしているように見えた。ジャックは上の空で身震いした。

「その部屋着を着なさい。その白いの。あなたによく似合うわ、きっと。夜は涼しいから……

そうすると、あなた、きれいね、」と彼女は美しい、やさしい笑みとともにつけ加えた——それから、彼の首のまわりに腕を巻きつけると、彼の顔を長いこと見つめた。

ふたたび沈黙がもどって来て、部屋をうろついていた。ジャックは、落ち着きがなく、目を天井に向けた。そこには蛾が一匹ひらひらする長い影を投げていた。身じろぎもしない部屋の、布で詰め物をして刺し縫いしたような窓のうしろに、風の忍び足が聞えた。一、二、三、不規則な間隔をおいて、すぐ近くに波の打ち寄せる音が、ドアを叩く夜の訪問者のノックのように、鈍くひびいていた。

「このホテルは陰気になったと思わない?」

「いらいらしないで。手を貸しなさいな……あなたはほんとに来たのね!」とイレーヌはつづけた。顔を間近かに寄せ、彼の顔を喰い入るように見つめながら。

ジャックは、かすかな光に照らし出された、人気のないホテルの、凍ったような長い廊下をふたたび見た——夜の坑道のような、また、夜警だけが歩き回っている空っぽの商船の、暗いあくびをした、ぎしぎし軋む通路のような。隠れ家のようにひっそりと彼の前に半ば開いていたあの弱い光のオアシス――あの空の部屋に囲まれて、声をひそめないわけにはいかないあの反響がいい骸骨のなかに見捨てられたままの……

「アランは今晩、夕食のとき変だった。きみは気がついた？」

イレーヌは気にさわって、立ち上った。そして何となく、手で、窓の閉まり具合を確かめた。

「アランはそっとしておいて、おねがいだから。あなたは今夜を台無しにしたいの？――わたくしたちの夜を？　たぶん、ただ一度きりの夜を。」

「あのような放心――あれはふつうじゃないよ。そう、きっと、彼は思い悩んでいたんだ。そのうえ、クリステルもおかしかった。気がついた？　彼がさよならを言うために立ち上ったとき、彼女がどんな顔で彼を見つめたか。誓って、あれは自然な目つきじゃなかった……」

「しっ！」

息を止めて立ち上ると、イレーヌは専制的な仕草で彼の口を封じた。薄い仕切壁のうしろの、廊下で、ドアの音がかすかに、曖昧に、した。息をつくと、しばらく、彼らは暗い沈黙に耳を立てていた。

「風だよ、」とジャックが少し蒼ざめて言った。「廊下には開けっ放しの窓がひとつある。」

「あれは彼の部屋よ……」イレーヌの声には、まるで彼女自身ほとんど納得していないかのような、ひとを不安にさせる確信のひびきが、ふとこもった。

ジャックはやさしく接吻した。突然武装を解かれ、無防備になり、燃え上る彼女の唇に。

「きみのほうも、ね、気が立っている……」

「腕でわたくしを抱いて。」

彼女は今震えていた。この無防備な、うちひしがれたイレーヌを前にして、ジャックのはにかみは消えた。彼は彼女を抱き締めて、長い接吻を彼女の唇に与えた。少しおびえた、彼女の濡れたような美しい目は、彼の目のすぐそばで、開かれたまま動かなかった。彼女は静かにうめきはじめた。

「ねえ、」と彼女はささやいた。歯を鳴らして、いきなりせき立てられたような声で……

目を醒ましたとき、まだ完全には醒めきらない意識のなかで、彼には部屋が不意にひどく暗くなっているように思われた。彼は、カーテンの隙間から忍びこみ、あらゆる接目から滲透してくる朝の蒼白い指が裏切っている、閉ざされた鎧戸のあの偽りの闇のなかに、寝苦しい夜のあとで、遅く目を醒ますときに感じるのと同じ、あの定かならぬ不快な感じをもった。部屋の隅では、けれどもランプがやさしく輝いていた。部屋は大きな黒い皺のある重たい布の下にうちひしがれているように見えた。部屋じゅうに、陰気な通夜の雰囲気が漂っている。寝台の大きなとばりがとくに彼を驚かした。天幕の内側のように波打ち、いかにも落ち着きの悪いそのとばりの背後に、壁が退いて、この陰気で月並な床を、このひとりとり残され禁じられた眠りを見捨てるように見えた。

「ぼくは眠ったのか！」と彼は奇妙なふうに思った。まるである劇的な徹夜を放棄したかのように、心を締めつけられる思いだった。――そう、あの橄欖園の歎かわしい麻痺のような魔法にかけられて、時が過ぎるに任せたかのように。

　ある漠然とした、単調な夢が、この天井の高い部屋にとり憑いていて、それはより高い瞑想のうちにその顔をかくしたまま、このうちのめされた二個のからだを一瞬毎にまたぎ、そして暗いとばりを凍らせているような、魅惑的な、偏執狂的な不動のうちに、崩れ落ちて硬直した下着のあの蒼白い汚点を埋めていた。重たい一撃を加えられた石切り場さながらに。

　まるで吐気をおぼえているかのように、心臓が重苦しいのを感じながら、彼は目をつづれ織の半鷲半獅子たちに沿い、蒼ざめた花々に沿って滑らせていた。波の音は今さらに息苦しそうになっていた。「引潮だな、」と彼はばかのように考えるともなく考えた。目に見えない壁の向うに、彼の思いは真暗な部屋の沈黙に穴を開けた。急な、なめらかな、豊かな奔流に似たあの沈黙に。ふたたび、廊下で、ためらいがちに、ゆっくりと、ドアの音がした。

彼はイレーヌのほうへふり返った。彼のわきに、大理石のようにじっと立って、目を闇のなかに大きく開き、偏執狂的な、おびえたような注意で顔をこわばらせながら、彼女は耳をそばだてていた――不意に、深淵の向う側に、何里も彼から距てられて。ひとが石の像をわきにしながら、心も軽く目を醒ます、あの夢の陰惨な罠にでもかかったのか。

「どうしたんだ?」

いきなり跳び起きると、彼は彼女の手をつかんだ、まるで狂人をなだめるかのように。顔が落ち、闇のほうに力なく逃げた。ジャックはとっさにヴェールをひき裂き、この偽りの夜の呪文を解いた。狂暴な怒りが彼のなかにこみあげてきた。

「なぜ、きみはぼくに来るように言ったんだ?」

彼女の震える低い声が、息詰るような恐怖の疾風に運ばれて、彼の耳にとどいた。

「怖い……」


……………………………………………………………………

きわめて暗い部屋の中央で、じっと身じろぎもせずに机の前に坐ったまま、アランは開け放たれた窓から星のきらきら光っている大きな四角い空を彼の正面に見つめていた。満月がその空に青い軽い靄のヴェールをかけている——からだの熱い獣の脇腹から立ちのぼる湯気のように、夜、大都会の上にのぼってくる、あの光の香に似た靄。月光が公園のほうから窓を通してひっそりと入って来て、ベッドの上に大きな黒い十字を投げかけていた。木々が不意にすぐ近くで、自発的にのように、ただ一度重たくはねるように騒いだ。ビロードのような、銀のような、鎧をつけた、光の円屋根が、聖なる夜のほうへつづいている階段のようにのぼっていた。犠牲の青い煙の香に包まれ、その暗緑色の深みまで、雲の裂け目さながらの神秘な洞穴をうがたれて。ときどき、木の葉が、この重たい恍惚のなかで怯えたように、小さな薄い幽霊さながら、すばやく舞い落ちた。

砂浜の向うに、青く流れるもの、天上の雪。それは丘の斜面をかけおり、雲のやさしさをもって走りながら雪片のように谷間の奥に積もり、柔かな重みを、敗北を、まどろみを運びながら、小さな湖となった。

「行くがままになること、」と彼は考えた。「そう、そうすれば、万事簡単だ。崩れ去ること……障害の前で尻込みする馬について言われるように、『つぶれる』ことだ。それが最後の言葉か？

……」

彼はごく小さな壜のふたをとり、黒い液体を数滴コップの水のなかに注いだ。かきまわすさじがガラスに当って銀の安心させるような音をたてて――やさしい習慣の輪を、罠のように、手首の上で、閉じた。

「コーヒー……　まずいコーヒーだ……」

彼はゆっくりと窓のほうへ歩いて行き、庭の木のほうへ身を傾けた。起伏のある、豪奢な、墨のように重い、長い影が、芝生の上に横たわり、その、眠った沼のような、ひとを不安にさせる斑点から、数歩行ったところでは、光が歌となり、蒸気となり、地面とすれすれに飛んでいる何百万という虫たちのひっそりとした振動となっていた――喜びに踊る解放、慰め。灰色の光線が彼の不動の影像から生命の跡を消し去って、それを凝結させ、それから一切の特色を洗い落し、それをあの声もなく目も見えない建物の正面と、そしてあのたちまち魔法にかけられた庭とひとつにしていた。「石の客か、」と彼は苦い思いで考えた。

彼は闇に侵された部屋のほうへふり返った。ひときれの絹のような月の光が、光る床の上に流れていた。暗闇の背後では、振子時計が規則正しく秒を刻んでいた。月の静かな奇蹟が、ちょうど死体に防腐処置を施すとき鼻孔から頭骸を空にするように、この暗い部屋の生命を窓から吸上げて、その生命の暖い息吹きの代りに氷のように冷たい、純粋な精気を満たし——そうして、この空っぽの部屋を、難なく、魔法にかけられた庭の暗い洞穴のひとつに変えていた。少年時代に書いた詩の一節が、唐突に、遠くから彼の記憶によみがえった。——「もしぼくが起きて、この眠っている女のそばへ歩いてゆくなら、犬のように舌を出し、ぼくをあばくあの夢遊病者の仕草で、ぼくは思わずぼくのわきばらに探すだろう、高くついた傷、ぼくをあんなにも蒼ざめさせた傷を——そこから失われた血が、この悲しげな部屋を死ぬまで冷たくしたのだ。」

　月が見捨てられた屋根裏部屋のようなその部屋をくまなく探していた。闇のあちこちから、いきなりふくらむ類のない細部を間引きながら。山崩れや自動車の衝突からとび出す腕や手と同じような音の籠（こも）った生命の鼓動を打ちながら。投光機の光のように、月光が、きらきらする机とその上に雑然と放り出してある紙の類とを、芝居がかりに浮き立たせていた。アランの柔軟な大股の歩みが部屋のなかをさまよった。外では、青い幻の灌水が大きく柔かな波となって落ちつづけ、雪のように庭を眠らせていた。

　ふたたび彼は机の前に坐って、数枚の紙を気のない手つきでめくった。かすかな風が部屋を掃き、紙が舞った。——彼はとっさにふり返った。と、影のようにひっそりと、クリステルが入って来た。

彼らはほんのしばらく見つめ合った、身じろぎひとつせずに――彼は月の強い光を背にして黒い塊、ややまがった背、狙いの定まった顔――彼女のほうは、長い白い化粧着のなかに手をかくし、背を閉じたドアに張りつけて、一切逃げることを禁じ、追いつめられた女の死物狂いの姿勢で、頭を垂れている。

「きみか、クリステル、」と遂に彼は低い声で言った。信じられないといったふうに。

「ええ。」声には感情がこもらず、ほとんど息に似た。

「どうしたんだ? さあ、坐りたまえ。明りをつけようか?」

「いいえ。」相変らずそのつぶやきは、その声は、低く、ほとんどひびきのない低音だった。

白い影は前へ出て、机のほうへ静かに漂っていった。おずおずとした裸の足がふと月光に映った。蒼い顔は、暗い重たい髪のなかにうずくまっていた。まるで真暗な家の奥にひそんだ犯罪者のように。この夢遊病者のさまようような漂うような歩みを前にして、不安におそわれた彼は、彼女を止めると、きびしい声で彼女の仮面を剝ごうとした。

「きみはここへ何しに来たんだ?」

彼女の苦悶が鋭い息のまんなかで炸裂した。

「あなたは死のうとしている……」

唐突な怒りの動きが、彼を彼女の正面に立たせた。

「それはどういうことだ?」

「あなたは死のうとしている。——あなたは死ぬつもりよ、知っているの。何日か前から、何週間か前から。」

彼は彼女の手を取ると、彼女を落着かせようとした。

「何て馬鹿げたことを考えているんだ、クリステル!」

彼女の声が聞こえた、より確信に満ちた、よりかたくなな声が。

「わたくしに、子供に話すように、話さないで。おねがいだから。わたくしにはなにもかも見えているの。」

彼は、その声が、驚くべき認識で、重大な明晰な予見で重たくなったその声が、溶けるように、重く、彼のなかに落ちるのを感じた。——その声はすでに涙を越えてしまって、おだやかだった。彼は、驚いて、目を彼女の顔のほうへ上げた。——蒼白な、しかしかすかにほほえんでいるような、顔。彼女は非常に美しかった。

「そうなんだ、クリステル。これがぼくの最後の夜なんだ。」

彼女の顔は動かなくなった、開いた傷から血を失って。この傷を負ったやさしさのなかで、この沈黙のなかで、共犯のゆるやかな傾斜が、アランを告白にまで導いた。

「わかっていたわ。あなたがここに着いたときから……」

「そう、すべては前に決まっていたんだ。でも、この長かった数週間の前は、これほど死が、トランクのなかに詰めこんだ死が、厄介なものだとは、破廉恥なものだとは、隠すのに面倒なものだとは、思ってもみなかった。」

抑えたたたけだけしい笑い。

「笑わないで。あなたの笑いはわたくしには苦痛なの。」

いきなり半ば開いた目が、すばやく、鋭く、この乱れた髪を、このおざなりの身づくろいを、このむき出しの足を、この投げ出されたからだをさぐった。彼は傲慢な目を彼女の顔にあげ、手を裸の腕においた。

「きみはぼくを救いに来たのかい?」と彼は意地の悪い、鋭い声で吐き出すように言った。

「至高の愛の処女。きみにとっては何という役だ! そうだろう? 何という勇ましさだ!」

彼は荒々しく彼女の腕を締めつけた。顔を間近かに寄せて。

「ぼくはそれに乗じることだってできる、きみにもわかっているように。まだ何も決ってはいないんだ。」

「わたくしはここに来たわ。」彼女の声のなかには、焼き尽くすような誇りが震えていた。言葉がアランの喉で止まった。唐突に手をあげると、クリステルは彼の腰帯をほどきかけたのだ。顔をほとんど触れ合わすようにして、彼はそれを止めた、乱暴に。

「きみは勇敢だ、クリステル。ぼくが悪かった、ごめん！」

突然、崩れ、負け、愛情で息をつまらせて、彼は、春の雨のように暖かく雄々しくやさしいその肉体を腕に抱きしめ――まばたきひとつしなかったその目に接吻を与え、盲目的な愛情に促されるまま、涙にぬれたその至福の固い顔を胸にこすりつけた。

「ぼくの可哀そうな恋人、きみは何て勇敢なんだ！――それほどきみはぼくを愛しているのか？」

彼女は彼の胸に頭を小さく、何度も押しつけた、あえぎながら、急激な嗚咽にむせびながら。涙はたぎる湯の泡のように彼女の頰を伝ってとめどなく流れた。

「そうよ、そう……　――もしあなたが知ったら……」

彼女は彼の手に静かに、つつましく接吻した。それを涙で濡らしながら。

「あなたは死んではいけないわ、ねえ……　もうわたくしから離れてはいけないわ……」

彼は彼女の手をはずし、額に接吻すると、彼女を窓のほうへ導いた。彼は、月光の下にあって破廉恥なまでにうっとりしている庭を、この惚れて溶けた夜を眺めていた。彼女は目で彼を追った、魅せられて。

「ぼくはきみと別れたんだ、すでに、」と彼はふり返らずに、悲しげな声で言った。

「別れた?……」

「ぼくは約束したんだ……」

「ドロレスに?……」

彼女の声のなかに不安が急激にたかまっていた。

「そう。ぼくたちはいっしょに死ぬんだ。ぼくは面を汚さずにはあした日をおがむことができない。」

「それがそんなに大切なことなの、アラン?」彼女は彼のほうに目を上げた、哀願するように、必死の面持ちで。彼は手をそっと彼女の髪におくと、突然きびしく彼女を見つめた。

「たぶんね。畜生! 決めたことをいざ行おうとするとばかばかしくなることがあるのをぼくは知っている。とくに、今夜は。何といろいろな動機が生涯にわたって押し合いへし合い、追い出し合うことか、いや、ほんの短い時期でさえそうだ。一日、一週間。少しでも生きることに同意すればね。ぼくはおそらく今夜、二カ月前にここに着いたあの同じ人間としては、死なないだろう、ぼくにはわかる。すでに。同じ人間としても、同じ理由のためにも。ぼくはあと二時間したら誰として死ぬのか、ぼくは知ることさえできない。これらの飛びまわる影どもを追い払ったところで何になる、」と彼は疲れたような仕草でつけ加えた。「けれども、クリステル、一切は決まっているんだ。」

「だったら、なぜ、あなたはここに来たの、わたくしたちみんなを苦しめ、不幸にするために?」

「そう、実際、ぼくは遊んでいたんだ。きみたちみんなと遊んでいた、夜幽霊が白い敷布をまとってそうするように。悲しい顔の悪魔……それから、ぼくにはわからないんだが……一切が支離滅裂になった。ぼくは一日一日血迷って生きていた、運命の裏をかきながら。もしぼくが今——今夜——自分を許すことができるとしたら、それは、ぼくがこの陰惨ないたずらの代価をいつでも払う用意があるということをつねに心の底で知っていたと自分に言いきかすことができるからだ。」

邪まなやさしさが、裏切者の信頼が、彼を打明け話に、危険に押しやっていた。彼の声は、ふたたび低くなり、恐怖の震えにひび割れた。

「きみもわかっているように、クリステル、ぼくは今ある秘密を知っている、ある恐ろしい秘密を。そう、ぼくは知っていた——死の瞬間の人間のまわりには、その死が意外な、急な殺害ではないとき、暴力的な死ではないとき、それの来るのが見えるとき、常になかなかすてきなつどいがあるものだ。劇場を、死刑の執行を考えたら十分だ。だが、ぼくが知らなかったこと、それは、死の奴をその顔を隠さずにこの地上にあまり長いことうろつかせておくのはよくないということだ。ぼくは知らなかった……　死は他人の奥にまだ眠っている死をゆさぶり、目覚めさせる、ちょうど女の腹のなかの子供のように。そして、女が妊娠した女に出会うときのように——たとえ出会った女が顔をそむけようと——そうなんだ、もし他人のなかに入ることができるなら、彼らの一番奥で、彼らがぐるだということを感じるだろう……」

彼は彼女を見つめ、子供っぽい確信をもってうなずいた。

「……そうなんだ、彼らの死が不意に彼らのなかで動くんだ。それにさからうことは容易じゃない。」

「そんなことは言わないで。そんなことはありえないわ。あなたのお話を聞いていると、わたくし、気が変になりそう。」と彼女は激しく言葉を彼に投げつけた。まだ彼女のすぐそばにいたけれども、彼がすでに秘密の出口に達し、よく閉っていないその部屋から逃げ出し、物も人も溶かす夜に背を寄せるのを、彼女は感じた。

彼はきびしい声でつづけた。

「だったら、ジェラールに訊いてみたまえ。彼は知っている。彼も。彼はものをよく見抜いた。」

彼女は両の手を彼の肩にかけ、極度の不安のなかで、彼のほうへ顔を起こした。

「なぜあなたは死にたいの?」

「それは話せば長い……」

彼は疲れたように肩をすくめた。

「なぜぼくが死にたいと思ったかは、たぶん今はもうほとんど重要じゃない。それが何になる? だが、きみの質問を裏返してみよう。——だったらきみは、ぼくが今生きることができると思うか?」

彼は突然苦い笑いでからだをゆさぶった。

「水から救いあげられて、その上に美しい女性を釣りあげていた、か。そう、おそらくまだ生きられるだろう——嘲笑に殺されないという条件でね。

きみはなぜひとびとが失敗した自殺に、見せかけの自殺に無慈悲であるか知っている? 彼らは復讐しているんだ。敗北した英雄を足蹴にし、不運なチャンピオンをファンが嘲けるのと同じだ。買いかぶった希望の挫折、熱狂を奪われた不満は、酸い牛乳に変り、不機嫌を突然鋭くする。」

彼は窓のほうへ顔を向け、そして低い声で夢見るような独白をつづけた。

「そうなんだ、ぼくがドロレスといっしょにここへ来たとき、ぼくは自由だと思っていた、ぼくだけの意志で彼女によりかかっていると思っていた。が、ぼくが今夜死ぬのは、少し、いや、大いに、みんながぼくの死に協力し、ぼくを放逐し、ぼくを悲壮な出口のほうへ狩り立てるからだ。」

彼女は彼の前に立った。きびしく、傷つけられ、また傷つけるように。

「あなたは傲慢だわ……」

彼は悲しげな誇りをもって微笑した。

「うん、それがある。そしてまた……　言うのはむつかしいな……」

声が低くなって、秘かな考えの上にふととまった。

「……おそらく他の一切より深い——そう、それが、他の何よりも、それが、支えたにちがいないのだ……　そう……　宗教の開祖たちを、ある苦境のあいだずっと——つまりひとびとのなかにある種のより買いかぶった希望が生れたとき。——実現されることの漠然とした必要、ことをいいいいもとのもくあみにしないことの必要——信者の目をいつまでも高く上げておくことの必要——彼らの永久に飢えている口のなかに燃える糧として、永遠の糧として滅びることとの必要……」

彼はクリステルを異様な強烈さで凝視していた。その蒼ざめた顔には、漠とした恐怖があらわれていた。彼女は彼のほうへ目をあげた、身を低くして祈るように。

「それで、わたくしは、アラン？……」

「きみもだ！」

大きな、乱れた感動のこの瞬間に、彼はやさしい接吻で彼女の手を覆った。

「きみのためにも。とくに、きみのために。きみに価いするままでいるために……」

彼女は闇の奥の彼の目のなかにとびこんで、ゆっくりと恐慌を、眩暈を飲んだ。

「わたくしは永久にあなたを愛するわ、あなたのいのちが救われようと、失われようと……あなたがわたくしを連れてゆくところで――そう、すべてのことで……あなたの物、あなたの奴隷――たとえわたくしが滅びるとしても、たとえあなたのために何もできなくても。」

彼のまなざしは岸を離れ、彼女の上に漂流し、さまよった、ひとつの明晰な考えで磔(はりつけ)にされたまま。

「そう、クリステル、きみはぼくを愛している。しかしぼくは一切を狂わせてしまった。きみはぼく自身の死と混ざり合ったぼくをしか愛していない。」

彼女は狂おしい怒りにかられてからだを起こした。

「あなたは気違いだわ！」

「ぼくは契約に署名したんだ。救われたとしても、ぼくはこの上きみのために何ができる？　きみが、ぼくの血まみれの外套をすっぽりかぶった輝かしいぼくを愛した以上——緋の衣を着た王のように血に染ったぼくを愛した以上……」

手で、彼は沈黙を課していた、不思議な確かさを彼の奇妙な声で囲み、撫で、すかしながら。

——ふたたび、このぐるになった夜のなかで、大きくなり、もたれかかり、溶けこみながら。

「ぼくはきみを失う。しかしいつまでもぼくはきみのなかにいるだろう。」

「としたら、あなたは、わたくしがあなたの死んだあともまた生きていられると思っているの？」

「そう思っている。傷を作る手は、傷を閉じることもできる。破廉恥のなかには、それが終るとき、大きな力がある。成就のなかには、つねに大きな効力がある。少くとも、それは起こるだろう。そうしたら、もう言うべきことは残っていないだろう。なされることのなかには、浄化の最高の力がある。いずれきみにもわかる、きみがどんなに解放されるか、どんなに風通しがよくなるか——どんなにすべてが整えられるか。いずれわかるよ、クリステル、どんなに人生がよいものか、今よりずっとよいものか、ぼくが死んだら。」

「なぜ、あなたはわたくしを苦しめるの？」

しかしすでに、彼女はたたかっていなかった。断念して、流されるがままになっていた。涙はもう通り越して、彼の根こそぎにする言葉に縛られていた。最後のあらしがアランの心に起こった。――狂った手によって締めあげられた、彼の思考はさまざまな可能性のまわりを回って――生きやすい今の向うに、松明のように焼くものを、この最後の、至高の瞬間を爆発させるものを探していた。突然、彼は机のほうへ歩いて行った。

「ごらん！」

彼女はその裸の声に戦慄した。月光のまばゆいほどの斑点のまんなかに立って、彼は重々しく毒の入ったコップを指のあいだにかかげていた。彼女はゆっくりと近づいて行った、魅せられて、目をそらさずに。数秒が過ぎた。クリステルの手が、腕が、震えはじめた。痙攣的な、不随意の震えだ。彼は彼女がとてつもない誘惑とたたかっているのを見透かした。彼女の目のなかに気違いじみた光がおどっていた――凱歌のきらめきが、研ぎ澄まされた嫉妬が。

彼はコップを彼女の遠くにおいた。

「今はきみも見た、きみがずっと見つめつづけてきたものの正体を。」

止まらない震えが、彼女を弦のように震わせつづけた、彼とすれすれに。彼は手を彼女の肩に、おいた。突然われに返って、彼女は極度の苦悩のために焦点の定らない目を開くと、溺れるひとのように彼に爪を立ててしがみついた。彼は涙で熱い柔かな彼女の唇に接吻した。それから、静かに、ゆずらずに、片方ずつ、彼女の手をはずした。

「ぼくを、ぼくの愛するものすべてから、さらってゆくがいい。今こそ、クリステル、お別れだ、さようなら。もう言うことはない――ぼくをひとりにしてくれたまえ。」

……………………………………

彼は固い手でドアを閉めると、煙草に火をつけた。彼は大きく辛そうに呼吸していた。満ちてくる波の静かな音が窓から入ってきた。目のとどくかぎり、公園の木々は満月の光の霧氷で覆われていた。暗い部屋の心臓部では、振子時計が聞き慣れた音で規則正しく秒を刻んでいた。

ふたたび、彼はドアの開く音を聞いた。静かに、部屋の奥で、彼は彼の最後の時が彼のほうへやって来るのを見た。

あとがき

海岸、「夏を渡るために船のように艤装(ぎそう)した」ホテル、そこへ夏の休暇を過しに来た客たち、無為からくる倦怠。ひとびとを「とりまいているあらゆるものに事実月並でないものは何ひとつない。」そこへアランというひとりの青年が現れる。すると、突然、その月並な、あえて言えばブルジョア的な世界は、まるで魔法にかけられたかのように、不安とおののきとに満ちた世界、驚異の世界に変貌する。

アランとは誰か、あるいは何か?

ジュリアン・グラックは、「私の小説の人物たちの人相書カード」なるものを書いて、

時代　最近の第四紀
生れたところ　さだかならず
生れた日　わからない
国籍　国境に住む
両親　遠縁
既婚か未婚か　独身
扶養すべき子供　虚無
職業　なし

と、同じたわむれの調子で、軍籍とか住所とかもっている車の種類とかを並べたあと、

スポーツ　目醒めながら夢をみること――夢中歩行

で結んでいる。もちろん、これは、グラック独特の批評家へのいやがらせのひとつであって（グラックの批評家嫌いははなはだしく、レーモン・ピカール氏からロラン・バルト氏に至るまで許されない。「連中は勝手に文学の風景を捏造する。」）、あまりまじめにとるべき筋合いのものではないが、われわれの主人公アランのもつ不思議な雰囲気、アランを王とするなら自分は彼の相談役でしかないと意識するジェラールの表現を借りれば、「輝く尾を曳いた彗星」のような雰囲気をよく伝えている。

つまり、アランとは一個の謎であって、彼が何者かははじめ誰にもわからない。そのために、この小説は一種の探偵小説のおもむきをとる（――グラックが怪奇小説の愛好家であり、その富を彼の作品中に積極的に奪いとっていることは、処女作『アルゴールの城』の序文でも明らかだ。そして、この小説の主人公の名アランが、『アナベル・リー』の詩人、つまり『アッシャー家の崩壊』の小説家の名からとられていることは、言うまでもない）、が、だからといって、アランとは何かをここで明かしたところで、興味の失われるようなちゃちな本ではないから、もったいぶらずに言おう、――アランとは死である。

われわれは死があたかもないかのようにして、あるいは、少くとも遠い不確かなことであるかのようにして、生きている。われわれの文明はひたすら死を飼い馴らすことに努めてきた。そのために、われわれは神秘的感覚を失ってしまった。「けものや植物がわれわれに語りつづける」ことを止め、「愛が時間と空間の奴隷となることを拒絶するのを」止めてしまった。その嘘が、われわれをかたわにし、われわれの精神を卑しくし、われわれの世界を皮相なものにしてしまった。アランの言葉を借りて言えば（「地球はかつて神秘を保っていました。が、その神秘は、ちょうど女を犯すように、隠喩的な仕方とはまったく別の仕方で犯すことができたのです。」）、われわれは今日もう世界の神秘とだけではなく、われわれ自身の生とさえも、「隠喩的な仕方」でしかかかわりをもてなくなってしまった。そんなわれわれのまんなかに一度死をその檻から解き放ってみたら、どういうことになるか。

――それがこの小説の狙いであり（この本の特異な構成はあくまでその主題の要請による。グラックは、ヘミングウェイの書き方を安易すぎるとしりぞける一方、いわゆるヌーヴォー・ロマンの作家たちを技法の問題にとり憑かれていると言って非難する）、そしてジュリアン・グラックの文学は、「世界の神秘を隠喩的な仕方とはまったく別の仕方で犯す」ことをめざしている。

そこから、グラックのあの偏愛、「高度の非合理性をもった」中世の文学とくに円卓の騎士の物語への、ドイツ・ロマン派及びボードレール、ランボー、マラルメ、ロートレアモンといった広義のフランス象徴派の詩人たちへの、『墓のかなたの思い出』のシャトーブリアンへの、幻想家バルザックへの、偏愛が生れる。とくに、「生と死、現実のものと想像のもの」などが「矛盾したものとして知覚されなくなる」精神の「至高点」を求めつづけたアンドレ・ブルトンへの傾倒が。(この小説も、ブルトンが『ナジャ』のなかで発したあの問いかけ——「彼岸が、彼岸のすべてがこの人生のなかにあるというのはほんとうなのか?」——に対するグラックの肯定の答えのひとつである。)事実、彼の偏愛ははなはだしく、われわれに親しい現代作家に限って言えば、ヴァレリーとクローデルのほかはほとんどすべての作家がしりぞけられる。たとえば、ジロドゥは「家畜となった妖精のお芝居」であり、ジュリアン・グリーンは「平凡なロマン主義」である。

しかし、このような他の作家に対するきびしさは、同時に彼自身に対するきびしさであって、ジュリアン・グラックの作品はすべてその一頁一頁が、いや一語一語が詩人の驚くべき努力の結晶である。『嘔吐』と同じ年に処女作を発表したこの作家の本の数は当然少ない。すなわち、小説に、『アルゴールの城』(一九三八年、青柳瑞穂氏訳・人文書院)、本書『陰欝な美青年』(一九四五年)、『シルトの岸辺』(一九五一年、安藤元雄氏訳・集英社、——この小説は同年のゴンクール賞を授けられたが、作者が拒絶した——)、『森のバルコニー』(一九五八年、安斎千秋氏訳・現代出版社)、三つの短篇を収めた『半島』(一九七〇年)、詩集に、『大いなる自由』(一九四七年、天沢退二郎氏訳・思潮社)、戯曲に、『魚釣り王』(一九四八年)、評論に、『アンドレ・ブルトン、作家のいくつかの相』(一九四八年)と二冊の評論集(その一冊が『偏愛』と名づけられている)、そしてクライストの戯曲の翻訳一冊。

訳者もまた、少年の日から久しくこの作家に対して、とくになぜかこの小説に対してひそかな偏愛を抱いてきたが(少年の、水平線の向う側へのあこがれを、このようなかたちで、つまり「暗喩的な仕方とはまったく別な」かたちで、満たしてくれる作家が現代他にいるだろうか?)、もし訳者が『文学界』誌上にこの小説の最初の部分の窪田啓作氏による美しい翻訳を読むという偶然に恵まれなかったなら、またもし筑摩書房編集部の淡谷淳一氏からの遠いしかし絶えざるはげましがなかったなら、この訳書は生れていなかっただろう。願わくば、水平線の向う側へ帰ることなく旅立つ瞬間のあのめまいがいささかでも訳文に移されているように!

一九七〇年六月一日　パリ

訳者

付記　テクスト（Julien Gracq：《Un Beau Ténébreux》, José Corti, Paris）は初版本を用い（明らかに誤植と思われる箇所は訳者個人の考えに従って訂正した）、W. J. Strachan による英訳（《A Dark Stranger》, Peter Owen, London）を参照した。なおエピグラフのシェイクスピアの『ソネ』は西脇順三郎氏の訳をそのままお借りした。

※あとがきは一九七〇年の筑摩書房版より転載しました。

翻訳　小佐井伸二
1933年生まれ。作家、フランス文学者。京都大学文学部フランス文学科卒。青山学院大学名誉教授。1962年、「雪の上の足跡」で芥川賞候補。訳書にジョルジュ・シムノン『重罪裁判所のメグレ』(河出書房新社)、モニック・ウィティッグ『女ゲリラたち』(白水社)など。

＊今日の人権意識に照らして不適切と思われる語句や表現については、
時代的背景と作品の価値をかんがみ、そのままとしました。

陰欝な美青年
2015年5月1日初版第一刷発行

著者：ジュリアン・グラック
訳者：小佐井伸二
発行者：山田健一
発行所：株式会社文遊社
東京都文京区本郷4-9-1-402　〒113-0033
TEL: 03-3815-7740　FAX: 03-3815-8716
郵便振替：00170-6-173020

装幀：黒洲零
印刷：シナノ印刷

乱丁本、落丁本は、お取り替えいたします。
定価は、カバーに表示してあります。

Un beau ténébreux by Julien Gracq
Originally published by Librairie José Corti, 1945

ISBN 978-4-89257-112-1

あなたは誰？

アンナ・カヴァン
佐田千織 訳

「あなたは誰？（フー・アー・ユー）」と、無数の鳥が啼く——望まない結婚をした娘が、「白人の墓場」といわれた、英領ビルマで見た、熱帯の幻と憂鬱。カヴァンの自伝的小説、待望の本邦初訳。

書容設計・羽良多平吉　ISBN 978-4-89257-109-1

われはラザロ

アンナ・カヴァン
細美遙子 訳

強制的な昏睡、恐怖に満ちた記憶、敵機のサーチライト……。ロンドンに轟く爆撃音、そして透徹した悲しみ。アンナ・カヴァンによる二作目の短篇集。全十五篇、待望の本邦初訳。

書容設計・羽良多平吉　ISBN 978-4-89257-105-3

ジュリアとバズーカ

アンナ・カヴァン
千葉薫 訳

「大地をおおい、人間が作り出したあらゆる混乱も醜悪もその穏やかで、厳粛な純白の下に隠してしまったときの雪は何と美しいのだろう——。」カヴァン珠玉の短篇集。解説・青山南

書容設計・羽良多平吉　ISBN 978-4-89257-083-4

愛の渇き

アンナ・カヴァン
大谷 真理子 訳

物心ついたときから自分だけを愛してきた冷たく美しい女件、リジャイナと、その孤独な娘、夫、恋人たちは波乱の果てに――アンナ・カヴァン、渾身の長篇小説。全面改訳による新版。

書容設計・羽良多平吉　ISBN 978-4-89257-088-9

アルクトゥールスへの旅

デイヴィッド・リンゼイ
中村 保男・中村 正明 訳

「ぼくは無だ！」マスカルは恒星アルクトゥールスへの旅で此岸と彼岸、真実と虚偽、光と闇を超克する……。リンゼイの第一作にして最高の長篇小説！　改訂新版

書容設計・羽良多平吉　ISBN 978-4-89257-102-2

歳月

ヴァージニア・ウルフ
大澤 實 訳

十九世紀末から戦争の時代にかけて、とある英国中流家庭の人々の生活を、半世紀という長い歳月にわたって悠然と描いた、晩年の重要作。

解説・野島秀勝　改訂・大石健太郎

書容設計・羽良多平吉　ISBN 978-4-89257-101-5

店員

バーナード・マラマッド
加島祥造 訳

ニューヨークの貧しい食料品店を営むユダヤ人店主とその家族、そこに流れついた孤児のイタリア系青年との交流を描いたマラマッドの傑作長篇に、訳者による改訂、改題を経た新版。

書容設計・羽良多平吉　ISBN 978-4-89257-077-3

軍帽

コレット
弓削三男 訳

「これからある女性の生涯でただ一度の恋の物語をしようと思う」人生に倦み疲れた四十代半ばの女性を不意打ちした遅ればせの恋の行方を綴った表題作ほか、コレット晩年の傑作短篇を四篇収録。

エッセイ・白石かずこ ISBN 978-4-89257-111-4

物の時代　小さなバイク

ジョルジュ・ペレック
弓削三男 訳

パリ、60年代――物への欲望に取り憑かれた若いカップルの幸福への憧憬と失望を描き、ルノドー賞を受賞した長篇第一作『物の時代』、徴兵拒否をファルスとして描いた第二作を併録。

書容設計・羽良多平吉　ISBN 978-4-89257-082-7